有爱的青春陪伴者

"我……我就是想问问,今晚吃什么?"

"什么都可以,但有一样不能缺席。"

"什么?"

"你。"

维安晚晴 著

宋先生，请冷静

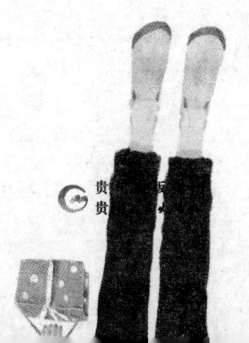

图书在版编目（CIP）数据

宋先生，请冷静 / 维安晚晴著. -- 贵阳：贵州人民出版社，2020.6
ISBN 978-7-221-15942-7

Ⅰ.①宋… Ⅱ.①维… Ⅲ.①长篇小说－中国－当代
Ⅳ.①I247.5

中国版本图书馆CIP数据核字(2020)第017601号

宋先生，请冷静
维安晚晴 著

出版统筹	陈继光
选题策划	大鱼文化
责任编辑	胡　洋
特约编辑	周丽萍
装帧设计	颜小曼
封面绘画	扎小扎
出版发行	贵州人民出版社（贵阳市观山湖区会展东路SOHO办公区A座 邮编：550081）
印　　刷	长沙鸿发印务实业有限公司（长沙黄花工业园三号 邮编410137）
开　　本	880×1230毫米 1/32
字　　数	218千字
印　　张	9
版　　次	2020年6月第1版
印　　次	2020年6月第1次印刷
书　　号	ISBN 978-7-221-15942-7
定　　价	36.80元

版权所有　盗版必究。举报电话：策划部0851-86828640
本书如有印装问题，请与印刷厂联系调换。联系电话：0731-82755298

目录
Contents

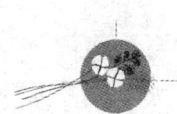

楔子 　　　　　　　001	第一章 这是什么坑爹系统！　　002
第二章 破罐子破摔　　　　008	第三章 NPC 为什么记得我？　014
第四章 结成同盟　　　　　020	第五章 戏精的诞生　　　　026
第六章 真叫人头疼　　　　032	第七章 迎战豪门婆婆　　　039
第八章 尴尬的晚餐　　　　045	第九章 感觉有阴谋　　　　051

目录 Contents

第十章
故意刁难　　　| 057

第十一章
剧情有变　　　| 064

第十二章
擦亮双眼看清人　| 071

第十三章
重来一次　　　| 077

第十四章
凶手落网　　　| 086

第十五章
约会攒积分　　| 091

第十六章
修改 ID 属性　　| 103

第十七章
他有点心动　　| 115

第十八章
分手进行时　　| 122

第十九章
我把你当兄弟　| 134

第二十章
渐生情愫　　　| 141

| 第二十一章 开启副本 | 154 | 第二十二章 逃离渣男 | 167 |

| 第二十三章 失败的表白 | 182 | 第二十四章 关系破裂 | 192 |

| 第二十五章 宋乾觉醒 | 202 | 第二十六章 黑化使人变强 | 213 |

| 第二十七章 副本奖励 | 227 | 第二十八章 终章任务 | 236 |

| 第二十九章 拥有自己的人生 | 245 | 第三十章 我需要你的承诺 | 257 |

| 第三十一章 尾声 | 270 |

Mr.Right

宋先生,请冷静

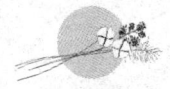

楔 子

咖啡馆里,西装革履的男人正凝神读着手里的一本书,目光如炬,时而叹气时而皱眉,间或在旁边的电脑敲敲打打,很是忙碌的样子。

男人坐在靠窗的位置,冬日的阳光透过玻璃洒落在他身上,镀上一层淡淡的金色光芒,让他精致漂亮的五官更引人注目。

时八八捧着一杯热咖啡,听着旁边的小女生窃窃私语讨论这个男人,不禁多看了他两眼。嗯,标准的行业精英男,确实很帅,她在心里跟着说了一句。

没多久,男人接了一个电话,情绪显得有些激动,随即怒气冲冲提着电脑匆忙离去,只落下那本书静静躺在桌上,被阳光笼罩。

时八八抄起那本书迅速追出门,然而哪里还有那个男人的踪影?街上人潮涌动,仿佛他从未出现过。

时八八悠悠叹了一口气,将书捧在手里看了一眼,顿时满头黑线。

上面竟然写着《豪门娇妻哪里跑》!

第一章
这是什么坑爹系统！

"这是什么垃圾小说！这种渣男贱女，白初寒你居然都能原谅，没有底线的圣母就活该被人欺负！"时八八扔掉书拍桌而起，差点没喷出一口血来。

好想手撕了写出这种狗血剧情的作者——她此时看的书正是在咖啡馆捡到的那本。

时八八越想越气，打开电脑洋洋洒洒写了两千字的吐槽长评，这才长舒一口气，关灯睡觉。

不知过了多久，时八八恍惚间觉得自己坠入了一个黑洞之中，一个机械般的女声在耳边响起："剧情正在加载中，请玩家准备开始游戏。"

迷迷糊糊地睁开眼，时八八惊讶地发现自己的房间完全变了样。

被子是粉色的，桌子是粉色的，沙发是粉色的，明媚的光透过白色的窗帘射了进来，整个房间呈现一种浓浓的言情剧式画风。不，时八八认为一定是她睁开眼的方式不对！

时八八内心震了一下，然后再次闭上了眼。

"剧情已经加载完毕，游戏正式开始，玩家请准备。"清冷的机械女声再次响起，时八八以为自己在梦里，挠了挠头发，翻身打算继续睡。

"砰砰砰，砰砰砰……"

急促的敲门声再次打断了她的睡眠。

"这什么情况?"时八八被搅得睡不着,气冲冲地起了床,顿时被眼前陌生的一切吓得整个人都清醒了。

"我的房间什么时候变成这个样子了?不会是在做梦吧?"她狠狠掐了自己一把,痛感很真实。

该不会是撞鬼了吧?

这个想法刚出来,自带傲娇属性的女声又再次冒了出来:"鬼什么鬼!我是一个高贵的、造价不菲的游戏系统,只要你完成《豪门娇妻哪里跑》的剧情任务,就可以回到自己的家。"

时八八脸微微抽搐了一下,《豪门娇妻哪里跑》不是她昨晚吐槽过的小说吗?按照系统……呃……高贵的系统的意思,她现在是在以这本小说为背景设定的游戏世界里?

"你的想法是对的,剧情任务已开始,请尽快通过,初入游戏都会送100基础分,拖延时间会扣分,一旦分数归零,您将会回到原点。"系统继续提示道。

时八八隐隐有吐槽的冲动,心想这是什么坑爹系统?把她弄过来,什么情况都没说明,就又匆忙逼着她去接任务,这不摆明坑她吗?

系统发声:"请纠正你不正确的想法,我一点都不坑爹,我很贵的!"

时八八无语了。

恰在这时,伴随着急促的敲门声,好听的年轻男声从门外传过来:"初寒,我和林茉不是你想的那样,你开门见见我吧,我自始至终爱的只有你一个人……"

后面的话都被时八八自动忽略了,因为现在回荡在她的脑子里的只有两个字。

初寒?

她想到的"初寒"和那个男人提到的"初寒",该不会是同一个人吧?

这时候系统又发出了机械的声音:"是的,你现在就是女主角白初寒,外面来找你的就是你的官方CP莫行慎,你要完成的任务就是和莫行慎重归于好。"

时八八仿佛被雷劈到,她竟然变成了她最讨厌的"圣母"女主白初寒?而且还要和软弱的渣男莫行慎谈恋爱?

现在退出游戏还来得及吗?

"不行哦,就算你选择死亡,游戏也会将你强制复活,直到完成剧情任务才能离开。"

怎么回事!每次她脑子里一有想法,系统就提前回答了。

时八八上上下下又找了一圈,没发现任何可疑声源。这声音到底哪儿来的?

"不用找了,我就在你的脑子里。你再不开门,莫行慎都要把门敲烂了,敲门声吵得我头疼,跟帅哥谈恋爱多开心一件事,随随便便就过了。"系统已经不耐烦,又催了时八八一遍。

时八八深吸一口气,不管外面来的是什么洪水猛兽,她躲在里面也解决不了问题。反正人都来了,那就看看剧情到底会发展到什么程度……

她心里这么想着,顺手开了门,结果还来不及反应,一个高大的身影就冲过来将她紧紧抱在怀里:"初寒,你是不是原谅我了?我们再也不要分手了好不好?这段日子没有你,我仿佛变成了行尸走肉,我的心都快要痛死了。"

时八八:"……"

这肉麻的台词真是叫人起了一身的鸡皮疙瘩。时八八强忍着恶心,推开莫行慎,映入眼帘的是一张俊朗得找不出一丝瑕疵的脸。不愧是言情小说的男主角设定,这长相,这身材,简直极品啊!

时八八冷漠的表情有了一丝丝松动:"你说说,到底哪里对不起我?"

大概是没料到眼前的人会如此冷静,莫行慎怔了一会儿,随后开始解释道。

"其实这件事你真是误会了,林茉从小和我一起长大,我只把她当成我的妹妹。那天我也没料到她会突然来酒店找我,还说出那番话。你相信我,我绝对没有做对不起你的事情。"

时八八在心里翻了个白眼,刚刚还说是他错了,可现在听起来,好似他才是受害者,这分明就是要甩锅给她的节奏啊!

"既然你没做错,为什么当时不解释?我们分手也有一个月了吧,你不觉得现在说这些有点迟吗?"

作为看过整本小说的人,时八八明白之前的事的确是白初寒误会了,可这件事分明就是林茉故意设计的。谁希望男朋友帮"白莲花"指责自己啊?分分钟气到爆炸好吗!

听到时八八的指责,莫行慎脸一沉,眼底全是痛惜之色:

"初寒,我以为我们之间的感情无须多余的解释。到现在你还不明白我的心意吗?我一直在等你气消,等你想通了,主动回来找我。"

莫行慎习惯了每一次都是白初寒妥协,没料到这次她似乎铁了心要分手,他这才着急起来。

"呵呵,你听说过压垮骆驼的最后一根稻草吗?"

时八八现在已经由在心里偷偷地翻白眼,变成正大光明地翻白眼。这正是她最痛恨女主角的地方。

为了爱这个男人,什么底线都没有,卑微到骨子里,反正什么事都是她妥协。如果感情是以牺牲一方为代价,那还谈个屁的恋爱啊!

"什么意思?"莫行慎习惯了她温顺的模样,现在看她忽然变得如此冷漠,心里越发地慌了起来。

"意思就是,老—娘—要—分—手!"

时八八脾气一上来,也顾不上什么女主角人设,一字一顿,就是想叫这个混蛋听得明明白白。

莫行慎因太过震惊,整个人都蒙了。这什么情况?眼前这个人,真的是他认识的白初寒吗?

时八八扭头就走,莫行慎下意识就拉住她,紧接着,一记响亮的耳光落在他的脸上。

一张俊脸瞬间红了半边,莫行慎呆住,时八八也呆住了。

她发誓她真的没有故意要打他的,可是这手怎么不听控制呢?

"叮咚,任务失败,扣除 50 积分。温馨提示,如果下一个任务失败,游戏进度将回到起点。"

时八八嘴角抽搐,见鬼的温馨提示,反应要不要这么迅速?!

"对……对不起。"她抽回手,一溜烟跑了。

刚进游戏就打人了,还打了设定是天之骄子、超级无敌高富帅的男主角,会不会被全小说的人追杀啊!

她越想脸越苦,倚靠在小巷口气喘吁吁,心里懊恼不已。冲动是魔鬼,冷静,一定要冷静。

"你刚刚是不是对我施了邪术?不然我为什么会打他?"时八八气冲冲地问道。

系统娇傲地哼了一声:"明明就是你自己想打他,这个锅我不背。"

时八八:"……"

她欲言又止半天,这才挤出两句话:"我现在积分扣掉了一半,后面还有补回来的可能吗?下个任务是什么?"

"你可是看过全本小说的人,站在上帝视角,猜都该猜到下个任务的内容了,还问我做什么?"

时八八嘴角抽搐:"难道是原谅那朵'白莲花'?"

"Bingo!"

"苍天啊!早知道还不如原谅莫行慎呢!"刚来就要面对她最讨厌的渣男贱女,林茉可是整本小说里她最恶心的人,她连莫行慎都忍不了,别说这朵盛世"白莲花"了!

"这游戏我不玩了,干脆我自己把分都消耗掉,回到起点重新来过,反正这个世界的进度条是跟着我走的。"时八八大吼出声,一脚踹在电线杆上,结果疼得自己抱脚嗷嗷叫。

"不就是个小说闯关游戏吗,痛感怎么这么逼真?要死哦!"她一边跳一边抱怨,余光恰好瞥见巷子拐角处有个脑袋快速缩了回去。

难道有人监视她?

时八八现在正愁没事干想找人出气,一阵风般追了过去。那人根本没料到她反应这样快,愣在原地。两人大眼瞪小眼,气氛一时有些尴尬。

"你跟踪我?"时八八抢先开口,特意拉长了音调,要的就是先发制人的气势。

丢人不能丢气势,非常好,现在是她的主场!

第二章
破罐子破摔

宋乾快速稳定心神，装作无所谓地抹了一把头发，这才缓缓开口："这位小姐你说话方式很有问题，凭什么我走这条路就是跟踪你？这条巷子连接两条主路，我经过这里很正常。"

"你可拉倒吧，明明站在这里观察我半天，被我当场抓到还想狡辩。说吧，谁派你来的？"时八八翻了个白眼，摆明不相信他的话。

宋乾眼珠子一转，索性顺着她的话说下去："是，我的确在这儿站了一会儿，不过不是跟踪你，而是恰好看到了你。"

时八八心说这借口真是太烂了，刚要开口反驳，就被宋乾抢了先。

"我本来只是路过，不过见你一个人发疯般又叫又嚷还自言自语对着电线杆又打又踢，我有理由怀疑你的精神有问题，一个正常人对一个精神有问题的人进行躲避，我觉得合情合理。"

"你的意思是我是神经病？"时八八眸子里有怒火在燃烧，咬牙切齿地问道。

宋乾一看事情要糟，连忙补救："我的意思是你刚刚的行为让人误解，而不是说你真的是个神经病。"

嗯？怎么有种火上浇油的感觉？

时八八阴恻恻地笑了："那不如我们去警察局聊一聊，到底是谁误会？"

她说着就要掏手机,宋乾长臂一伸,摁住了她的口袋:"误会,都是误会。做人留一线,万事好商量,你看我们无冤无仇的,何必闹得这么僵……"

"呵呵,来不及了,谁让老娘心情不好。"时八八抬脚踩在了宋乾脚上,疼得他一下跳开好几步。眼见时八八要拨号,宋乾再次扑了过来。

早知他会有此反应,时八八索性正面迎击,一肘撞在他胸口位置。宋乾痛得差点没一口血吐出来:"你这个疯女人,下手这么重!我告诉你,我可是不怕你的!"

好歹自己是个侦探,被一个女人这样欺负,说出来多丢面子。宋乾也不管什么绅士风度了,反手扭住时八八的胳膊,直接就将她扣在怀里。

时八八力气再大,也抵不过一个男人,气得直跳脚:"你一个大男人,欺负女人算怎么回事?我告诉你,现在就给我松手,不然我要你好看!"

"你先冷静点,我们有话好好说,只要你答应别动手,我立刻松手。"

宋乾略感头疼,这个暴躁的女人绝对是个神经病,跟他前些日子看到的温柔模样简直判若两人。都说女人变脸像翻书一样快,这话绝对是真理。

"你先告诉我,谁派你来的?"时八八问得出其不意,宋乾差点没转过弯来。

"我是……"他顿了一下,当然不会说出真实目的,否则饭碗就不保了,"我是路过的。"

时八八嗤笑一声:"你不说,我也猜得出来。"

反正这本小说里也就那几个反派,她只是想确认一下到底是哪个而已。当初她看得太快,只记住了主要剧情,其他细节都给忘了,毕竟言情小说,谁会记得那么清楚。

"你怎么就是说不听呢!"宋乾一脸无奈,这女人可真不好糊弄。

两人正僵持不下，一个柔媚的女声传了过来："初寒，你怎么在这里？慎哥哥呢？"

这声音嗲得过分了啊！时八八和宋乾同时掉了一地的鸡皮疙瘩，扭头看着这个突然冒出来的女人。

宋乾的第一反应：哟呵，有好戏看了！

时八八强颜欢笑，脑内系统已经发布任务："新任务：原谅林茉。本次任务计50积分，一旦失败，游戏将重启。"

林茉上下打量抱在一起的宋乾和时八八，嘴角扬起一丝笑："想不到你这么快就找到了新欢，我可真替慎哥哥不值呢。"

时八八此刻才反应过来自己还被宋乾抱在怀里，胳膊肘往后一戳，宋乾瞬感胸口巨痛，赶忙松开了手："太恶毒了，招招要我命。"

他揉着胸口，清秀的脸因为疼痛扭曲成一团。时八八嫌弃地看了他一眼，这才对林茉说道："你来找莫行慎？真不巧，我没跟他在一起。"

莫行慎不在场，林茉自然懒得装样子，说话阴阳怪气："可我明明听说他来找你了，该不会是看到你和奸夫勾搭的样子，被气跑了吧。"

"麻烦你注意自己的措辞，且不说我和这位先生没有任何关系，就算真的有关系，那他也应该是我的男朋友，而不是你口中的奸夫。我和莫行慎分手的事实，你应该比我更清楚，既然我和他没关系，你这个所谓的好妹妹就更是个外人了。带着你的好哥哥滚远点，不要来烦我！"

林茉一开口，实在有让人想暴揍她的冲动。本来时八八还打算挣扎着求个友好关系，保住50分，现在她可算是破罐子破摔，直接打算game over。

"对，她说得对，我长得这么帅，怎么可能做奸夫！"宋乾捂着胸口倚靠后墙，觉得有必要对这次误解进行澄清。他一个来搞调查的，跟当事人闹出绯闻算怎么回事？

"你能闭嘴吗!"这是解释吗?这是坐实关系啊!时八八眼睛一瞪,宋乾就感觉有飞刀朝自己扔过来,老老实实窝在墙根不说话了。

宋乾好委屈,调查时还是温柔小猫咪,忽然变成了夯毛小野猫,这个世界好魔幻啊。

时八八不想再跟林茉胡扯,转身想要离开,谁知林茉却不依不饶地挡住了去路。

"既然你有了新欢,就带着人去跟慎哥哥说个明白,让他死了这条心。你这副假惺惺的嘴脸,我看着也心烦。慎哥哥是天之骄子,你这样下贱的女人怎么配得上他!"

林茉只要想到莫行慎对白初寒温柔的样子,心里就嫉妒得要发狂,可她偏偏还要装乖巧可人,这种分裂的感觉让她难受极了。

"说到下贱,我怎么比得上你呢?明知道你的慎哥哥有女朋友还恬不知耻地倒贴,更可笑的是,倒贴成这样人家还不理你,佩服佩服,您是贱中之王,我绝对甘拜下风。"时八八毫不犹豫地还击。

哟呵,她不理林茉,这小蹄子竟然还敢主动招惹她,骂人谁不会啊!时八八看小说时就因为白初寒柔弱可欺的性格憋屈得要死,现在她要一雪前耻手撕"白莲花",展现女主角雄风!

"你竟然敢这样侮辱我,我要杀了你!"

时八八的话简直句句戳心,林茉气得大声尖叫,叫嚣着朝她扑了过来。

时八八不闪不避,卷起袖子直接对林茉脸上来了一拳。时八八力气大,林茉都没来得及出手,就一头栽倒在地上,白色的小短裙外翻,打底裤露出一角,膝盖也磕破了皮。

K.O!

她这招快、狠、准,一旁看热闹的宋乾都看呆了!

"哎呀,我什么都没有看到。"面对这种腥风血雨还是先闪为妙,免

得引祸上身。宋乾贴着墙根快速往外挪,然后听见哒哒哒的脚步声——有人正飞快往这边跑来。

下一刻,莫行慎的身影就出现在众人面前。

一向怜香惜玉的他,自然第一眼就看到了被打得惨兮兮、倒在地上的林茉,十分愤怒地看了时八八一眼,脱下外套盖在林茉的身上,眼里满是心疼:"这是怎么回事?"

刚刚还气焰嚣张的林茉,立刻泪眼汪汪地缩进莫行慎的怀里,抽抽搭搭的样子简直我见犹怜:"对不起,我只是想劝你们和好,谁知碰见了初寒和她的新男友,忍不住替你说了几句,她就对我动手了……呜呜呜,是我没做好,一切都是我的错……"

这变脸的功夫,别说宋乾吓一跳,就连有心理准备的时八八都惊住了。三言两语把自己摘出去,所有的错归在白初寒身上,她林茉就是个被人欺负的小可怜。

"对,看她不顺眼,我就打了。"时八八觉得照这情形应该没什么反转的可能,系统也在警告积分即将归零,不如索性把事情做绝,先让自己爽一爽,大不了从头来过。

"白初寒,你太过分了!从前的你那么善良,现在怎么会变成这个样子?"莫行慎本来就对她那一巴掌心里有气,如今看到疼爱的妹妹因为自己这样被欺负,更是恼怒,"从今往后,我不会再来找你了,你好自为之。"他说着抱起林茉快步离开,对时八八没有了一点怜惜。

"警告,任务失败,积分归零,游戏即将重启,请做好准备。"系统此刻毫无意外地发声。

"好了,我知道了,你可以闭嘴了。"时八八抠着耳朵回了一句,看得一旁的宋乾莫名其妙。

这女人跟谁说话呢？莫不是得了失心疯？

时八八此刻心情不错，见宋乾一脸费解，十分宽慰地拍了拍他的肩膀："小伙子，看了一场好戏很值得吧？下次见面你就没得看了，好好珍惜这次机会。不对，下次重来的时候你就不记得这件事了，好好保重。"

"你在说什么乱七八糟的？"宋乾真心觉得她病得不轻，被男友抛弃的女人果然神志不清了！

"哎，人生真是寂寞如雪啊！"时八八故作忧郁地叹了一句。

宋乾还想再问，就觉眼前亮起一片白光，然后他就失去了意识。

……

"剧情加载完毕，游戏开始。"熟悉的机械女声再次响起，时八八娴熟地从床上翻了起来。Ok，提前进入游戏，她这次要争取一次性过关！

第三章
NPC为什么记得我？

用了一个小时的时间精心打扮成莫行慎最爱的模样，乌黑的长发如瀑布般披散而下，搭配纯白的长款连衣裙，外罩一件风衣，好一朵风中摇曳的小白花，楚楚可怜，温柔可人。真不愧是女主角的颜，时八八摸着这细腻白皙的皮肤，感觉自己都要爱上自己了。

正自我陶醉时，莫行慎的敲门声如约响起，时八八特意等了一会儿才去开门，一双乌黑漂亮的杏眼看起来懵懂又无辜："你来找我有什么事？"

只要按照套路走，一定能拿下莫行慎。

"许久不见，你……还好吗？"

莫行慎这次情绪倒是平稳许多，难道是没等太久的缘故？

时八八露出标准微笑："挺好的，你呢？"

天啊，这尴尬且毫无营养的对话……能不能选择剧情快进？看电视剧都能倍速播放了，现在她真心实意想要选择2倍速快放。

"我……"莫行慎顿了顿，然后鼓足勇气说，"我很想你。"

"嗯，我知道。"时八八很郑重地点了点头。

莫行慎："……"

系统忍不住吐槽："您不觉得您现在玩这个游戏有点叛逆吗？"

时八八心里回道："我要是叛逆，还能好好站在这里跟他说话？"

系统不想理她了。

气氛沉默得有点诡异,莫行慎尴尬地咳嗽了两声,补充道:"林茉对我来说,就像亲妹妹一样。那天我不知道她会对我说出那样的话,我的心里始终只有你一个人,谁都无法代替。"

时八八点头,眨着晶亮的眼睛示意他继续说,她怕自己一开口,事情就向不可挽回的方向发展了。

莫行慎朝她走近一步,时八八忍着没动,两人已经近在咫尺,她的心情忽然变得紧张起来。

虽说只是把这当成一场游戏,可这个虚拟世界里的人也是活生生的啊,跟现实世界没有差别。和一个陌生男人靠得这样近,确实让她感到不适。

莫行慎见她微微低头,睫毛颤了两下,察觉到她的不适,他不禁将手搭上她的肩膀,姿态亲密,关切地问道:"你不舒服吗?是不是病了?"

时八八不着痕迹地推开他的手:"我没事。林茉那里你打算怎么办?"

莫行慎眉头微皱:"话我已经跟她说明白了,她大哭了一场,虽然现在还很难受,不过她那样善解人意,只要再等一等,她会接受我们的。"

言外之意,林茉现在还不肯放弃呢!

时八八心领神会,当务之急是先把莫行慎稳住。复合之后拿莫行慎当挡箭牌,林茉碍于莫行慎的面子,就算心里不情愿,也得咬牙装好姐妹,这样一来,任务不就圆满完成?

"初寒,上次是我没有考虑你的感受,这一个月以来我反思了很多,我的确也有做错的地方,你……能原谅我吗?"莫行慎拉着她的手,小心翼翼地问道。

时八八近距离面对这张毫无瑕疵的俊脸,心里"嗷"的一声叫起来,

吓得系统差点跳起来:"叫这么大声,要死啊?!"

时八八心里回道:"你们是怎么创造出长相这样完美的男人?虽然性格渣了点,但是冲着这张脸,谈个恋爱绝对不亏啊!"

系统满头黑线:"你上一次可不是这么说的。"

当时时八八不是没反应过来嘛!

时八八稳定心神,露出了自认为完美的微笑,语气温柔:"误会解释清楚就行,这段时间我也很想你。"

莫行慎立刻眉开眼笑,激动地将时八八搂进怀里,时八八身体不自觉地变得僵硬。

与此同时,系统发出了破坏气氛的声音:"呕!你也太做作了吧!"

关键时刻,闭嘴嘛!

时八八不理系统,趁机摸了一把莫行慎的胸肌,啊,身材真是好到流鼻血!

时八八正想入非非,就察觉有只手探入了衣襟,而莫行慎的唇已经吻上她的脖颈,湿润的唇擦过她细腻的肌肤一路往上,带着低低的喘息。

时八八如遭雷劈,脑子里轰隆一声。什么情况?这进展会不会太快了!能不能照常理出牌?言情小说就不能纯洁一点吗?

"啪!"就在莫行慎的嘴即将吻上她的唇时,响亮的耳光再次将他扇到了一边,半边脸变红。

莫行慎一脸不可思议地看着她:"你在做什么?"

"流氓!"时八八心里又慌又乱,夺门而逃。那一巴掌绝对是本能!

啊,没恋爱过的人伤不起!来得猝不及防,她承受不起!何况这不就是个游戏吗,她不至于要在这里献身吧?

也不知道跑了多久,时八八迎面撞上一个人,只听得"哎哟"一声,转过身却看到一张熟悉的脸。

"是你!"

"是你!"

两人异口同声地喊出来,随后皆以奇怪的目光打量对方。

"你记得我?"

"你记得我?"

又是一次异口同声,两人瞬间瞪大了眼睛。

时八八内心已经在大声呼喊系统:"这个 NPC 好像记得我!"

系统:"不可能,绝对不可能!"

此时宋乾已经再次开口:"你是白初寒?"

时八八一时不知如何作答,敷衍道:"算……算是吧。"

"你是不是要进那条巷子?"宋乾指着前面一条小路,心口一紧,手指都忍不住微微颤抖。

时八八望过去,正是昨天跟林茉打架的地方,心里当下更确认了几分,不由得答道:"那里会碰到讨厌的人,我今天不打算去那儿。"

"你……"宋乾挠头,欲言又止。

怎么想怎么不对劲,这个女人表现得就像知道自己梦里发生的一切。可是这根本不合常理!

时八八看他的反应,绝对不像是刚认识自己那么简单,忍不住试探道:"你是不是看到我跟林茉打架了?"

宋乾眼睛一亮,指着时八八:"难道那不是一场梦?可是……日期不对啊!"

宋乾有每天记录的习惯,他印象中 22 号也就是昨天,白初寒跟一个女人打架还失恋了,他还跟踪她拍了很多照片。可是今天早上醒来,居然还是 22 日,他找了一圈自己 22 号留下的痕迹,什么都没有!

宋乾脑子里有一个可怕的猜想,可是他不敢相信,不断暗示自己只是做了一场预知明天的梦。然而梦里的那个人,如今好端端地站在自己的面前,还说出了梦里经历的一切,这意味着什么?

时八八见宋乾反应如此之大,已经确定他的记忆没有因为游戏重置而被清除,心里忽生异样,就像是在茫茫大海之中遇到了另一个被困之人,有种同病相怜的感觉。她嘴角带笑,像之前那样拍了拍他的肩膀:"小伙子,还记得梦里我对你说的最后一句话吗?"

宋乾这时候脑子里已经炸了,万分震惊地看着时八八:"你跟我经历了同一场梦?"

如果脑电波对上了,做同一场梦也不是不可能,一定要冷静,他可是侦探,绝对不能被这种小事打倒。

时八八见宋乾脸色变来变去,不由得笑了:"昨天就是今天,我没做梦,你也没做梦,一切只是重新来过而已。你要是不信,等林茉找到这边,你自己亲眼看看她会做什么。"

话音未落,林茉已经出现在巷子口,她没有看见莫行慎的身影,皱眉瞟了时八八一眼,耐着性子问道:"白初寒,你怎么在这里?慎哥哥呢?"

"这怎么可能!"没等时八八开口,宋乾就因过于震惊大喊了一句,引得那两人同时盯着他看。

"这个突然冒出来的人是谁?你奸夫?"林茉阴阳怪气地问道。

"怎么又叫我奸夫?你就不能换个词吗?"

宋乾精神正在崩溃中,他焦虑得原地打了几个转,随后抓住时八八的肩膀一顿猛摇:"这是怎么回事?我不信,这一定是一场梦,你们肯定是假的,我不信!"

时八八觉得头都要被他摇掉了,大吼一声:"停!"

宋乾被她中气十足的一声吼叫回了神,一双乌黑明亮的眼睛此刻盛满了迷惘,呆呆地看着她,仿佛在寻求救命之草。

"今天的确是在重复上一天发生的一切,原因呢,也确实跟我有关。我不知道你为什么会有记忆,但是如果我完不成我的任务,你就会一直重复过这一天,这么说你能否理解?"

"你的意思是,因为你,我陷入了时间循环?"宋乾双手插进头发,一脸的不可置信。

什么循不循环的,时八八心说这就是一场坑爹的游戏好吗!但眼下她找不出更好的理由解释事情的来龙去脉,只好顺着他的说法点头:"差不多就是你说的那个意思。"

宋乾抹掉眼角一行清泪,守住最后的倔强:"我不信!"

时八八:"……"

明明就已经相信了,嘴硬有意思吗!

林茉站在一旁看着他们俩像神经病似的大呼小叫,说着她不明白的话,忍不住插嘴:"白初寒,你到底有没有听我说话?慎哥哥呢?"

时八八看到被冷落的林茉眼前一亮,在这个孤独的小说世界找到一个能理解自己的盟友是一件多不容易的事情,她一定要拉拢宋乾替自己办事!

心里这么想着,时八八看向林茉的眼光就越发火热,嘴角还带着意味不明的笑容。

林茉被她热辣辣的目光盯得全身起了鸡皮疙瘩,尖声喊道:"我问你话呢,你聋了是不是?!"

时八八指着林茉,对宋乾说道:"我的任务是要和这个女人重归于好,不过看现在的情形,和好是不可能的,那么我就让你亲眼看看,时间是怎么重来的。"

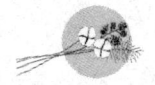

第四章
结成同盟

时八八说着两步并作一步,来到林茉眼前,高高扬起手臂,打了林茉一个措手不及,清晰的巴掌声和林茉恼怒的尖叫声混在了一起。

"贱人,你竟然敢打我,我跟你拼了!"

林茉没料到时八八竟然会突然动手,一张漂亮的脸气得扭曲,伸手就要打时八八。然而远远瞥见莫行慎的身影,林茉忽然一个转身,自己趴在了地上,哭得楚楚可怜。

宋乾和时八八同时预料到接下来的情节发展,扭头看向莫行慎跑来的方向。宋乾绝望地遮住了自己的眼睛,该死,为什么偏偏是他碰到这种事情!

莫行慎果然因为林茉跟时八八生气,毫无求生欲的时八八添油加醋地将两人同时数落了一顿。于是积分快速清零,时八八都没来得及跟宋乾多说一句,游戏又回到了开始的地方。

"叮咚,剧情加载完毕,玩家请准备进入游戏。"系统清清冷冷的声音再度在耳边响起。

时八八一个鲤鱼打挺快速地起床洗漱,这次她换了一套休闲运动服,决定在莫行慎找来之前,先去找宋乾联盟。

然而这一次,门铃声却提前响起了。

"叮咚叮咚叮咚……"

急促到连间断的声音都没有。

"不是吧,今天怎么提前来了?"时八八一头雾水地去开门,却发现是宋乾站在门口。

"你……"她话还没说完,就被宋乾拉着去了隔壁的房间。

"原来我们是邻居啊!"时八八悠闲地在宋乾房间里逛了一圈,装修有着日式杂货铺的风格,小小的空间堆满了书,还有各式各样奇奇怪怪的东西。

东西虽然多,但每一样都摆放得整整齐齐,繁而不杂,头顶暖黄的灯光投射下来,给人一种温馨舒适之感。

她走到一个奖杯前:"你是警察?"

宋乾眼神躲闪,不甘愿地回了一句:"以前是。"

"那你现在是做什么的?"时八八又问道。

"侦探。"宋乾说起自己的职业时骄傲里又带了点不自信,很是矛盾。

时八八乐了,所谓侦探,工作无非就是帮忙查小三、找出轨证据,做做这些鸡毛蒜皮的小事,难怪一开始他会跟踪自己。

"所以你是接了谁的任务跟踪我?"

"你怎么现在还在问这个问题?"宋乾只觉头痛,绕来绕去就是避开不了。

"小帅哥,现在我们都这关系了,你还藏着掖着不敢说,有意思吗?"时八八翻了个白眼,言语间自动将宋乾归入了己方队伍。

宋乾转念一想也是,不然他也不会主动来找白初寒,毕竟这已经是他第三次经历22号这天,实在是受够了!

"莫行慎的母亲,你未来可能的婆婆。"

"原来是莫夫人啊!"时八八了然地点点头,站在宋乾面前伸出手,

"以后我们就是盟友了，合作愉快。"

然而宋乾站在原地没动，一脸莫名其妙地看着她："我们什么时候成合作关系了？"

"你主动来找我，难道不是要跟我合作吗？"时八八理所当然地回道。

宋乾嘴角抽搐，表情一言难尽，有不屑，有恼怒，也有无奈："想要合作也不是不可以，你先跟我说清楚，那所谓的任务，到底是什么东西？"

随随便便出手帮别人，还不求报酬，宋乾是万万干不出这种事的。

"哎呀，干吗把气氛弄得那么僵，我们之间无冤无仇的，做朋友就挺合适。你叫什么名字？"时八八有心想要跟他套近乎，说话笑嘻嘻的。

"宋乾。"他语气僵硬地回了一句。现在谁有心情跟她聊天，无缘无故掉入时间循环，没疯掉就已经不错了。

"送钱？你这名字很有创意啊！"她干巴巴回了一句，憋笑憋得厉害。

就知道她会这样！宋乾一个"吃土人士"，天天被别人"送钱"地叫，好像他一辈子都挣不到钱一样。气不气？简直气死人了！

"唐宋元明清的宋，心中有乾坤的乾。"宋乾不是第一次遇到这种情形，不悦地解释了一遍，顺口问，"你叫什么？"

宋乾问完就觉得自己是被气糊涂了，他跟踪调查白初寒有一周的时间，名字早就烂熟于心。

然而只听得白初寒回道："时八八。"

"屎粑粑？"宋乾差点没从凳子上跌落下来，"就算对我有不满，也不用这么侮辱人吧！"

时八八刚溢出的笑容僵在脸上，已经不止一万次嫌弃自己的名字，谁知道她那个坑女儿的爹是怎么想的？就算她在家族排行老八，能不能考虑一下他们家特别的姓氏！

"时间的时，一二三四五六七八的八。"

"扑哧——哈哈哈哈哈哈……"这回轮到宋乾发出毫无人性的爆笑声。

时八八的脸色由白转青,由青转黑,又由黑到白,表情十分精彩。

"够了!这名字有什么好笑的?!"时八八掀桌而起,一声怒吼止住了宋乾的狂笑,眼睛里已有怒火喷发而出。

"对不起,我只是忍不住。"宋乾强行忍住笑,瞬间觉得自己的名字好听起来,然而等回过神才想起,"你不是白初寒吗?"

时八八捋过额前垂落的发丝,翻了个白眼,明显余怒未消:"你看我除了样子,还有别的地方和你调查的白初寒有一丁点相似吗?"

宋乾一个激灵弹起来,左看右看,这才不确定地问:"难道这就是传说中的灵魂穿越?"

宋乾一向脑洞大,对于稀奇古怪的事情接受度很高,尤其前面还经历了时间循环,很自然地就得出了现在的结论。但他内心不但不惊恐,反而还有点小兴奋。

自己平凡的人生,难道就要因为这个女人的到来变得波澜壮阔吗?

一般小说里都是这样写的,紧跟穿越女的步伐,不管是配角还是主角,最后肯定能走上人生巅峰!

"打住,麻烦将你的脑洞收一收。"时八八心想这人怕不是个傻子,找这个人当帮手真的合适吗?

"好,你说!"宋乾越想越兴奋,连回答都变得底气十足,"我们是盟友,你说什么我就去做什么。"

时八八也不知道宋乾脑补了什么,只说道:"我的第一个任务是和莫行慎还有林茉和解,这样后面才能继续发展,我们才不会一直停留在22日这一天,这个你应该懂吧?"

宋乾点头:"我明白。只是你跟前男友和好,这事一闭眼一咬牙就过去了,你怎么老没通过?"

他也算见过莫行慎两次了,外貌、家世都无可挑剔,在霖川市这个地方可是有无数女人梦想着当他女朋友,怎么到了时八八这里就变得那么难?

时八八不太好意思地将前两次失败经历都说给宋乾听,期盼地问:"我这个臭脾气顺利通过第一关,还有救吗?"

"没救了,等死吧,告辞!"宋乾抱拳相送,一脸假笑。

"你刚刚还说是盟友,翻脸也太快了吧!"时八八简直想揍地打死他。

"就这破任务你都失败了两次,我从不跟像你这么蠢的女人合作。"宋乾说着就要推她出门。时八八卡在门口,誓死不从。

"我要是过不了,你就得一直循环经历这一天,这你也不怕?"

"这个问题就跟'要吃屎味的冰激凌还是要吃冰激凌味的屎'一样难选,所以我选择死亡。"宋乾转身就要去找绳子上吊。

时八八一把抱住他的腰,欲哭无泪:"大哥,您这思维活跃得让人跟不上啊!你能不能正常点?"

宋乾一秒恢复正常:"你说得对,寻死没有任何意义,遇到问题就要及时解决,不能一直逃避。"

时八八:"……"

她什么时候说过这些话了?明明都是他自己说的啊!神经病!

"以我的经验,遇到这种性格上没办法突破的问题,最适合采取的战略就是抢占先机,速战速决。"此刻宋乾已经开始认真分析。

时八八也顾不得吐槽,脑袋凑过去仔细听。

"举个例子,莫行慎来找你复合,你别每次等到他开口,自己先原谅他,后面的事情不就顺理成章了吗?"

宋先生,请冷静

"可是他如果想对我动手动脚呢？"时八八觉得这是个大问题。

"那你就别给他动手的机会嘛！和好了出去约会正常吧？然后你告诉他大庭广众之下秀恩爱不合适，想来一天纯纯的恋爱，这种事你一定得占据主导地位，一旦被动，就容易出事。"

"好像是这么回事。"时八八若有所思地点点头，"我等会儿试试。"

话音未落，就听得电梯门开的声音，时八八心里一动，瞬间冲出了房门，刚巧碰上出电梯的莫行慎。

没料到时八八会突然出现，莫行慎愣了一下，然后就见白初寒飞奔着朝他扑来。

"慎，你终于来了！"

肉麻的喊声惊得宋乾立刻关上了房门。好家伙，这丫头刚刚还气势如虹彪悍无比，瞬间变成撒娇小猫咪，奥斯卡最佳女演员颁给她。

然而莫行慎倒是很吃这一套，激动地抱紧时八八，语气温柔无比："初寒，你不生我的气了？"

"我知道你对我的感情，那天是我太冲动，我也有错。"时八八委屈地说道。

天知道说出这句台词有多恶心！

时八八柔弱弱地伏在莫行慎怀里，已叫莫行慎一颗心彻底沦陷，原本这些天因她而起的那些郁结之气也全部消失无踪。

"是我不好，是我没处理好跟她的关系，叫她生了不该有的心思。你放心，以后我一定不会再让你受委屈。"

第五章
戏精的诞生

"我自然是相信你的。"时八八本来想用哭博个同情,然而没能哭出来,只好尴尬地拉着莫行慎的手,挤出一丝笑容,"我有点闷,你陪我出去走走吧。"

莫行慎怜惜地摸了摸她柔顺的长发:"你想去哪儿,我都陪你去。"

"叮咚,与莫行慎成功复合,奖励50积分,请再接再厉。"系统发出恭喜提示,时八八顿时松了一口气。

"随便在附近走走就好啦。"时八八任务完成,利索地从他怀里退出来,不给莫行慎进一步亲密的机会,抢先拉着他的手往电梯里走去。

莫行慎没想到事情进展得这么顺利,看着许久未见的人儿,心中喜不自胜,目不转睛地盯着时八八看,目光绵密得仿佛一场雨将她全部包裹。

时八八顿感全身不适,咳嗽一声打破尴尬:"你最近在做什么?"

被一个男人深情款款地看着,她怎么就这么难受呢?原来言情剧女主不是那么好当的。

"除了忙公司的事情,就是在想你。"莫行慎手指摩挲着她的手背,不自觉地又靠近她一步。时八八清晰感觉到他身上的热气,顿时心里一紧。

就在时八八的忍耐要到极限时,电梯门及时开了,她一个箭步抢先走了出去,露出灿烂一笑:"今天阳光真好,出来透透风最适合不过。"

"我家里的海棠花开了,你要不要去看看?"莫行慎笑得一脸温柔,上前一步再次将时八八搂在怀里,"春天我们一起种下的,现在它开得很漂亮,只差一个陪我观赏的人。"

时八八双手抵在胸前,尽量拉开两人的距离,心里盘算着林茉应当要出现了,必须先稳住莫行慎,于是柔声答道:"好,我也想看看它长成什么样了。"

莫行慎一听更开心,拉着她的手往楼外走去,脚步轻快。

冬天灿烂的阳光洒在两人身上,踩在满地金黄色的银杏树叶上,声音扑簌,时八八真有种在偶像剧里的错觉。然而没走两步,浪漫的气氛便被尖锐的女声打破。

"慎哥哥……"林茉娇嗔一声,飞奔过来,眼角扫过时八八,带了一丝嫉恨。

莫行慎皱眉:"你跑来做什么?"

时八八有意依偎在莫行慎的身旁,好整以暇地看着林茉演戏。她就等着这次正面交锋,搞定了莫行慎,林茉就是个碟小菜,这次她一定要找回自己女主角的场子。

林茉看到他们两人亲密地站在一起,一双漂亮的眸子瞬间蓄满了泪水,她本就生得娇媚,此刻看起来更是楚楚可怜:"我……我担心你。"

莫行慎好不容易跟白初寒重归于好,虽然一直把林茉当亲妹妹疼爱,可上次的事情还心有余悸,何况他刚承诺过不会再让白初寒伤心,所以此刻对林茉冷了脸:"我们之间的事你不必操心,外面天凉,早点回去吧,听话!"

林茉就是担心两人重归于好,如今眼看自己的计划要落空,哪里肯从。她眼珠子一转,决定从软弱的白初寒入手:"姐姐,上次是我不对,让你误会了慎哥哥。你放心,我以后再也不会那么做了,你会原谅我吧?"

时八八心道话都说到这个分上,她就算不乐意,也得给莫行慎一个面子,只好假笑道:"你年纪小不懂事,我能理解。"

"叮咚,与林茉重归于好,获得50积分。"系统提示响起,时八八嘴角弯弯一笑,加上原始积分,她现在有200积分了!

本打算见好就收,可是在听到林茉的下一句话后,她觉得自己作为女主角,不应该这么憋屈地走了。

"那我就当你原谅我了。"林茉得寸进尺,十分亲昵地挽起时八八的胳膊,假装弄不清现在的状况,"你们现在打算去哪儿玩?可以带我一起吗?"

时八八心里都冷笑了,却听得莫行慎的声音:"打算去我家,正好送你回去,上车吧。"

这么没有求生欲的男人是怎么回事?当着白初寒的面邀请情敌上车,是嫌分手的次数还不够多吗!时八八对这个男主角人设已经无力吐槽。

不行,她可是女主角,被配角踩在脚底太没面子,要趁此机会反败为胜!时八八决定主动出击:"我和慎一起种下的海棠花开了,小茉如果没事,可以顺路跟我们一起去看看。"

林茉喜上眉梢,正愁不知道用什么理由留下来:"好,我最喜欢海棠花了。"说完抢先坐在了副驾驶的位置。

莫行慎正想拉白初寒坐这里,看到林茉不知分寸的行为,心里十分不悦,无奈只好将白初寒安置在后座。

回去的路上,林茉假装天真无邪地说个不停,反正就是围绕以前的旧事来谈情分谈回忆。她要表明自己跟莫行慎是青梅竹马,参与了莫行慎过去的人生,而白初寒不过是一个第三者,配不上莫行慎。

莫行慎是个念旧情的,听林茉说起小时候的趣事,慢慢又被她哄得开心。时八八觉得不能让林茉太得意，插嘴道："慎，你以前发生了那么多事情我都不知道，感觉好可惜。"

莫行慎透过后视镜看她，眉眼瞬间变得柔情似水："过去的都过去了，未来我们可以创造无数个属于我们自己的美好回忆。"

林茉努力那么久，好不容易讨得莫行慎开心，瞬间被这句话打击到谷底，手不自觉攥成拳头，她绝对不能认输。

下车的时候，莫行慎先一步帮时八八开了车门，十分绅士地将她扶出来，看得林茉嫉妒不已，喊道："慎哥哥，你怎么不扶我？"

"你有手有脚，自己下车不就行了。"莫行慎略感头疼，林茉这孩子平时乖巧得很，今天怎么老是捣乱？

时八八心里想笑，装作柔弱地靠在莫行慎的胸膛，似乎在挑衅林茉。

"白初寒也有手有脚，你怎么扶她不扶我？"林茉心里恼火，说话语气变冲。

时八八装腔作势地说道："慎，你不要管我，先扶她下来吧，小孩子耍脾气总不能不管。"

以退为进谁不会啊，时八八改了主意，决定使劲秀恩爱，气死林茉。

莫行慎的思路一下子被她带偏："小孩子脾气不能惯着。"随后瞪着赖在车上不下来的林茉，语气有几分严厉，"初寒和你自然不一样。同样的话我不想再说第三遍，自己下来。"

林茉哪里还敢不听话，一溜烟下了车。看着被莫行慎搂在怀里的白初寒，林茉心如刀绞，却只能强颜欢笑："刚刚我是开玩笑的，先去看海棠花吧。"

莫行慎不再理她，拉着时八八往后花园走去。林茉小心翼翼跟在后面，只怕惹恼了莫行慎。

时八八见她安分，估计又打算搞事，回头朝林茉龇牙咧嘴顺带翻白眼，

模样那叫一个得意。

先前她还只是暗暗地挑衅,林茉也许还没想明白,现在就全懂了。时八八哪里是柔弱可欺的小白兔,分明就是只大尾巴狼。

被她这么一激,林茉顿时斗志昂扬,跑两步追上两人,强抱住了莫行慎的另一只手:"慎哥哥,我脚扭伤了,你扶着我吧。"

莫行慎见林茉好像真的扭伤,不由得有些担心:"脚扭伤了?我看看。"

时八八一副看热闹的表情看林茉在那儿演戏,心里越发瞧不上她。好大一朵白莲花,除了装柔弱还是装柔弱,偏偏莫行慎最吃这一套,无敌了!

林茉秀气的眉毛蹙成一团,坐在花园的长凳上等着莫行慎给她揉脚,身子前倾,就差没直接扑进莫行慎的怀里。大约是她的眼神过于炽热,莫行慎刚蹲下,感觉不妥又站了起来,随后通知管家拿药过来。

林茉见他转身要走,急忙拉住他的手,委屈巴巴地道:"慎哥哥,你要去哪里?"

"花园里都是泥土,你穿着高跟鞋确实不好走,我已经通知管家过来,你先坐在这里休息等一会儿,我带初寒去看看花。"

林茉一下子就傻眼了,她装腔作势是为了让莫行慎留在她身边破坏他和白初寒的约会,这一闹,反而给他们制造了独处的机会,那是绝对不行的。于是下一秒她就站在了他面前:"我的脚扭得好像没那么严重,可以走了,你不要丢下我。"

时八八差点没当场笑出来,林茉吃瘪慌乱的样子怎么就那么好笑呢!

"看来小茉还是小孩子脾气呢,不过脚扭伤了可不是什么小事,何况你还穿着高跟鞋,不要逞强。不如这样,我先去看花,慎你留下陪她?反正我一个人也可以的。"

言下之意,她就是要去看花,不管有没有人陪。

"那不行,是我带你来的。"莫行慎刚和白初寒和好,心里自然更偏向她,何况今天林茉好几次不讲理,实在有点烦人。他当即做出决定,与白初寒两个人赏花。

林茉作茧自缚,又不敢违背莫行慎的意愿,只能在原地跺脚撒气。谁料到脚真的扭伤,这下她是彻底没辙了。

花园的西南角种了一大片海棠花,如今开得正艳,簇拥一团朝气蓬勃,娇艳水灵,很是夺人眼球。时八八喜好种植物,当下心里感叹了一句,有钱就是可以为所欲为。

她租的房子不过十平米,因为场地限制,阳台上只放了几盆花草,跟莫行慎这别墅大花园一比,真是穷酸得可怜。

"我猜你会喜欢。"莫行慎见她眼底有惊艳之色,心里有几分得意,从背后抱住她,嘴贴在她耳边轻语,情人间的亲昵动作他很是熟练。

然而时八八此刻就心里苦兮兮了,她就是想气一气林茉,可别把自己的清白给搭进去了!

不过,林茉不是会轻易放弃的人,绝对不会眼睁睁看着心上人和她约会,后面肯定会有变故,她一定要忍耐。

果不其然,莫行慎刚要有进一步动作,就听到管家匆匆来报:"少爷,不好了,林小姐晕倒了。"

第六章
真叫人头疼

"怎么突然晕倒了?"莫行慎兴致被搅,却又不能不在意林茱。

时八八直呼救星来了,装作很关切的样子说道:"可能是天气太冷一下子着凉了,我们快去看看吧。"

莫行慎欣慰地点点头,相比林茱的刁蛮无理,还是他的初寒善解人意。

两人赶到房间时,林茱正躺在床上装病,一见到莫行慎便泪眼婆娑,扯着他的手不让走。

莫行慎虽然心疼她,却又觉得她很烦。刚巧公司有电话打来,便将林茱丢给白初寒,自己借故离开。

没了莫行慎这个关键人物在场,林茱的脸立刻沉了下来:"慎哥哥迟早是我的,你以为凭你的家境,莫夫人会同意你进门吗?麻雀就是麻雀,终究飞不上枝头变凤凰。"

"既然你对自己这么有信心,干吗还哭天抢地抱着你的慎哥哥不准他离开呢?没本事就是没本事,即使你倒贴成这样,慎哥哥心里还是只有我一个呢!"

时八八怼人简直是一绝,先前已经跟林茱有过两次交锋,她很有经验怎么将林茱的怒气值激到最高点。

果不其然,林茱气得立刻从床上爬了起来,冲过来就要跟她拼命。时八八哪里不晓得她出手的套路,一躲一个准,嘲讽的话倒是一句没落,气得林茉都要崩溃了。

她还在戏弄着林茉,系统忽然提示道:"莫行慎要来了,把握机会。"

时八八先是一愣,瞬间心领神会。当林茉再次袭向她时,她没躲开,硬生生挨了一巴掌,顺势往门口一躺,于是莫行慎刚好看到他的心上人白初寒被林茉打倒在地的场景。

"林茉!"愤怒的吼声从他的嘴里发出。林茉得意又丑陋的嘴脸在他面前一览无余,莫行慎竟不知她会做得这样过分。

他冷漠的样子吓得林茉浑身一哆嗦,凑上前想要解释,却被莫行慎一把推开:"滚!"

林茉这一次真哭了,豆大的泪珠掉落下来,浑身颤抖得厉害,然而瞥见地上的白初寒嘲笑的嘴脸,她知道自己这次被算计了。

白初寒,我跟你势不两立!

莫行慎蹲下身,心疼地摸着时八八被打得红了半边的脸:"对不起,我不知道她私下对你是这个态度。"

时八八挨了这一巴掌,自然想把功效发挥到最大,可怜兮兮地说道:"没事,我习惯了。"

短短一句话,明确传达了一个信息——背地里他的好妹妹一直在欺负她,白初寒委屈,可是白初寒什么都不说。

莫行慎这下更加内疚更加心疼:"你为什么不早点告诉我?"

"我怕你为难……"

时八八很满意自己的表现。她在这短短的一段戏里,充分展现了一个善解人意的柔弱女子为了爱人做出牺牲的伟大精神,并且以其人之道还治其人之身,狠狠恶心了作为对手的林茉,还成功唤起了男主的愧疚之心,她才是最佳戏精。

"傻瓜……"莫行慎心疼得眼圈一下子就红了,此刻他无比痛恨自己的无能,竟然让她受了这么大的委屈。

时八八见他情绪激动,觉得自己戏演得似乎过了点,不好意思地捂着脸道:"能不能找点冰块过来,我需要敷脸。"

莫行慎二话没说,直接抱着她去了厨房。

看着莫行慎在厨房手忙脚乱的样子,时八八挠了挠头,觉得莫行慎作为这本书的男主,还是有可取之处的,就是蠢了点。

随便施点小计策就会上钩,前两次任务失败,不都是因为林茉用了同样的计策吗,只是这次被她反过来利用而已。

唉,女人中的"小绿茶",总是对直男具有最大杀伤力啊。

林茉还没死心,小心翼翼地追过来,怯生生地喊了一句:"慎哥哥……"

莫行慎看都没看她,将冰袋处理好,不容时八八拒绝,亲手替时八八敷脸,眸子里写满心疼。

时八八直来直往惯了,忽然通过耍花招得来别人的关心,心里还是很虚的,她夺过莫行慎手里的冰袋:"还是我自己来吧。"

莫行慎没回答,只是怜爱地点点头,随后在她额头轻轻落下一个吻,目不转睛地看着她。

时八八觉得自己都要窒息了,她指着角落里发抖的林茉说道:"她怎么办?"

莫行慎冷冷看了林茉一样,有恨铁不成钢之意:"她变成这个样子我也有责任。你放心,我会处理好的,这件事你就别管了。"

时八八讪讪地点头,顶着压力专心敷脸。林茉这一巴掌打在脸上,火辣辣地疼,不过她也算打了林茉两巴掌,不亏。

因为林茉的搅和,约会的兴致早就没有了。时八八借故回家,莫行慎没有反对,只叮嘱她好好养伤,还买了一大堆药给她。

时八八目送莫行慎离开后,长嘘一口气,只觉累得骨架都要散了。

宋乾听到隔壁的动静,出来正好瞥见时八八倚靠在门口长吁短叹,忍不住说道:"任务已经圆满完成,你怎么还不高兴?"

"我只是在想,以后要怎么跟莫行慎谈恋爱……他一靠过来我就浑身难受,每次都要找借口拒绝,实在太累。"时八八看见宋乾,瞬间来了精神。

"别人想跟他谈恋爱还没机会呢,你再嫌弃就矫情了点。"宋乾哼了一声,不想跟她多聊,转身进了自己房间。只要22号顺利通过,不影响到他,就万事大吉。

谁知时八八动作利索地跟着他进了房门,宋乾回头一看,她已经抢先坐在了客厅的小沙发上:"还是你这里舒服自在。"

宋乾翻了个白眼:"这里是我的房间,麻烦你现在'圆润'地从这里离开,好吗?"

"你怎么这么没有同理心?我作为你的盟友,得空过来找你聊聊天谈谈心,交流一下感情,多好呀!"时八八毫无形象地躺在他的沙发上,嘚瑟地抖着脚,简直让宋乾想把她丢出去。

"我们之间顶多算是合作关系,要不是因为时间循环,你以为我有心思跟你坐在这儿聊天?你以为我很闲吗?我每天要忙的事情太多了,别没事就来打搅我。"

宋乾端坐在书桌前低头翻笔记本,上面密密麻麻地写了很多东西,全是他对过往案件的推理与心得——案情梳理是每一个侦探必备的能力。

"你现在的任务不是监视我吗?接了莫夫人的单,应该能赚一大笔钱吧?现在我这个当事人明明白白地坐在你面前让你观察,你说哪里找这样的好事。"时八八毫不留情地戳破他。

宋乾立刻没话说了。

他沉迷犯罪推理，接这些琐碎的案子只不过是因为缺钱，难免敷衍了一些。

本来只是打算跟踪几天，再在网上找些资料随便交差，后来意外发现白初寒住的这个小区环境位置都还不错，刚巧莫夫人又给了他一大笔定金，他索性就住进了这里。没料到隔壁住的人竟然是个大麻烦，早知道这样，他一定不会选择这里。

"你任务都完成了，还死赖在我这里不走，有意思吗？"宋乾站在落地窗前看着夜景，流淌的月光勾勒出他好看的侧颜，"还是说，你觊觎我的美色？"

他眉目一挑，难掩自恋之色。

时八八差点没一口水喷出来："大哥，麻烦你认清自己路人甲的定位好吗？我不觊觎莫行慎的美貌，跑来觊觎你？说出这样的话，你的良心不会痛吗？"

宋乾摸鼻子："其实我觉得我长得挺好看的。"

时八八表示，从未见过如此厚颜无耻之人。

"莫夫人那里，你有没有查到什么资料？你别以为过了今天就万事大吉了，我以后的任务还多着呢。"时八八提醒道。

"你的事怎么那么多。"宋乾按头，他就知道事情肯定不会这么轻易完结，"我看莫夫人跟那个林茉关系挺好，今天你彻底得罪林茉，莫夫人肯定要为林茉出气。"

"还用你说？我当然知道，办法，我需要的是解决办法。"

"现在太晚了，临时想办法我也没辙。对付坏人打一顿就好了，莫夫人可是你未来婆婆，一开始印象分就丢了，后期想要找补回来不是容易事，看一步走一步吧。"宋乾实话实说。

时八八无奈地叹了口气,越想越觉得不公平:"凭什么都是女方付出?我要费尽心思讨好他妈,他怎么就不费尽心思讨好我妈?"

怎么想都觉得,结婚这事,女生吃亏多一点。

"谁叫莫行慎太优秀,你又这么平凡,我要是莫夫人也看不上你。"

宋乾话音未落,时八八一个枕头就丢了过去,他快速一闪,躲过她的攻击。

"你才平凡,你全家都平凡。"这货不吐槽是会死吗!

"我全家确实很平凡,不然我也不会缺钱到接你这种案子了。"

这么坦然就承认,时八八表示这话她没法接。

"要是能分手就好了。"时八八眉目蹙成一团,心里无数次想甩手不干,可是不完成系统发出的任务,她就永远回不到现实,这实在是太坑了。

"行行行,你想分手就分手,那现在能回你自己屋了吗?"宋乾十分敷衍地回道。

时八八一看他那事不关己的态度就上火,说得好像这是她一个人的事情。行,她要是任务通不过,他就一直循环过日子,到时候别哭着来求她!

"哼!走就走。"她鼻孔出气迈步而出,宋乾见她离开立即"砰"的一声关上了门,毫无要多说两句的意思,仿佛她是个炸弹,避之不及。

时八八毫不留恋地回了自己的房间。

一天里发生的事情实在太多,此刻时八八才有空静下心来回想这段诡异的经历。虽然一直抵触游戏任务,但是通过今天的成功,她明白了其实换个心态,任务并没有想象中那么难,就像宋乾说的,走一步看一步是唯一的解决办法。

莫行慎这关,只要装柔弱就很容易过去,可莫夫人就很难说了。

婆媳问题乃是绵延千年的大难题,自古以来就没有完美的解决办法,

更何况还有"搅屎棍"林茉在……

　　伏低做小在豪门受委屈,她时八八是绝对做不来的,但正面反抗只怕是要当场打起来。那么有没有第三条路可以走呢?

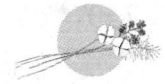

第七章
迎战豪门婆婆

"知己知彼方能百战不殆,宋乾手里有莫夫人的详细情报,你找他要来,对症下药,事半功倍。"久不吭声的系统突然蹦出来说话了。

"你出来能不能预警一下,突然说话吓死人好吗!"

"我倒是想安静,但是你一直想事情影响我工作,还吵得我睡不着。一个人闷头苦想没用,宋乾肯定能帮到你。"系统继续说道。

时八八觉得好奇:"你怎么忽然决定帮我了?"

白天若不是它提醒,时八八还没办法这么顺利就一举做掉林茉,现在它又主动给她想办法,莫不是被她强大的人格魅力吸引,主动站队?

"想得美!我会帮你,是因为我在你脑子里,你不休息我也没法休息,一直让你这么傻乎乎地自杀式闯关,我怕我会死机。"系统的声音有几分傲娇,还带了一点嫌弃。

"没事,只要你站在我这一边,我的胜算就大了。"能帮到她的都是盟友,时八八虽然被系统嫌弃,心情却很不错,大家都是利益相关体,关键时刻还是靠得住的。

这么一想,她就很自然入睡了。

经过时八八这么一闹,林茉安分了很久。不知被莫行慎警告了什么,

总之半个月过去，时八八都没有见过林茉的踪影。时八八也乐得清闲，优哉游哉地待在家里美其名曰养伤，实际上没事就去骚扰隔壁的宋乾，叫他苦不堪言。

虽然贫穷让宋乾接单，可是他是一个有职业操守的侦探，时八八要求他提供莫夫人的资料，宋乾一开始是拒绝的。

然而宋乾实在扛不住时八八的软磨硬泡，每天听她晓之以理、动之以情，最后还是看在"时间循环"的面子上，勉强同意。

两人刚查完莫夫人的资料，莫家的电话就打来了，莫夫人邀请时八八去莫家老宅一趟。不用多想，肯定是莫夫人在林茉的挑拨下，想给时八八一个下马威，让她知难而退。

系统同步提示："新任务到达，婆媳任务通关，即可获得200奖励积分，失败则扣除200积分。"

坑人的惩罚制度，积分翻倍了，惩罚也翻倍了，明摆着告诉她，任务失败，积分清零，游戏就要重新来过！

时八八记得这部分小说剧情，莫夫人和林茉瞒着莫行慎将白初寒接到莫家老宅，颐指气使让她当了一个月的佣人，极尽侮辱，白初寒被欺负得很惨，可为了能跟莫行慎在一起，都咬牙忍了下来，夜深人静的时候不知道哭了多少次。

看到这段，时八八都快气炸了。网上的读者评论区对此也是一片叫骂，直到后面作者让莫行慎赶来，救白初寒于水火之中，评论才有所好转。

当时时八八就庆幸自己没追连载，不然早就弃文了。现在可是"甜文"的天下，写虐文分分钟被寄刀片。

时八八一直想看白初寒逆袭，没想到从头到尾她都是"圣母"，是以看完结局后时八八气得差点呕血，这感觉实在糟透了。

宋乾眼看时八八情绪不对，气得仿佛下一秒就要喷火，不由得有些紧张："你的新任务到了？"

"到了，通关婆媳任务呢，呵呵。"时八八拳头捏得嘎嘣作响，难度升级，她得全力以赴。

"你是去杀人还是去讨好莫夫人？"宋乾心道只是接个任务而已，没必要如此苦大仇深吧。

"当然是去杀……讨好莫夫人。"时八八狞笑，看得宋乾心惊肉跳。

"你冷静点，我可不想重复过今天。莫夫人的习惯和喜好我都告诉你了，你可不能办砸了。"宋乾迅速又过了一遍手里的资料，只觉希望渺茫。

莫夫人年轻时也是叱咤风云的人物，手段强硬，脾气很偏，更麻烦的是软硬不吃，时八八想要得到她的认可，简直难如登天。

宋乾小指头一翘，合上本子，想了想又补充道："婆媳问题确实是个大问题。"

"没事，失败乃成功之母，我已经做好重来的准备了。"时八八一吸气，从沙发上站了起来，径直往屋外走去，估计莫夫人派的人很快就到。

她这话对宋乾来说，简直是重磅炸弹，他连忙追过去："你失败我还得跟着你重来，做人不能这么自私，你不能这么没有同理心。"

时八八阴恻恻地笑了："我记得上次我也这么跟你说过，你都说我们不是盟友关系了，我为什么要替你考虑？就说说这次的资料，你给得很勉强呢。"

"我是受你牵连，情况不一样。"宋乾坚定地认为自己是受害者，时八八翻了个大白眼，转身要走。

"等等，这个东西你戴着。"宋乾急忙掏出一条项链递到她的手上。

时八八定睛一看，是一条闪着淡淡银光的月牙形项链，造型很是别致小巧。只是在这种情况下送出，实在叫人费解。

"这月牙是个定位器,往右边扭动就能接通我的电话,你要是有问题,随时跟我联系。你在内我在外,我们联手,肯定能搞定莫夫人。"

宋乾虽然说不情不愿,但还是希望时八八能顺利通关,毕竟这事和自己的利益紧密相关,他就是不想管也得管。

"这东西不错,我收了。"时八八这才欣然接过,戴在脖子上。

时八八本就皮肤白皙,月牙项链闪着淡淡银辉,与她浑然一体,既不过分张扬,又能增添几分温柔之态,意外地契合。

宋乾没想到自己第一次送女孩子礼物竟然是在这种情况下,心情略复杂:"真是便宜你了。"

"我是女主,不便宜我,便宜给谁呢。"时八八傲然转身。

楼下莫夫人派来的车已经到了。

宋乾嘴角微微抽搐,谁给她的勇气自称女主,脸皮之厚都快赶上他了!摸着手里的传感器,他只求她这次能机灵点,别闹得莫家天翻地覆就阿弥陀佛。

当然——要是能一次性过关,他就更加开心了。

时八八刚进大门,就觉威压扑面而来。莫夫人仪态优雅地坐在豪华沙发上,神态冷漠。瞥见时八八的身影,眼皮抬了抬:"你就是白初寒?"

莫夫人的手里已经有了白初寒的详细资料,出身平凡,插画师的职业也很普通,供职于莫家旗下子公司,凭着一副漂亮的皮囊,不知天高地厚竟敢勾搭风启集团总裁、莫氏继承人、她的儿子——莫行慎!白日做梦!

资料上白初寒的品行考核那一栏写着"优秀",但是莫夫人本就对她充满恶意的猜测,自然一个字都不会信,她只觉这个女人心机太深,竟然连她派出去的人都被蒙蔽,绝对留不得。

毫不掩饰的目光打量时八八全身,时八八清楚地感受到莫夫人的厌恶,不卑不亢地站在大厅中央,毫不示弱地直视她的眼睛,你盯我我也盯你。眼睛大了不起啊!

莫夫人轻哼一声收回目光,说是请人来做客,没有一杯茶水,也没有让她坐下的意思,只是让白初寒站在大厅接受往来人的打量,这本身就是羞辱。

林茉得意地坐在莫夫人身旁,挽着她的手,假惺惺地说道:"初寒姐姐是慎哥哥的心头肉,我们怠慢她可不行,先让她坐下吧。"

接着林茉还叮嘱佣人泡一壶茶过来,俨然一副当家女主人的姿态。

林茉不能治白初寒,莫夫人却有的是办法。就算莫行慎知道了,难道还能跟自己的妈发脾气?林茉想着想着,嘴角的笑都快憋不住了。

时八八明白一味的委曲求全是没用的,白初寒试过一遍,她就决计不会试第二遍。她施施然坐在莫夫人的对面,毫无害怕紧张之意:"不知道莫夫人找我来有什么事?"

莫夫人眉头微皱,对于她没有经过自己允许就擅自坐下的行为非常不满:"听说你在跟我儿子交往?"

"对,本来分手了的,可是他说不能跟我分开,求着我跟他在一起。"时八八说的虽然是实话,挑衅意味却十足,当着人家的妈说这种话,那不是打人家的脸嘛!

莫夫人都要被她气笑了:"你的意思是我儿子纠缠你?"

"莫夫人,您自己的儿子,您应该最了解。他要是不喜欢某个人,就算再怎么倒贴,那都是没用的。"

她说着特意瞥了林茉一眼,对方气得涨红了脸。

时八八嘴角带笑,继续说道:"也不能说我的手段高吧,他就喜欢我这款,我能有什么办法呢?"

"呵,真是笑话。我儿子那么优秀,要什么有什么。你不过就是靠着

点小手段暂时蒙蔽了他,你以为你这种人能进我们莫家的大门?你不过就是他一时感兴趣的玩物,用过了就会丢掉。"莫夫人呵斥,语气咄咄逼人。

"我也没打算进你们家的门,明明就是你自己请我来的。"时八八眨巴着眼睛,笑嘻嘻地说道。

"你放肆!"莫夫人一拍桌子,气得直接站了起来,林茉也吓得跟着站了起来。

"我看您对我也挺放肆的。莫夫人,尊重是相互的,您是什么态度我就是什么态度,看在您是长辈的分上,我就多说两句。既然您已经认定我是莫行慎的玩物,不久之后就会被他丢掉,那何必花费心思请我来这儿?

"感情这种事,都是越阻止越要在一起。你顺着他的意思来,说不定我们之间出现感情问题就和平分手了,所以你现在说这些都没有必要,我们还没到谈婚论嫁的阶段呢。

"如果说您真的看我不顺眼,一秒钟都不愿意让我待在他身边,不如这样,你给我三个亿,我立刻和他分手,躲得远远的,让他再也找不到我。你觉得怎么样?"

"你……"莫夫人一口气差点没提上来,本来以为是一朵任人玩弄的小白花,没料到竟然是一朵霸王花。

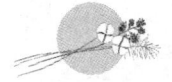

第八章
尴尬的晚餐

"三个亿?你也敢开这个口!就算真给你了,我也怕你没这个命花!"莫夫人对这种不知天高地厚的女人简直厌恶透顶,她那个傻儿子到底什么眼光,竟然看上这种货色!

"有没有命花,你给我试试不就知道了。"时八八笃定莫夫人不会给自己这笔钱,狮子大开口不过是为了逼她选前面的方案,在很糟和特别糟之间,正常人都会选择损失较小的。

莫夫人虽然生气,到底不像林茉被人挑拨两句就理智全无撒泼耍赖。在她眼里,白初寒就是个跳梁小丑,她能纡尊降贵见她一面已经给了天大的面子,由着白初寒满嘴跑火车真给她三个亿才是傻子。

"我倒要看看,你这种拙劣的小伎俩,到底能迷我儿子多久。"莫夫人拍了三下手掌,然后就有女佣走了出来。

时八八心里想着得罪了莫夫人接下来就该被扫地出门了吧,谁料到女佣径直走到她面前停下,语气恭敬:"白小姐,房间已经替您收拾好了,随我来吧。"

时八八一脸蒙,莫夫人都被她气成这样了,还要留她住宿?

林茉也没料到莫夫人会让白初寒住下,顿时就不高兴了,挽着莫夫人的手臂嗔怪道:"伯母,白初寒这么不知好歹的人,怎么配住在这里?慎

哥哥今晚还要回来吃饭呢。"

林茉可不想让这两人见面。自己天天讨好莫夫人,还不是为了获得跟莫行慎独处的机会,现在白初寒搅和进来算怎么回事?

莫夫人没理林茉,盯着时八八不怀好意地笑了:"既然你口口声声说是我儿子赖着你,那就让我亲眼看看他到底怎么就非你不可。

"还有,我要提醒你一句。豪门少奶奶不是那么好当的,痴心妄想时先看一看自己是否够格。你现在可以靠着他给你的宠爱安享一时,一旦他厌烦了你,等待你的便只有扫地出门。莫家的财产你不会分到一毛钱,而那时候你人老珠黄青春不再,还有谁瞧得上你?"

时八八看她一板一眼说着警告的话,心里只觉得好笑。这个女人到底怎么脑补出来她要当豪门少奶奶的?要不是有任务压着,谁有兴趣跟她啰唆。

"行行行,你说得对,要不你给我三个亿,我立即滚?"

"别以为我看不透你的那些小伎俩,三个亿不过就是为了让我接受你的幌子。我不会为了一个玩物伤了跟自己儿子的和气,他喜欢你,我就顺着他。等他看清了你的真面目,我会第一时间将你赶出去。今天这一关,就算你过了。"

莫夫人不屑地瞟了她一眼,随后在林茉的搀扶下上了楼。

时八八站在富丽堂皇的客厅之中,瞬间有种风中凌乱的感觉。

这样也行?她就是抱着试一试的心态来闯关,大不了积分清零重新来过,怎么这么容易就过了?

"没那么简单,进度条才到一半。开头不错,后面再接再厉,任务很快就通过了。"系统回答了一句,语气有些小兴奋。

时八八扬眉:"我闯关,你跟着开心个什么劲儿?"

"你不懂,这就像围观别人打游戏,打得好我就看得开心,打得不好,我就想骂人。"系统嘎嘎的笑声笑得时八八脑仁疼。

"打住,请停止你猥琐的笑。"时八八一呼气,跟着女佣往自己房间走去。

莫夫人到底还有豪门的傲气在,虽然安排的房间偏了一点,被女佣带着七拐八拐,就在时八八差点以为自己要住柴房时,一间干净精致的客房出现在眼前。比时八八那个偶像剧画风的出租房起码高了几个档次,她顿时眉开眼笑。

升级了,升级了,装备更好,打怪就更开心了!

女佣对时八八毫无理由且毫不掩饰的傻笑感到不可理喻。莫夫人可是打算温水煮青蛙慢慢将她熬死呢,这人竟然还傻乎乎地笑,怕不是脑子有问题?

时八八无视女佣一脸看智障的表情,很快将她打发走,自己一个人躺在房间开心得滚来滚去。没多久,宋乾的电话就打了过来。

"怎么样?是过了还是没过?"

"过了一半吧,起码你今天不用担心了。莫夫人让我在莫家住下,明面上优待我,估计想使阴招让我和莫行慎分手呢。"时八八回道。

"那就好,明天我还有其他事情要忙,你要没什么事就别给我打电话了。"宋乾松了一口气,果断挂电话。

此刻,他面前小巧可爱的女生正将一个包装精美的盒子双手呈到他面前。她低着头,面露羞涩:"宋侦探,谢谢你之前的帮助。这是我亲手做的,虽然不值钱,但我花了很多心思,希望你能收下。"

宋乾挠头,略感头痛:"都是小事,你不用太在意。"

"也许对你来说是小事,但对我来说却是大事,你就收下吧。"姑娘脸一红,强行将盒子塞到他怀里,然后飞快地跑掉。

宋乾无奈地拿着盒子回家，打开是一件手工织的毛衣，款式说不上新颖，样式偏大，勉强能穿。他无奈地笑了笑，顺手将毛衣扔进了衣柜角落。

他摸了摸自己还算俊俏的脸，余娇娇不是第一个追求他的女生，他对此毫不在意，毕竟人太优秀就是有这样的麻烦。

宋乾表面看似懒散，实则做事一丝不苟，还有轻微的强迫症。桌上的每一件东西都有固定的位置，有人挪动分毫他都能清楚地感知到。按照习惯，他仔细地将桌上的物件重新整理了一遍，然后转身抽出书架上厚厚的文件夹，将资料依次排列在书桌上。

他从包里拿出最新的资料，按照时间顺序摆放入这堆资料当中。血腥可怖的凶案现场呈现在眼前，他的表情没有丝毫恐惧，反而带着狂热，潜心钻入另一个世界，独属于他的推理世界。

不知过了多久，门口传来清晰的响动声。宋乾下意识以为是那个女孩去而复返，不耐烦地打开了门，然而走道上空空如也。这种诡异的感觉瞬间让他不寒而栗。

或许，他已经被人监视了！

时八八在莫家并没有舒坦多久，很快迎来第二次挑战。

莫行慎听说白初寒到了莫家老宅，晚上忙完工作立刻赶回来，见她好端端待在自己家里，顿时松了一口气。

"我妈有没有为难你？"莫行慎知道母亲不喜白初寒，两人为这件事已经吵过一次，如今她悄悄将初寒接过来，分明就不怀好意。

时八八知道莫夫人的软肋就是莫行慎，装出一副委屈巴巴的模样说道："夫人不喜欢我，还要求我离开你，可我舍不得你没答应。她现在很生我的气，慎，我该怎么办？"

莫行慎一看她柔柔弱弱的模样,更加心疼:"别担心,我妈是个很好的人,她现在只是对你有误解。只要我们好好表现,让她看到你的诚意,她一定会接受你的。"

时八八心说接受是不可能的,这辈子都不可能接受,白天她才和莫夫人大吵一架,差点没把对方给气晕,人家现在攒着劲想要弄死她呢!

当然她是绝对不会这么回答的,只顺从地点头:"我会努力让夫人喜欢我的。"

"我就知道我的初寒是最善解人意的。"莫行慎很满意她的反应,拉着她往客厅走去,女佣们已经准备好饭菜,等着莫夫人出来开餐。

时八八被莫行慎牵着手在餐桌边坐下,表面看着安静恬淡如百合花,实则心里在跟系统疯狂吐槽:"好好一个帅哥,你们怎么给这么差的人物设定?婆媳关系要都像他这么处理,天下媳妇都要被婆婆给整死。老是媳妇去讨好婆婆,儿子在中间和稀泥,怎么不让婆婆检讨一下自己?或者让儿子态度硬气一点,实力宠妻!"

"你废话怎么那么多?小辈尊敬长辈,这是孝顺。婆媳问题是千古难题,男人出去挣钱,家里两个女人眼对眼,还要争夺一个男人的宠爱,能不出问题吗?我们这样设定,是反应现实。"系统争辩道。

"这不是言情小说吗,谈恋爱才是最重要的吧!"时八八心里喊道。

"言情小说就不能反应现实了?"系统继续反驳。

"说得好像女人就不要挣钱一样!谁要伺候公婆带孩子,我要当小公主啦!"

"没事,豪门不用你做家务,也不用养家。你当你的小公主。"

"话说,这好像不是重点吧?"

时八八刚说到这里,莫行慎就拉了她一下,凑在她耳边轻声道:"我

妈来了。"随后，拉着她站起来迎接莫夫人。

莫夫人冰冷的目光扫过时八八，在看到莫行慎的一瞬间笑得春风满面："慎，好久没回来看妈了，先前叫了你好几次都没回来，这次怎么来这么早？"

"想您了，自然就回来了。"莫行慎上前揽住莫夫人的手，扶着她坐下，态度十分亲近。

一直跟在莫夫人身边的林茉两眼放光："慎哥哥！"

莫行慎朝她微微点头，算打招呼，因为上次的事情不复往日的亲密。

莫夫人见两人关系有些僵，顺手拽着莫行慎在她身边坐下，又叮嘱林茉坐在莫行慎的旁边，全然不在乎还有一个时八八站在后面。

时八八尴尬地摸了摸鼻头，心里感叹道："果然要给下马威了。"

好在莫行慎还没忘了她，他指着时八八说道："妈，这是我女朋友白初寒。"

莫夫人哼了一声："我知道，已经见过了。今天我们不谈扫兴的人，先吃饭吧，一家人好久没聚了。"

时八八一听这话直翻白眼，他们是其乐融融的"一家人"，至于扫兴的人是谁，不言而喻。

莫行慎朝时八八挥手："你来这边坐下，我们一家人吃饭。"

莫夫人和林茉刀子般的眼神立刻扫了过来。

第九章
感觉有阴谋

时八八毫不畏惧,施施然坐在饭桌的另一边,距离与莫行慎、林茉拉开。长条形的餐桌真是应景,显得她一个人孤零零的。

莫行慎有意让母亲对白初寒刮目相看,主动说道:"我和初寒一直商量着哪天正式登门拜访妈,没想到妈自己先找来看了,初寒有哪里礼数不周到的,您还要多担待。"

"周不周到无所谓,有些人不管怎么打扮都是登不上台面的。妈年纪大了,管不住你,只求别哪天我气急攻心一命呜呼就不错了。"莫夫人明里暗里挤对时八八,满脸不快。

没有动手是她最后的宽容。

时八八假装自己没听懂,安心吃菜,现实里没机会接触豪门大户,小说里来开开眼也不错。

谁料她饭吃到一半,林茉就拐弯批评:"没教养,长辈在说话不搭理,还有脸安心吃饭。"

"刚刚不是在说你吗?你们一家人聊天,我插嘴不好吧?"时八八继续装傻回怼过去。

林茉气得脸色发青:"说谁没教养呢?"

时八八摊手:"我可什么都没说,你别冤枉我。"

林茉很想发火,但看到莫行慎威胁的眼神,又不服气地憋了回去,转而跟莫夫人撒娇:"伯母,她欺负我。"

时八八真是服气了,这到底是谁欺负谁?能不能讲点道理?

莫夫人还算理智,当着儿子的面刁难白初寒,不是更把莫行慎推到她那边去了吗?于是她安抚林茉:"你呀,就是太娇气了,别人只是随便说了你两句,哪里是欺负你?吃饭吧。"

时八八诽腹,这算哪门子的调解,说得好像她真骂了林茉一样。

莫行慎看得明白,母亲的确偏心林茉。可他也不好拂了母亲的面子,只好岔开话题:"吃完饭我就送初寒回去,您安心在家休息,我们不打扰您了。"

"家里大,养一个闲人还是养得起的,既然是你认定的人,妈就算不喜欢也会尝试接受。现在我可是给你们在一起的机会,你要是不愿意,那就算了。"莫夫人早料到儿子会这么说,直接抛出让莫行慎无法拒绝的理由。

莫行慎果然妥协,甚至脸上还带着点兴奋:"妈,您是说真的?"

"我什么时候骗过你?"莫夫人笑道。

莫行慎感动地拉着莫夫人的手,温柔的眼神落在时八八身上,似乎已经看到两人在一起的希望。

时八八脸上笑嘻嘻,心里暴跳不已。千方百计留住自己,莫夫人肯定有阴谋,可是找不到理由脱身!明知道是坑还要往里跳,这也太悲催了。

原小说里白初寒受尽欺负,莫夫人折磨得很爽。现在她一开始就改变了自己的处境,那些折磨手段就没办法触发剧情——施展,莫夫人重新想的阴招是什么,她一点都猜不出来。

吃完这顿不算愉快的晚餐,莫行慎亲自送她回房,临走前恋恋不舍:"我妈表面看着凶,其实很温柔。她既然说给我们一个机会,那就代表有希望。你一定要好好表现，不说喜欢，至少让她接受你，这样我们接下来的日子才会好过。"

"我觉得林茉在她面前说了不少抹黑我的话，让夫人对我有点误解，你看看是不是找机会跟她解释清楚？误会还是趁早解开为好。"

时八八心里已经想翻白眼了，莫行慎作为儿子，由他亲自去说不比她一个外来人更有说服力？每次只叫她好好努力，他就不能自己看着办吗？

这么一个青春无敌可爱美少女，为什么要天天琢磨这些婆婆妈妈的糟心事！

"我妈现在觉得我被蒙蔽了心智，再者她看着林茉长大喜欢得紧，只怕我说什么都不会信。你那么善良，时间长了，她会看到你的好。"

莫行慎从来都看不到白初寒的难处，总以为两个爱他的女人和谐相处是理所应当，只吻了下她的额头，柔声道："晚安。"

时八八强忍着想揍人的冲动，咬牙切齿："晚安。"

"现在我们还在考核期，我不能久留，你好好休息，明天见。"

莫行慎眼神宠溺，眉眼带笑，配上这副上好的皮囊，的确让人沉迷，然而时八八已经多次被他的人设打败，心里早已掀不起任何波澜。

见他离开，她转身毫不留恋就进了自己屋里。

宋乾刚躺下就接到了时八八的电话，脑子里还在想着那件怪事，他第一反应想挂掉，但是想到时间循环，只得无奈地接通："又有什么事？"

"我现在感觉很不妙！莫行慎到了莫家老宅想把我接走，莫夫人明里暗里都堵着不让我走。她费尽心思留下我，肯定在憋大招呢，你快想想有什么应对之策！"

时八八好不容易走到现在这步，她真的不想重新再走一遍剧情，很烦的好不好。

"依我了解到的莫夫人从前在商场心狠手辣的作风,绝对是要下狠招。她表面装作接受你,博得了莫行慎的好感,那么压力就都压在了你这边。她给了你机会,你没做好,莫行慎不会怪到她头上,到时候出了什么事就是你来背锅了。"

宋乾浅略分析了一下,提到"背锅",顿时灵光一现。

怎样才能让时八八顺利背锅,莫夫人自己还不用负责任呢?

下一秒,两人同时喊道:"拿她自己做饵!"

话刚出口,时八八想到前景,满脸苦相。这里可是莫夫人的主场,她想做什么自己可完全拦不住,甩锅的可能性几乎为零,这还怎么玩?

"你这段时间见到她就绕道走,只要别接触,她就赖不到你身上来。"宋乾说道。

"你这不是废话嘛。"若是别人找上门,她躲都没地方躲,再说她一直坚信,逃避不是解决之法。

"这事你找我没用,我又进不了莫家老宅,爱莫能助。"宋乾摊手,他顶多能帮忙分析问题,具体怎么做,那是时八八自己的事情。

"就知道靠你没指望。"时八八哼了一声,不开心地挂了电话。

她想着莫夫人的事,做了一晚上的噩梦。

时八八难得早上天没亮就醒了。

"该死,我现在玩个游戏都这么投入了吗?肯定是因为这个世界太逼真!保持冷静,不能游戏上瘾。"

她心里默念了几句,打开门就走了出去。谁料到刚出门,就看到林茉身着吊带裙,鬼鬼祟祟地走到她隔壁房间准备敲门。

许是没料到时八八这个时刻会出门,林茉吓得身子一抖,整个后背都靠在了房门口:"你起来这么早做什么?"

"这话该我问你吧。"时八八一见到林茉这样子就觉得好笑。老的治不了,小的还是可以拿来练练手的。

林茉心里又惊又恼,翻了个白眼转头就要走,时八八抢先一步拦住她的去路:"都偷摸到这儿了,不进去看看多不划算。"

昨晚莫行慎为了陪她,特地住到隔壁,时八八没料到林茉在莫夫人眼皮子底下竟然也能做到这个地步,真是服气。

"你瞎说什么,我睡不着不小心才走到这边!你不要太嚣张,别以为莫伯母让你住进来就是接受了你,她有的是办法让你滚出去,慎哥哥迟早会认清你的真面目。"

林茉看见白初寒就恨得牙痒痒,鉴于上一次的经历,她不敢随便动手了,毕竟这可是莫行慎的房门口,她怕惹恼他。

"可是莫夫人说要给我一个机会呢,她这样一言九鼎的人,你可不要随便污蔑人哦。"时八八似是完全不相信她的话,语气越发嚣张起来。

林茉憋着一口气没说话,时八八得意不了多久,她一定要沉住气。

时八八继续添油加火:"等莫夫人接受我,就该准备婚礼了。你既然是慎最疼爱的妹妹,不如来给我做伴娘,说不定姻缘就来了呢?说说你喜欢哪类青年才俊,嫂子帮你挑一挑。"

"婚礼""伴娘""嫂子",每个词都刺激着林茉脆弱的神经,慎哥哥只能是她的,谁都不可以抢走!

"够了,你住嘴!"林茉愤怒极了,看见时八八这么得意,她一刻都不能忍,"等伯母进了医院,你就等着被慎哥哥抛弃吧!"

话音刚落,她就慌张地捂住了嘴,显然是说漏了嘴。

时八八眼睛一亮:"伯母生病了?"

"没……没有。"林茉很是紧张,落荒而逃。

时八八仔细回味林茉那句话,觉得摸到了一点头绪,还没等她细想明白,莫行慎的房门打开了。

"出什么事了?"

莫行慎隐约听到有人争吵的声音,从睡梦中惊醒,开门却只见时八八一人的身影。

"林茉来找你,刚好被我碰见。她心里一直对我有怨恨,过来吵了两句。"时八八又开启了柔弱模式,谁叫莫行慎好这口呢。

这个时间来找他,还能有什么事!莫行慎当下对林茉越发没好感:"她真是越来越不知道分寸了。"

"她那么喜欢你,你就没有一点点动心吗?"时八八问。

"瞎说什么呢,我一直把她当妹妹。"莫行慎揽她入怀,"我心里装的一直都只有你一个人。"

时八八一直没适应跟他的相处模式,从他怀里挣脱出来:"现在天色还早,你多睡会儿,今天还要上班呢。"

"我知道。"莫行慎宠溺地摸了摸她的头,"《原野》杂志还有半个月出刊,你是不是该准备出封面了?"

时八八一愣,原来这个言情小说女主还有职业的吗?

第十章
故意刁难

系统忍不住有话要说:"你脑子坏掉了?白初寒是插画师,一直稳定给《原野》供稿,你和莫行慎也是因为插画才认识的!"

时八八在心里回道:"一时没反应过来不行吗?谁知道我来玩个游戏还要工作,有没有天理了!"

"东西都放在家里,没来得及带,现在这里也走不开。"时八八略一思忖,想到了让宋乾来莫宅的好办法。

"我派人去你家里取。"莫行慎说着就要打电话,被时八八阻止。

"我让朋友送过来就行,你不用管我。"

莫行慎向来是顺着她的:"好,有需要随时跟我说。"

时八八乖巧地点头,等莫行慎走开,拨通了宋乾的电话。

此刻,那头还在睡觉的宋乾差点没哭出来:"大姐,你行行好,现在才六点钟啊!我不是说了没事别联系吗?你不是想跟我合作,其实是想我烦死吧!"

昨晚凌晨两点才睡,这个点被吵醒,宋乾情绪崩溃。

时八八赔笑道:"这次真的要麻烦你一趟,能不能帮忙把我家里的手绘板拿过来?正好你用这个借口到莫宅来帮我现场分析情况,你自己说的有需要随时联系,不能说话不算数。"

"算你狠！"

宋乾一边抱怨一边顶着鸡窝头起床，能怎么办，他也很绝望啊！时八八能否过关，关系着他的切身利益，不帮都不行。

"谢啦。"时八八笑嘻嘻地挂了电话，想到即刻会有帮手前来助阵，心里的底气都增加了几分。

莫行慎洗漱完出来，正看见她笑得开心，忍不住问："初寒，什么事这么高兴？"

"我的画有了新构思，心里想了一下觉得很满意。"时八八谎话张口就来，莫行慎却不疑有他，牵着她往楼下走去。

莫夫人见两人有说有笑来到餐厅，脸色顿时变得难看起来，可她很快收起了不快的情绪，换上笑脸："慎，你好久没在家陪妈了，好不容易大家都在，不如今天就留下来吧。"

"今天有个很重要的会议，不好推脱。"莫行慎语气温和而疏离。

莫夫人知道生意场上的事，也没勉强莫行慎："你安心工作，至于你的女朋友，我会帮你好好照顾她。"

照顾？时八八头一抬，正对上莫夫人不怀好意的眼神，顿时心里一紧。

"妈，您真好。"莫行慎见母亲主动点破自己的顾虑，心里顿时高兴起来，他认定这是母亲主动示好的信号，还暗地里拉了一下时八八的手。

时八八勉强挤出一丝苦笑："谢谢夫人。"

莫夫人不搭理，假装没听到低头吃饭，时八八真是尴尬极了。

她一个爱看小说爱打游戏的"死宅"，到底是怎么走到现在这一步的？

气氛在莫行慎离开后，迅速降到冰点。

"莫夫人，没什么事我就先上楼了。"时八八想开溜。

"想进莫家的门，连假装讨好我都不舍得做，白初寒，你也太不把我放在眼里了。"莫夫人傲慢地开口。

时八八反应迅速，立即抢过女佣手中的水杯，亲自递到莫夫人面前："您吃饭辛苦了，请喝茶。"

莫夫人一怔，顺手掀翻了水杯，杯子哗啦一声落在地上碎成七八块，温热的水流淌了一地。莫夫人嘴角带笑，挑衅地看着时八八。

"我假装讨好您，您也不领情，这就不怪我了。"时八八就知道莫夫人是没事找事，退后一步转身离开，"那我就不碍您的眼了。"

"站住！我接不接受是我的事，但你该做的事情必须做。你能留下来，机会是我给的，不喜欢也给我忍着。"莫夫人一扫昨天的阴郁之气，只觉掌控了全局，瞬间神气起来。

"我偏不，你能拿我怎么办？"时八八可不是任人揉捏的包子，都欺负到头上了，不打人都是好的，还指望她听话？

莫夫人自以为拿捏住了白初寒的弱点——一心想嫁莫行慎，可是为什么她在自己面前还敢如此嚣张，看来是真没把自己放在眼里。

如此一想，她眼底的寒意就更加冰冷。

"哼，我是不能拿你怎样，但只要我还活着，你这辈子都别想进莫家的门！"

"你以为你们家有皇位要继承啊，是个女人都抢着要嫁进来？我告诉你，我还真不稀罕。"时八八忍无可忍，当下就想甩手不干。

莫夫人见时八八要离开，快步走上来要拉她，气势汹汹。

时八八哪里肯让她靠近，一溜小跑站在楼梯上："有话好好说，别动手动脚。您年纪大了，要是出点什么事，我可负担不起。"

"我要是出了什么事，那就是你害的。"莫夫人气喘吁吁要追过来，刚走上楼梯就脚下一滑，然后就听到周围人惊恐的尖叫声。

时八八眼睁睁地看着她倒下，心里喊冤，原来光会躲也不行，必须得

保证这位不激动,跟她吵架出了事,最后那锅不还是扣在她身上!

就在大家以为莫夫人要出事时,却没有听到预料中的惨叫声。连莫夫人自己都惊讶了,她从楼梯上滑倒,身上却一点不痛,难道是摔瘫痪了?

想到这里,莫夫人心里一紧,顿时后悔自己的鲁莽。

时八八嘴巴半张,目光从莫夫人身上移到她的身下,一个修长的身影甚是熟悉,正发出微弱的呻吟:"哎哟我的天,骨头都要断了。"

原来,在莫夫人追赶时八八时,宋乾拿着白初寒的手绘板刚进门,见到莫夫人往后栽倒,说时迟那时快,他一个飞奔直接躺倒在地上,当了莫夫人的人肉软垫,这才避免一场大祸的发生。

宋乾痛得眼泪都快掉出来,这莫夫人看着瘦小,真砸下来,那酸爽真是令人当场昏厥。

时八八吓得腿发软,强自镇定心神快步跑过来要扶莫夫人,然而她还生着气,一把打掉时八八的手,转而看向林茉。

林茉虽然有心理准备,亲眼看到这一幕还是被吓到,顿了下,才晃晃悠悠走过来将莫夫人扶起,冲着时八八大嚷:"白初寒,你竟然敢对莫伯母做这种事情,是不是想要害死她?你这个毒妇!"

时八八没理她,伸手搀扶着宋乾勉强站起来。因为疼痛,宋乾清秀的脸挤成一团,显得有几分滑稽。

"你没事吧?"她关切又后怕地问。

"你看我像没事的样子吗?"宋乾痛得龇牙咧嘴,随后又指着撒了满地的东西叹息,"东西给你送来了,不过现在全坏了。"

刚才那一飞扑,袋子里的东西全跟着飞出去,手绘板的屏幕也裂成两半。他是造了什么孽,刚进门就碰上这种祸事。

"你是谁?"莫夫人很快从惊恐中回过神,虽然没伤着,但事情既然做了,就得做到底,只是这个突然出来捣乱的年轻人又是怎么回事?

"我就是时……初寒的一个朋友,这位高贵美丽的夫人,您好。"宋乾行了个礼,举止稳妥彬彬有礼,哪还有刚刚吊儿郎当的模样。

不过他漏了一点没说,莫夫人托人调查白初寒的事情就是由他一手包办的,之所以敢大摇大摆地过来,当然是因为莫夫人没有亲眼见过他。

毕竟以莫夫人自恃高贵的身份,绝不会亲自来做这么掉价的事情。

莫夫人嘴角一扯,质问的话被他的话堵在喉咙,一时没说得出来。

"白初寒,你手段挺多,男人见一个勾搭一个,是不是怕被慎哥哥甩掉,所以提前找到备胎了?"林茉见宋乾举止优雅相貌英俊,又开始心理不平衡,说话越发尖酸刻薄。

"男女之间除了爱情就不能有点别的?见识浅薄。"时八八回了一句,随后抬手戳宋乾,"她说你是备胎呢。"

"淑女说脏话不合适,林小姐可不要自降身份。"

宋乾一顶高帽扣下来,立刻怼得林茉说不出一句话,她要是计较反倒显得自己没教养。

她嘴巴半张,终究还是愤愤地将满嘴的嘲讽话语给吞了回去,莫夫人还在,淑女的形象还是要的。

两人说起来不算第一次见面,只不过因为时间重来,林茉已然不记得之前的事情。可当初她在莫行慎面前戏精般的表演给宋乾留下了深刻的印象,尤其每次开口不是奸夫就是备胎,宋乾难得对一个女人,尤其是漂亮女人产生厌恶情绪,这样看,林茉也算得上是个人才。

"没有经过允许,擅自闯入私宅,你应该明白,我有权将你移交警察局。"莫夫人因时八八的缘故,对宋乾说话非常不客气,即便这个人刚刚舍命救了她。

"莫夫人这话就说得难听了,我可是接受了邀请,正大光明地从大门

口走进来的。"宋乾一边揉腰,一边用胳膊肘戳时八八,示意她说两句。

时八八点头附和:"我来得太匆忙,很多东西忘了带,工作上的事情不能耽搁。慎太忙我也不能耽误他工作,所以就让我朋友帮忙送过来。这件事我已经同慎商量过了,夫人您没有意见吧?"

"意见?我就算有意见你能听吗?"莫夫人恨得牙痒痒,这丫头把莫行慎的名头搬出来,口口声声说是为了不耽误他工作,理全让她占了,自己还能说什么?总不能说自己儿子不对。狡猾,实在是狡猾!

"既然您没意见,那我就带我朋友去医院了,您看,他都为您受伤了……"时八八乘胜追击,这大好机会她还不趁机开溜更待何时?

"既然是为了我受伤,莫家自然要负起这个责任,我会派人送他去医院,你就没必要出这个头了……咳咳……"莫夫人刚说两句,忽然猛烈咳嗽起来,仿佛随时都要倒下,再次把周围人吓得不轻。

"莫夫人,您……没事吧?"时八八看莫夫人咳得脸都红了,心里有点担忧,好端端的忽然病情恶化,到时候真出事赖她身上,真是一百张嘴都说不清。

"我……咳咳……"莫夫人半边身子倒在林茉怀里,见林茉经不住事吓得全身发抖,暗中掐了她一把。

林茉吃痛地回过神来,冲着时八八大喊:"伯母病发了,快去她房里拿药过来,还傻站着干吗!"

"我去拿药?"时八八顿时警惕起来,随手抓住旁边的一个女佣,装作很心急的样子喊,"听到没有?快去夫人房间拿药,耽搁了你们谁都担不起责任。"

林茉一看时八八不上当,心里焦急起来,连忙说道:"你未来的婆婆出事需要帮忙,你个没良心的竟然假手他人,慎哥哥把你留在家里,难道就是为了让你气死他的亲妈吗?"

"不就是拿个药吗，有这工夫吵架，药都拿过来了。"宋乾真是服了这群唧唧歪歪的娘们，自己先一步上了楼梯，走到一半才回过神，"莫夫人的房间是哪个？"

时八八顿时无奈，抓着一个女佣急忙追了上来："跟我来。"

莫夫人咳得那么逼真，不知道是恃病相胁，还是真的病发，反正不管出没出事，锅都要她来背，还不如选择救人。莫夫人身体状况好一点，她翻盘的机会就大一点。

到了房间，时八八推了女佣一把："你把药拿着下去。"

女佣为难地看着时八八，半天下不去手。

都到了这个地步，时八八哪能不明白，这个套子大家都知晓，只等着她往下跳呢，她的语气不由得粗重几分："我不懂这药真假，平时都是你们伺候夫人，想必你们比我清楚，你赶紧给我拿下去，要是我拿错了，你们都是帮凶，一个都跑不了。"

女佣被时八八一吓，颤抖着手拿起一个蓝色药瓶跌跌撞撞跑下了楼，时八八和宋乾紧随其后。

莫夫人拿过药迫不及待就吞了下去，神情平静了几分，就在大家以为情况有所好转之时，她忽然猛地咳出一口血，指着时八八怒道："你竟然害我……"

话说了半句，人已经晕倒在地上。

第十一章
剧情有变

　　林茉做戏般大声哭号起来，场面顿时乱作一团，女佣们七手八脚围在晕倒的莫夫人身边，个个惊慌失措、六神无主。

　　时八八按着眉心，脑仁疼得厉害："赶紧叫救护车。"

　　宋乾下一秒已经拨通了电话，全程理智冷静，用最快速度顺利将莫夫人送上了救护车。

　　半个小时后，莫夫人已经躺在了医院病房，她咳血的模样看着凶险，却原来不过是虚惊一场。

　　时八八顺便带着宋乾包扎伤口，两人坐在病房里同时叹了一口气。

　　"这莫夫人手段真够狠的，早算好了自己病情要到复发的时候，装作被你刺激气得进了医院，我看这下子莫行慎跟你有得闹。"宋乾越想越觉得这任务完成的可能性太低，他亲自来都没能阻止这件事发生，时八八这么弱，肯定应付不过来。

　　"我可没刺激她，你们都在场，分明就是她冲我发脾气，而且药瓶我也没碰，这一切不关我的事。"时八八坚决不背这个锅。

　　"在场的除了我，都是她的人，莫夫人怎么说都是对的，谁会质疑她？莫行慎不相信自己妈说的，难道相信我一个未曾谋面的外人吗？你呀，就是太天真。"

时八八哼了一口气,虽然不服,但也说不出一句反驳的话。

两人待了没多久,莫行慎接到医院的电话匆匆赶了过来,也没管时八八,直奔莫夫人的病房。

这家医院是莫家出资建立的,莫夫人有事,自然得到了最好的看护,住的也是最高级的病房。莫夫人此刻熟睡着,只有林茉一个人陪着。

至于时八八和宋乾,靠近这里那是想都不要想的。

林茉一见到莫行慎到来,一下子就哭着倒在他怀里,添油加醋地将时八八说得十恶不赦,末了还要追加一句:"她就是想害死伯母。幸好伯母福大命大挺了过来,慎哥哥你可不要被那个恶女人蒙蔽了双眼啊!"

莫行慎不相信白初寒会做出这种事情,皱着眉推开林茉:"这件事想必其中有误会,等我妈醒了,我自会了解清楚情况,你还是少说两句为好。"

林茉心里一抽,恨得手指戳进肉里。都这样了,慎哥哥竟然还维护那个贱女人,凭什么?她一定要把握这次机会让两人彻底断了。

两人在病房里僵持着,那边时八八听说莫行慎来了,急着想过来看看情况,宋乾拉住她叮嘱道:"被人冤枉不要急着撇清自己的关系,将重点落在你没有照顾好莫夫人这事上,但绝对不要承认那些莫须有的罪名,你只要表现出自己很委屈、柔弱可欺的一面即可。依照莫行慎的性格,他肯定会去调查,我这边会暗中抛出一些蛛丝马迹让他查出真相,等到他自己明白这次是他误会了你,翻盘的机会就到了。"

时八八脑子晕乎乎的,听了他这一席话,顿时心服口服:"高,实在是高。你这样的人才就算放到宫斗剧里,那也是宫斗冠军的苗子,当个侦探太屈才。"

"说什么废话,赶紧去找你家莫行慎!"宋乾听着她夸人的话,总觉得她是在骂他。得亏这丫头不是男人,不然他早一脚踹她屁股上去了。

目送时八八离开,宋乾感受到一道阴冷的视线正盯着自己,顿觉难受

起来。他转过身,确定那视线是从身后而来,一个箭步追了出去。

然而那黑影闪得很快,瞬间在楼梯间不见了踪影,宋乾只看到一片衣角飞过,再追踪不到任何信息,不由得攥紧了拳头大骂一句:"见鬼!"

到底是谁在跟踪他?

时八八来到病房前,被林茉带来的人堵在病房门口,她扭着脑袋往玻璃窗口望了一眼,恰好看见莫夫人拉着莫行慎的手在说话,估摸着是在抹黑自己,心里有些焦急,恨不能当面说个清楚,转念想到宋乾的话,生生忍了下来。

现在这种情况,她越是辩解,越显得她蛮不讲理,只会加深两人的误会。攻略豪门婆婆这项任务完成不了,积分被扣光还得重新来过,她实在不想先前的努力化为乌有,忍,必须得忍!

"里面一家人相聚,你一个罪魁祸首现在还有脸来这里!白小姐,我劝你尽早离开,不要自取其辱。"一个保镖模样的男人立在病房门口,说话很是难听。

不用想,这自然是林茉安排的人。时八八见武力值悬殊,不宜硬碰硬,站在病房门口不动,虽然她不想现在来蹚这浑水,可不把表面功夫做全了,只怕自己有理都变没理。

男人见她不动,又呵斥了几句,音调不自觉高了起来,里面的人听到动静,齐齐往这边看过来。

林茉和莫夫人见是白初寒来了,脸色顿时变得很难看,满心满眼全是厌恶。莫行慎虽然听了母亲的话,心里到底还是怜惜白初寒。她是他的女朋友,被人在病房门口这样呵斥,打的是他的脸。

莫行慎一把推开门,正要说话,就见那个男人直接将白初寒推到了地上,她像只受惊的小兔子,可怜巴巴的,一时间莫行慎的心又软了几分。

"在这里对她动手,你们当我是什么?"莫行慎的语气瞬间冷了下来,让那个男人浑身一抖。

"我……我没打她,不知怎么她就倒地上了。"男人直呼冤枉,然而话音刚落,就被莫行慎一脚踹到肚子上,那男人直接栽倒在地,疼得蜷缩成一团。

门外守着的其他人见此变故,纷纷吓得冷汗涔涔。只听得莫行慎怒吼一声"滚",林茉带来的一群人,相互搀扶着,立即跑得没了影。

时八八见目的达成,压下嘴角的笑意,故作艰难地从地上爬起来,柔声柔气地说:"夫人怎么样了?她没事吧?都是我的错,我没有照顾好她,我让你失望了,呜呜呜……"

本来只是做个样子哭一哭,可是想起自己一个人孤零零来到这游戏世界,没有一个人可以依靠,还要惺惺作态对付这个对付那个,时八八越想越伤心,竟哭得情真意切,简直要把莫行慎的心都哭碎了。

他满肚子责备的话一句都说不出来,只沉默地拍着她的肩膀。

时八八好不容易整理好自己的情绪,怯生生地说:"我没脸住在莫家老宅了,今晚我就会搬出去,等明天夫人气消了,我再来看她。"

莫行慎想起母亲咬牙切齿说起白初寒的模样,不由得叹了一口气:"母亲这边自有其他人照看,你还是不要过来了,还有……"

他面容哀切,后面的话说起来很是艰难:"我们这段时间尽量少见面吧,我需要时间冷静一下。"

时八八瞪圆了一双杏眼,黑白分明,清澈透亮:"你这是在怪我吗?"

"母亲药瓶里的药被人调换了,这才导致她吐血进了医院,你敢说这件事和你一点关系都没有吗?初寒,我真的不想相信你会变得这样恶毒……"

莫行慎眼角闪着泪花,有痛心,更有不敢置信。林茉说的话,或许有

添油加醋，可是连他母亲都这样说，他怎敢不信？

"难道连你都不信我吗？"时八八目光哀切，低低问了一句，直叫莫行慎心中一颤。

"我想相信你……"他那样爱她，比谁都希望这一切都不是真的，可是事实摆在眼前，母亲就在病房里躺着，等着他给一个交代，他没得选择。

"好，我明白你的意思了。伯母的事，我的确有责任，是我没照顾好她，才让她进了医院，可是那药的确不是我换的，我心里有你，她是你的母亲，我没有理由要去害她。现在多说无益，你说得对，我们的确需要分开冷静一下。"

时八八垂着眸子，眼泪似乎随时都要滴落下来。她穿着薄毛衣，走在长长的走廊上，背影显得格外单薄，莫行慎只觉全身力气都被抽空了。

"到老宅把我母亲进医院前前后后的事情都调查清楚，三天之内我要得到确切答案。"他拨通助理的电话，靠着墙角小声嘱咐了一番，这才重新走进病房。

莫夫人和林茉听说他把白初寒打发走了，心里同时松了一口气，脸上都要抑制不住笑出来。费了这么大劲儿，总算把那小贱人给赶了出去，真是太痛快了。

时八八刚回到家，宋乾就来敲门，两人皆是一脸颓丧之气。

"你落在莫家的手绘板，我找人帮你修好了，吃饭的东西别老丢三落四不当回事，爱情没了可以，事业没了绝对不行。"看她样子宋乾就知事情不顺利，有心想安慰两句。

"那都不算事，我按照你的说法做了，说不定明天他就涕泗横流地哭着求我原谅他。只是莫夫人太难攻克，我一点都想不到解决办法。"一直耗在这一关，等积分都耗尽了她就 game over 了。

"总归会有办法的。"宋乾想着莫夫人确实难搞,安慰的话憋不出几句,便扭头准备回自己的房间。

时八八见他走路还不利索,忍不住问:"你的伤还好吗?"

"一点皮外伤而已,没伤到骨头就不碍事。"

"我看你满脸愁容,是不是为了哪件案子发愁?"他今天帮了自己这么多,时八八有心想报答。他想不明白的案子,或许自己可以给他一点提示,争取早日破案。

宋乾想了一会儿,这才一脸凝重地说道:"我感觉到最近有人一直在跟踪我,我却摸不到关于那个人的一丁点线索。第六感告诉我,那个人很危险。别人在暗我在明,那个人要是突然发难,只怕我会被打得措手不及,到时候就麻烦了。"

"怎么会有人跟踪你?"时八八一脸蒙,她的记忆里,没有侦探被跟踪的情节,难不成游戏剧情变了?

"这件事跟你没关系,你还是多想想怎么去完成任务吧。"宋乾觉得时八八对自己帮助不大,没心思跟她多说,转身进了自家。

时八八陷入了沉思,脑内开始活跃起来:"系统系统快出来,别装死了,我有话要问你。"

"我这么高贵的身份,你应该用'请',懂点礼貌行不行?"系统不耐烦地冒出了头。

"行行行,那请问高贵美丽的系统大人,游戏设定的小说剧情,会不会被修改,往另外一条线发展?"

"什么时候的事情?我怎么不知道?我可是总系统,怎么没有人通知我?"系统语速跟放炮一样,有人改动剧情竟然不通知它,这是藐视,这是赤裸裸地瞧不起它。

"刚刚宋乾说他被跟踪了,而且好像是一个很危险的人物。我记得小说原本的剧情里,没有这回事。"

"难道出现bug了?没事,等我有空回头去查一查。"听到是宋乾的事,系统的态度一下子变得平和,原本火急火燎的事情似乎变得不那么重要了。

"你不能因为宋乾是路人甲就不管,他要是出了事,我会良心不安的。"时八八反倒焦急起来。

"他生命条长着呢,能出什么事!支线剧情有变动,只要别影响主线剧情,那都不是什么大事。看在他还算有用的分上,我会去查的,三天后告诉你答案。"系统说完就遁走,完全不给时八八多问的机会。

面对这么"双标"的系统,时八八都替宋乾觉得委屈,这个世界都围绕主角在转,其他的配角又算什么呢?他们也有自己的喜怒哀乐,有自己的人生,却永远得不到命运的垂青。

"我真是疯了,怎么会替游戏里的人物抱不平,他们不过就是一串……数据而已。"时八八说到这里,心里涌起一股难言的哀伤。

数据?他们真是只是数据吗?在她眼里,他们就是活生生的人啊!

第二天一大清早,系统就在脑子里警告。时八八半梦半醒地睁开眼,人还迷迷糊糊的,就听见系统叽里呱啦的声音——

"出大事了!你赶紧去医院救人,莫夫人和林茉有危险!"

第十二章
擦亮双眼看清人

"她们哪里来的危险,私家医院这么好闯的吗?就算这两人真的出事,跟我有什么关系,我才不想救她们。"时八八在床上翻了个身,打算继续睡。

开什么玩笑,病房那么多看护的人,如果连他们都看不住,她一个弱女子跑去盲目救人,这叫"送人头"。

"你傻呀,她们要是出了意外,后续剧情没法展开,你不还是要重新开始游戏?或许这一次出手,是你顺利闯过这关的关键。"系统提示道。

时八八听到这里,眼前一亮,披上外套直奔宋乾家门口:"开门,快开门,有急事。"

系统在她脑子里迅速解释了一遍来龙去脉,这个突发事件是由宋乾引发的隐藏剧情,非得他出手解决不可。

宋乾一脸不耐烦地开了门:"又什么事?"

"跟踪你的那个人,我找到他的线索了,要不要跟我去?"时八八知道他最在意的是什么,开口直奔重点,至于救莫夫人和林茉啥的,那都不是要紧事。

宋乾果然表现得比她还兴奋,两人迅速出门,直奔医院。

林茉在医院病床上睡得很不安稳。昨晚为了表孝心,她在莫夫人的病

房看护了一夜,心里憋闷得慌。要不是这个老女人现在有用,她才没耐心把时间都耗在这里。

埋怨归埋怨,表面功夫还是得做,只要能熬到嫁给慎哥哥,现在吃的一切苦,都是值得的。

林茉拿了漱口杯,一边打哈欠一边走向洗手间。迎面走来一个行色匆匆的医生,他戴着口罩看不清脸,手上推着医用担架床快步前行。擦身而过时一双阴鸷的眼睛忽然扫向林茉,她浑身打了个冷战,迅速逃向洗手间。

幸而那个医生没有停留,迅速离开,林茉心有余悸地拍胸口,嘲笑自己太过胆小。

洗漱完回到病房,莫夫人还在熟睡中。天才蒙蒙亮,林茉百无聊赖地开始打扮自己。然而妆化到一半,门被轻轻地推开了,刚刚碰到的医生去而复返,踱着步子走了进来。

林茉心口一颤,警惕地问道:"现在还没到查房的时候,你进来干什么?工作证呢?"

男人一边戴手套,一边慢条斯理地说:"林小姐,我不是来查房的,而是来……"他顿了一下,眼角似乎浮现了一丝笑意,看起来分外诡异恐怖,"我是来抓你的。"

"啊——"林茉吓得尖叫起来,惊醒了熟睡中的莫夫人。莫夫人一下子从床上坐起来,责备的话还没问出口,视线正好对上男人可怕的眼神,顿时什么都说不出口了。

"快呼叫医生。"莫夫人迅速转身想要按铃。

然而男人动作更快,一把扯掉了电线,阴恻恻地看着两人,惊得莫夫人直接从床上滚了下来。

林茉继续尖叫,直奔门口。谁料房门竟被锁住,一时没推开。

男人一个箭步追上来,手里拿着锤子,劈头就要往她脑袋上砸,幸而莫夫人反应快，扑过去抱住男人的腿，让他方向偏离砸在房门的玻璃窗上，发出砰的一声脆响。

林茉当场吓哭，跪倒在男人面前："求求你，不要杀我，我家里有很多钱，你要多少我给你多少，你别杀我……呜呜呜……"

"吵什么，闭嘴。"男人不耐烦地说了一句，随后揪起莫夫人的头发，重重往后一甩。

莫夫人吃痛倒在地上，疼得眼泪直流。

然而林茉压根顾不得莫夫人的处境，只跪在地上不断哭着求饶。

男人出手果断，钳制住林茉的胳膊，拖着林茉往门外走去，林茉哭得撕心裂肺，死扒着房门不肯松手。男人一脚踩在她细嫩的手指上，顿时惨叫连连。

眼看林茉要被男人带走，莫夫人心里着急，追过来想要阻止，又被男人一脚踹在肚子上，痛得直哼哼。

林茉趁着这个空当，也不知哪里来的力气，竟然一下子逃脱钳制，往地上一滚，朝走廊出口的方向跑去。然而她一个娇养的大小姐哪里是男人的对手，没跑两步又被抓住，哭喊得越发厉害。

"闭嘴。"男人急了，伸手扇她两耳光，她捂着脸老实下来。

莫夫人自然不能眼睁睁看着林茉被带走，也大声呼救起来。可是不知为何，先前安排的保镖、医生竟像是全部人间蒸发一般，没有一个人来。

男人拖着林茉快步朝莫夫人走来，手里的锤子径直朝莫夫人砸去，林茉吓得再次尖叫起来，男人分神看了林茉一眼，莫夫人鼓足勇气将林茉从他手上拉了出来。

男人恼羞成怒，眼神愈发冰冷。

眼见逃不过，林茉下意识地将一直试图搭救她的莫夫人直接推到男人的怀里，自己趁机跑了出去。

莫夫人万没想到平时乖巧可爱的林茉竟然如此坑害自己，眼见着男人的锤子即将落下，绝望地闭上了眼。

莫夫人本以为要命断于此，却听得男人闷哼一声，锤子咚地落在地上，一双柔软的手将她从地上带了起来。

"莫夫人，你没事吧？"时八八见莫夫人差点命丧当场，一颗心都快从嗓子眼里跳出来。另一边，宋乾已经和神秘男人扭打在一起。

莫夫人不可置信地看着眼前人，关键时刻竟然是她最厌恶的人救了自己，而那个她一直视作亲生女儿的人，却只顾自己逃命，心中不由得百感交集。

眼到底要瞎到哪一步才会如此看不清人？

"你……你怎么会在这里？"死里逃生的喜悦让莫夫人又激动又委屈，竟趴在时八八怀里哭泣起来。

"没事，都过去了。"时八八也没料到强势的莫夫人此刻竟然趴在她怀里哭得像个孩子。

两人没放松多久，忽然系统向时八八发出红色警告："注意，后方有危险，请及时躲避。"

时八八反应迅速，拉着莫夫人往走廊墙上一靠，竟然发现他们身后又出现了一个拿着锤子的男人，装扮同先前那个男人一模一样。

"危险人物有两个，是同伙，后方的门是消防通道，从那里逃跑最快。"系统快速说道。

时八八一脸哭相，在心里喊道："你没告诉我危险系数这么高啊！莫夫人现在身体这么弱，我带着她怎么可能跑得过那个男人？"

"我给你体能值增加两个点，你背着莫夫人跑，那个男人应该追不上你。"

系统刚说完，时八八脑内白光一闪，顿感浑身充满了力量。

"这种外挂也太爽了吧，你之前怎么不给我用？"她兴奋不已。

"紧急情况紧急处理，便宜你了，快带着她跑路，这个男人光靠我挡不住。"系统都要急哭了——如果它有眼泪的话。

"没问题。"时八八心里应了一句，转头看向莫夫人，"快到我背上来，我带着你跑。"

"这……"莫夫人看着白初寒娇滴滴的样子心里犯嘀咕，她能背得动自己吗？

"快呀！"宋乾能拖住一个人都很吃力，眼见就要拦不住了，时八八急着催促。

莫夫人没得选择，一咬牙趴在了时八八背上。

此刻的时八八有如神力护体，脚下跟抹了油一样，那男人锤子挥了个空，两个人已经跑进了消防楼梯间。

男人嗤笑，两个女人而已，一个还背着另外一个，想要抓住还不是手到擒来？于是拔腿追了上去。

然而男人千算万算，没料到那个年轻女人简直堪比长跑冠军，背上还背了个老人家，自己竟然追不到！

时八八一路狂奔跑出了医院，后面是一片小树林，冷寂的清晨弥漫着乳白色的雾，钻进去立刻看不清人影，男人追到里面很快就跟丢了。

时八八只管往林子深处奔，也不知跑了多久，天已经全亮了，金灿灿的阳光洒在身上暖洋洋的。周围人潮涌动，车来车往，她背着莫夫人竟是不知不觉穿过了小树林。

莫夫人见时八八全身是汗，心里又惭愧又自责，她伸出袖子替时八八擦去额间的汗："现在已经安全了，你放我下来吧。"

时八八这才回过神,将莫夫人放下来:"即刻打电话通知莫行慎来接我们,有人保护我们就不怕了。"

莫夫人没动,一脸期待地看着她:"走得匆忙,我身上什么都没带,你来通知慎吧。"

时八八被莫夫人热切的眼神吓了一跳,她分明记得昨晚莫夫人眼里的仇恨与厌恶,原来英雄救美的戏码适用于任何人,早知如此她就自己策划一场绑架案了。

想归想,她还是马上拨通了莫行慎的电话。

等大家再次齐聚医院时,宋乾已经将施暴的男人制伏扭送到警察局,而另一个追赶时八八和莫夫人的男人则不见了踪影。

事情告一段落,但威胁还在潜伏。

医院系统遭到破坏,高等病房区的值班人员和保镖全部昏迷,所以那两个男人进到这里如入无人之境。莫行慎发了一通脾气,将所有失职人员开除,并督促警察局尽快抓到逃跑的凶手。

至于林茉,他现在多看一眼都觉得是浪费时间。

莫夫人被接回家休养,因为这次的惊吓,卧了半个月的床。林茉因为心虚一直不敢上门,莫夫人也懒得提这个女人的名字,反而催促儿子早日将白初寒迎进门。

莫行慎已经查明了上次换药事件的真相,为了维护母亲的面子,让拿药的女佣背了锅,母子俩十分有默契地不再提这次栽赃事件。

现在的他们,唯独欠白初寒一句对不起。

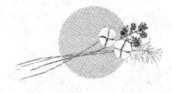

第十三章
重来一次

　　此刻最开心的莫过于时八八本人,因为攻略豪门婆婆这项任务圆满完成,她不仅拿到了200奖励积分,体能值还意外提升了两个点,简直美滋滋。

　　唯独宋乾察觉到这次事件的不合逻辑之处。他努力了半个月都没查到任何线索的人,时八八只用一个晚上就查到了;不仅如此,她还提前知道这两人会对莫夫人和林茱下手,这可能吗?

　　他心里正想着,时八八已经端着奶茶从门口走了进来。时八八跷着二郎腿坐在他的小沙发上十分舒畅地喝着奶茶,甜腻的气息混合着奶香味充溢在小小的空间。

　　宋乾不喜欢甜食,眉头微皱:"你喝个东西,有必要跑我这边来?没事别老往我这里跑,能不能给我留点私人空间?"

　　"这不是你的会客室吗?我作为你的客人,连茶都要自备,你说说,到哪里找我这么善解人意的客人。"时八八早习惯了他的态度,反正成天不是叫她滚出去就是让她吃闭门羹。

　　在这个世界,她能说上话的就只有宋乾一个人,天天闷在家里还没网,宅女也受不住,不找个人聊几句,她迟早要疯。

　　"我就没见过像你这么不请自来的客人,脸皮比城墙还厚。有事启奏,无事请滚蛋。"宋乾哼了一声,嘴角却不自觉地含了一丝笑意。

其实一个人工作也是很烦闷的，有个人聊聊天也能缓解压力，可说不了几句他又嫌她太吵，恨不能分分钟丢出去。

"逃走的那个男人的线索，你查到多少？"时八八毫不在意他的冷嘲热讽，笑嘻嘻地问道。

"只知道他叫赵衡，霖川市本地人，孤儿，八岁时被生母抛弃，我猜测就是这个原因导致他心理扭曲，并且仇恨女人。和他一起作案的同伙，连队长已经将资料发了过来，那人纯粹就是为了钱财。两个人一个负责勒索，一个负责处理尸体，在他们手中丧命的女人已经超过五个，无一例外都是经济条件不错的年轻女性。"

宋乾简要说了两人的信息，这件事牵扯到连环杀人命案，加之莫行慎的施压，上头对这个案子非常看重，警队队长连熊为了查这个案子连轴转了一周，除了审问被抓的那个，其他任何有效信息都查不到。想到宋乾也被卷入了这件事，连熊以为他知道的内幕更多，无奈求助于他，还偷偷将警队内部资料发了过来，不过并无大用，因为里面没有什么可用的信息。

"果然是赵衡。"时八八心想，终于跟剧情对上号了，小说背景里确实牵扯到一桩凶杀案，凶手名字就是赵衡，不过他出现的时间好像有点早？

按照小说剧情，赵衡的案子是在白初寒与莫行慎闹矛盾时冒出来的。白初寒被伤透了心出走，还切断了和莫行慎的联系。两人冷战期间，莫行慎误会赵衡抓了白初寒，拼命去搭救，结果只找到一具尸体，当时就吓得吐了一口血，结果发现死的人不是白初寒，而是另一个女孩。

莫行慎经过这一事件，深刻体会到自己不能没有白初寒，又费尽心思将她追了回来，两人再次和好如初。

可是现在，赵衡不仅提前出现，还伤害了莫夫人和林茉。根据系统的说法，赵衡是因为跟踪宋乾意外盯上了林茉。宋乾的身上，有不可预测的数据在活跃,连系统都无法控制,所以只能眼睁睁看着赵衡对林茉下手,也唯有经他手,案子才能彻底告破。

因为这是属于侦探的案件。

"你这语气,是认识赵衡?"宋乾见时八八一副果然如此的表情,心里不由得觉得好笑,"这事跟你没关系,闲得慌就去画你的画,别老是来掺和我的事,烦不烦人。"

时八八本来想透露点线索给他,一听他这话立刻不乐意了:"跟我没关系,我就不能了解案情了?好歹我也是跟凶手打过照面的,我是重要目击者,你懂不懂?"

"好,请问重要的目击证人,你有什么信息可以提供给我的?"宋乾心说自己还跟对方打过一架呢。有用吗?没半点用。

"现在心情不好,我偏不告诉你。"时八八有心想气宋乾,就他这态度,自己还眼巴巴送消息过去,尊严往哪儿放?反正这件事跟自己没关系,让他再多烦恼一会儿,烦死他!

"哼,我就知道你说不出什么。"宋乾一副了然于胸的模样,摆明了不信时八八有线索。

"你……"时八八气结,摔门而去,"你自己一个人查到天荒地老吧!"

"不送。"宋乾头都没抬一下,硬生生将时八八气走。

时八八为了这件事骂了宋乾一晚上。第二天闲得实在无聊,决定出门登山去。

刚出门就撞到一个模样乖巧可爱的女孩子,她手里的纸盒子掉落在地上,时八八一边道歉一边帮她捡东西。

纸盒子里装着一个玻璃瓶,里面全是五颜六色的手折星星,流光溢彩煞是好看,看得出来花了很多心思。时八八忍不住问道:"这是送给你男朋友的?"

女孩面上一红，满脸羞怯："还不是。"

时八八打趣道："看来很快就是了，你长得这么可爱，谁不喜欢呢。"

女孩一脸甜笑，抱紧手里的纸盒进了电梯："谢谢你。"

时八八摆手走了出去，今日阳光正好，适合登山。

山林萧瑟，冬日的阳光无法驱散山林的阴冷，反而染上沉沉的暮色，周围安静而诡异。

登山路上，时八八越走越觉得不对劲，后面有一个人似乎一直跟着自己。她脑中想到可能的答案，瞬间汗毛直立。不会是赵衡盯上她了吧？

可女主角不是跟这件事没关系吗？不对不对，一定是她想多了。

时八八心里这么想着，脚下的步伐却加快了很多。她体能值上升了两点，速度一加快，简直健步如飞。身后的男人自然发现了她的异样，断定自己身份暴露，直接追了上去。

时八八大呼不妙，拔腿就跑——果然是赵衡！

上一次让她逃脱了，这一次赵衡岂肯轻易放弃，举起手中备好的麻醉枪，瞄准发射。

"危险警告，危险警告，后方的人有麻醉枪，请往右方躲避。"系统及时发出提示。

时八八依言闪躲，赵衡一枪没打中，失了先机，很快又跟丢了人。

"我的天，早知道直接带宋乾过来了。"时八八第一次如此深刻地感受到生命威胁，幸好她有外挂，不然这次一定死翘翘，"还好我是有女主光环的人。"

她一边嘀咕，一边往山下跑。这里荒山野岭的，死了都可以就地埋尸。她真是作死，竟然在这种时候自己一个人出来登山，她简直想一巴掌拍死自己。

"现在应该脱离危险了。"眼看快到山脚，时八八紧绷的神经放松下来,然而一辆面包车从拐角处急速冲过来。两条腿怎么跑得过四个轮子,时八八只觉身体剧痛,被车子撞飞如断线的风筝,然后重重落在地上,汩汩的鲜血流出,她都感到自己的生命值在快速下降。

"说好的女主光环呢?"时八八欲哭无泪,在心中愤怒地质问。

"对不起,太快了,我都没来得及提醒。剧情走向越来越不受控制,我也没办法。"系统也是一肚子委屈。

此刻赵衡蹲在时八八面前,举刀迅速插进她的胸口,表情淡漠,动作娴熟自然,仿佛杀的不是一个人,而是一只不起眼的猫。他不满地低声嘟囔一句:"死得这么快,便宜你了。"

他本想将她带回去慢慢折磨,可惜这丫头滑得跟泥鳅一样,他又是临时决定对她下手,准备不充分,无奈之下,只能选择用他不太满意的手段。

时八八一张嘴,血从嘴里渗出来:"为什么要杀我?"

"因为我是一个没有感情的杀手。"赵衡如是答道。

"这是什么鬼话!"时八八和系统疯狂吐槽,这个男人怕是要上天!

愤懑的时八八此刻心中像有一万匹羊驼奔腾而过,不甘心地闭上了双眼。之后,时间开始快速回退。

宋乾正将装满星星的玻璃瓶丢到垃圾桶里,忽然周围环境剧烈变化,这熟悉的感觉让他惊慌失措:"不是吧,又来一次?!"

后半句淹没在时间的粉碎重来里,他眼睁睁看着一切倒着走。再次睁眼,他摸到了床头的日历,果然,又是22日!

宋乾差点没一口老血吐出来,开门直奔时八八房间。还没等敲门,她小小的脑袋就已经从门内探出来,脸色很是难看。

他心情糟糕极了,压下肚子里的火,咬牙切齿地问:"你怎么回事?

任务不是完成了吗？如果没有一个合理的解释，信不信我揍你！"

"我被人杀死了。"时八八现在回想都心有余悸，这里和真实世界压根没什么区别，被车撞的痛楚、刀子捅进胸口的痛楚、被人追杀的恐惧，全都是那样真实，她第一次深刻地体会到，自己玩的不只是游戏，而是一个人真实的人生。

这个世界里面所有的NPC都有自己独特的成长经历，有最真切的喜怒哀乐，他们都在认认真真地生活。她之前总是以上帝视角藐视他们，可当自己身处其中，也只不过是芸芸众生中最普通的一人，她对其他人的漠不关心与忽视，最终报应到了自己的头上，成为连环杀手的刀下亡魂。

"杀死？我没理解错的话，你说你被人杀死了？"宋乾一头雾水，十分怀疑自己听错了，看到时八八严肃认真的脸，宋乾顿时觉得这个世界很魔幻。

"我现在才知道，完成任务虽然可以推动下一步剧情的发展，可如果我没了命，那一切都变得毫无意义。"时八八情绪非常低落，下意识地捂住自己的胸口，被刀刺入的痛楚仍让她心悸不已。

"谁杀了你？"宋乾心里大概有了答案，可下意识地抗拒这个答案。如果真是那个人，那么她的死亡，跟自己脱不了干系。

"赵衡。"时八八叹了一口气，心里同样生出愧疚感。

如果时八八当时不碍于面子将线索和盘托出，或许赵衡早就被捉拿归案，自己也许也不会落到现在这般田地。

"是我的疏忽，他那样自负的人，你从他手下逃脱，他必定不会轻易放过你。放着你这个当事人不管，我却去找其他线索，我怎么会这么蠢！"宋乾悔不当初，恨不能给自己一巴掌。

"这件事我也有责任，你不必太过自责。你听着，我接下来说的话很重要，你一定要记下来。"时八八从未有如此强烈的意愿要抓住这个连环杀手。该死的赵衡,他竟然敢杀了女主角,一定要让他得到报应。

就算不是为了自己,为了其他无辜死在他手下的女孩,也一定要出自己的一份力。那样惨痛的死亡记忆,激发了时八八前所未有的正义感。

宋乾第一次见时八八如此义愤填膺的模样,知她定是要说正经事,赶忙拿出笔记本记录下来。

时八八好歹是他罩着的人,赵衡竟然敢对她下手,他绝对不会放过这个混蛋。

"据我所知,赵衡手上已经有五条人命,这些你都已经查过了,他接下来肯定还会继续犯案。现在这个时间,他盯上的是一个叫余娇娇的女孩,花店园艺师,就在附近工作。作案地点是一个叫鸿升的小旅馆,作案时间我推测就是我死的那天。本来他应该对余娇娇下手,不知怎么目标人物改成我了。"

这一点也是时八八百思不得其解的地方。目标人物、作案地点和作案手段完全和书里说的不同,至于作案时间线,本来书里说得就不是很清晰,这次凶手又提前出现,她只能猜个大概。

"余娇娇?"宋乾觉得这名字耳熟,嘴里念了一遍,所有的线在他脑中一下都连上了,不由得一拍大腿,激动地喊,"原来如此,难怪你会出事!"

"我没听懂你的意思。"见宋乾手舞足蹈,时八八满脸问号。

"你出去的时候,是不是碰到了一个中等身材、手里捧着盒子的女孩?"宋乾兴奋地问。

"对,里面装的是塞满星星的玻璃瓶,当时我还跟她说了两句话。"时八八一脸懵懂——这件事难道跟案情有关?

"她就是余娇娇。赵衡当日跟踪她,本来要对她下手,可是中途碰见你之后,临时改变了主意,转而杀你泄愤。"

宋乾清楚地记得，自己第一次察觉到被跟踪，就是余娇娇给自己送毛衣的当日。赵衡意外知晓自己在追查他的案子，便潜伏在周围寻找机会出手。而之后因为自己，他碰到了林茱，发现新目标打算干一票却被自己打乱了计划，他的同伙也被抓住，赵衡便记恨上了自己和时八八。

林茱没杀成，赵衡又开始筹划对余娇娇下手，可是时八八的出现，叫他失去了理智。

"我这替死鬼当得不冤。"那么可爱的女孩子，白天还和她说着话，晚上就变成一具冷冰冰的尸体，时八八光是想想都觉得难受。她死了还有重来的机会，余娇娇一死，再无翻盘的可能，这样一想，她心里觉得好受许多。

"等等，你怎么认识余娇娇？她那个装满星星的玻璃瓶不会是送给你的吧？"时八八一脸八卦，"看来某人即将有好事要发生。"

宋乾脸上一红："瞎说什么，我跟她不可能的。"

"男未婚女未嫁，怎么就不可能？我觉得她挺好的，要是你这次能够英雄救美，她以身相许那是必须的。天时、地利、人和都齐了，你真的不考虑考虑吗？"时八八实在好奇，宋乾这样一个不近人情、说话能噎死人的"直男"，谈起恋爱来到底会是什么样？

宋乾满脸嫌弃："不喜欢就是不喜欢，哪来那么多理由。"

"那你喜欢什么样的？"时八八追在他屁股后头问。

宋乾回头将她上下打量了一遍，气哼哼地说道："反正不是你这样的。"

"我这样优秀的女孩子你都看不上，眼光太高了。宋乾同志，我得好好说说你，这样下去你是找不到女朋友的，错过这么好的女孩子，你以后打一辈子光棍可怎么办！"

"女朋友有工作好玩吗？我爱工作，工作使我快乐。"宋乾急着回去整理线索，哪有工夫陪着她瞎扯，他回房迅速关上大门，将身后喋喋不休的女人挡在了外头,"你自己还要重新走一遍任务,哪那么多闲工夫管我的事,等你过了莫夫人那关再说,没事别出现在我面前,赶紧滚。"

时八八碰了一鼻子灰,一脚踢在他门上:"嚣张,太嚣张了。"

她正骂着,电梯那边传来叮咚声,不用想就知道是莫行慎来找她复合。

时八八快速整理衣服头发,顺便滴了两滴眼药水,直奔电梯口而去。

第十四章
凶手落网

算起来这已经是她第四次走剧情,有了之前成功的通关经验,时八八毫不拖泥带水,重新快速走了一遍剧情,风风火火一气呵成,一心只想尽快解决赵衡的事。自己在这里搭上一条命,血海深仇,必须得报。

宋乾已经将所有的事情都安排妥帖,想着赵衡也算时八八通关的助攻,便一直按兵不动,直到确定时八八通关成功,这才将整理好的线索与证据全部交到连熊手上。

现在这件案子,有两个重点保护对象,一个是时八八,一个是余娇娇。若不能及时将赵衡解决,两人之中必有一人死亡,而宋乾不会允许这样的遗憾再次发生。

时八八知晓事情的危险性,老老实实地待在家里哪儿也不去。家门口装了监控,楼下还有警察守着,为了方便保护,余娇娇被安排和时八八住在一起,两个女孩子一见如故,相处得很愉快。

余娇娇生活圈很简单,完全不觉得有坏人会对自己下手,所以对赵衡的事情不如时八八上心,她看中的只是搬来这里能更方便接触宋乾,每次见到他,她眼睛里的爱心泡泡仿佛随时要跑出来,让宋乾格外不自在。

时八八很好奇余娇娇为什么会看上宋乾这个又毒舌又自大的男人,余娇娇羞红了脸说出一桩往事。

三个月前,她的父亲突发心脏病差点没命。刚巧宋乾找上门来询问隔壁邻居的事情,人命关天,他第一时间背着她的父亲赶往最近的医院,她的父亲这才捡回一条命。

从那时起,余娇娇便倾心于宋乾。

时八八不得不感叹,宋乾这桃花运真的是很可以了。

暖黄的灯光照亮一方小小的空间,三个人挤在宋乾的小沙发上,商讨着怎样才能让赵衡露出马脚。

"现在我们被警察保护得太严密,这一点赵衡自己也很清楚,他必然不敢轻举妄动。这样耗下去不是办法,我们必须主动出击,让他自己按捺不住跑出来。"时八八在家待了半个月,耐心都耗光了,总不能凶手一直抓不到,她一直不出门吧!

"你的意思是,出去做饵?"宋乾接过话。

"那不行,太危险了,要是被那个人抓住,可就没命了。"余娇娇弱弱地插嘴。

宋乾瞥了她一眼,直接忽略,随后盯着时八八:"你心里有对策?"

"此人心思缜密,你追踪了他这么久,找到的证据都如此有限,即便抓住他,在法庭上也可能让他脱罪。如果我去到鸿丰宾馆让他被抓到当场行凶,罪名可就定死了。"

小说原本的剧情里,宋乾是根据余娇娇死后的线索,顺藤摸瓜找到赵衡作案的凶器,而余娇娇的指甲盖里残留着赵衡的皮屑,这才最终给他定了罪;现在事情没发生,没有关键证据,赵衡的藏身地点找不到,一切都是白搭。

时八八的意思是自己主动去到鸿丰宾馆,按照系统设定的余娇娇支线重新走一遍剧情,赵衡无法摆脱自己的人设必然出手,此刻再由警察出场

抓住，一切水到渠成。

"引诱他当场行凶？你的想法太疯狂了，我不同意。"宋乾摇头拒绝。时间刚好算到那一步，哪有那么凑巧的事情？万一没操作好，时八八又得被杀一次。

"不然你有什么好办法？"时八八问道。

宋乾手指一下一下敲击桌面，沉思片刻后缓缓说道："其实我真的有一个法子可用。"

乌云沉沉，细雨蒙蒙，白雾皑皑，城市半隐其间，仿若海市蜃楼。

时八八头顶黑伞，一脚踏在积水中打湿了鞋面，没有半分停留，手里拿着黑色文件袋径直向前。广场空空荡荡，迎面走来一个女人，不知有意还是无意，好巧不巧地撞到她的肩，说了一句对不起便匆匆离开。

她没有在意，顺手接通了电话："对，我拿到关键证据了。赵衡这个人百密一疏，你在他弃尸现场找到的烟头，DNA检验室给出报告了，正如你所料，数据98%吻合，等我把这份报告给你送去，只要抓到他就能马上定罪，他想赖都赖不掉。"

赵衡坐在黑暗之中，抱着电脑仔细听耳机里的动静。时八八的话全数落入了他的耳里，他霎时攥紧了拳头。他的确在抛尸现场吸烟了，至于烟头是否落下，他脑子里并没过多印象。这个女人和那个侦探是一伙的，盯了他两个月，最险的是他上一次抛尸的时候，差点被宋乾抓到，虽然侥幸逃脱，但若是现场真的留下什么，对他可是大大的不利。

赵衡拿出望远镜，看到这个女人已经快走出广场，眼里的杀意越来越浓，却仍然没有动手。只怕广场周围到处都是埋伏，等他一露脸就成瓮中之鳖，他现在不能上当。

赵衡刚要放下耳机，忽然听到里面传来争吵的声音。

"你们怎么又来了?都过这么长时间还没抓到人,整天只知道跟着我,严重影响我的个人生活!"时八八满脸怒气冲着她身后两个便衣警察大吼,然后怒气冲冲地转身往前走。

其中一个警察追上来,想要拿走她手中的文件袋:"白小姐,这份鉴定报告涉及命案,请您交给我。"

时八八紧紧抱住文件袋,大声吼道:"你们自己无能,还要抢我们的功劳?这是宋乾查出来的证据,我凭什么给你?辛辛苦苦查了这么久,好不容易有了进展,结果到头来全部给你们做了嫁衣。不给好处又想占便宜,哪来的道理?想要这个东西,可以,拿一百万来换。"

"白小姐,你这样不合规矩……"

断断续续的争吵声不断从耳机里传过来,听得赵衡心里激动起来。他说为什么这个侦探无缘无故非要跟自己过不去,原来只是求财,现在他们和警方闹翻,自己岂不是渔翁得利?

脑子里嗡的一声,灵光闪过,赵衡忽然激动得站了起来,快速把电脑收回包里,朝白初寒离开的方向追去。

"情绪催化剂已植入,消耗20积分,请玩家注意保护自己。"这边,系统在时八八脑内发出弹幕提示。时八八表面无动于衷,却已经朝宋乾发出准备动手的暗号。

赵衡亲眼看见白初寒与那两个警察分道扬镳,心道肯定是价钱没谈好,人和证据都在一起,现在是最好的下手时机!

他飞奔而上,眼见那白初寒近在咫尺,手里的刀蠢蠢欲动,他甚至已经开始想象刀尖刺破那女人皮肤的快感。然而没待他出手,腰间忽然传来一阵电流引得他浑身战栗,然后昏了过去。

宋乾手拿电棒,出手干净利落,一脚踩在赵衡背上,回头朝那两个去而复返的警察笑了笑:"活捉嫌犯,辛苦你们配合。"

刚刚还和时八八吵得不可开交的两人此刻脸上堆满了笑容:"哪里哪里,应该是我们谢你的。"

时八八长松了一口气,没想到事情进展竟然这么顺利,看来言情小说里破案是比推理犯罪小说要容易得多。

系统说过,案子的关键在宋乾身上,必须要他出手才能顺利解决,因为他是侦探板块的核心人物。这个游戏世界,除了开发言情板块,还单独开辟了侦探区,系统只能控制言情区,而侦探区充满未知,一旦牵扯过深,随时会影响言情板块的剧情走向。

时八八捡起赵衡的电脑,下意识地输入了密码。

这个变态在杀人之前都会做详细周密的计划,是以连续犯下五起案件都没有留下任何痕迹。至于烟头,完全就是宋乾胡诌的,只有赵衡的电脑里才能找到真正的证据。

时八八按照书里的提示,很快翻到了赵衡的作案计划表。她的动作如此娴熟,别说两个警察,就连宋乾也是满脸惊讶:"你怎么知道密码?"

时八八一愣,只顾想自己的事情,却没考虑到这事会引起怀疑,顿时笑得一脸尴尬:"我胡乱猜的。"

宋乾一脸疑惑地看着她,能轻易破解赵衡的电脑密码,竟然是猜的,这不合逻辑;还有,时八八已经有几次在事情发生之前发出预警,比如林茉遇险,比如提前知道余娇娇被凶手盯上,又比如刚才发生的事情。若说她未卜先知,很多时候她又表现得全无智商,被人牵着鼻子走。她身上有太多的疑点,宋乾嘴上没说,心里全记着。

赵衡有理由相信,时八八身上还藏着一个更大的秘密,而破解秘密,是他最喜欢做的事情。

只要等的时间够久,她迟早会露出马脚。

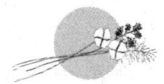

第十五章
约会攒积分

赵衡被抓,后续的事情自然由警察局接手,宋乾的任务也告一段落。唯一头疼的是余娇娇认为是宋乾救了她,非要以身相许,而时八八的推波助澜更是让宋乾分分钟气炸,所以他决定先逃出去躲避风头,等余娇娇的热情褪去,他再回来不迟。

女人是祸水,惹不起,他还躲不起吗!

宋乾逃跑,余娇娇在时八八的屋子里哭了一通,还向她讨教如何才能留住一个男人的心。时八八一个单身狗哪里懂这些,一顿胡诌,竟然还让余娇娇信了,由此可见说瞎话这项本领是天生的。

时八八有心想撮合这两人,怎奈宋乾脑子不开窍,她想想也只能作罢。赵衡入狱,余娇娇这边警报解除,宋乾也不在家,余娇娇自然得搬回家住,临走前还让时八八注意隔壁的动静,宋乾一出现,立即通知她。

时八八感叹追一个人追到这个地步真是不容易,一口应承下来。谁叫宋乾得罪她,余娇娇就是他的天敌,以后再刻薄她,就让余娇娇来治他。

她心里想得正美,许久不见的莫行慎再次找上门来。这段时间光想着对付赵衡,差点忘了男主角的存在,之前放了饵出去,现在收竿正好。

"初寒,对不起,是我误会了你。"莫行慎一脸憔悴地站在门口,哪

还有先前的意气风发。

"又来这套!"时八八耐着性子瞧他,他眼睛里布满红血丝,下巴胡子稀疏。他本生得俊朗,此刻竟有了一点忧郁文艺男的气质,时八八心里不由得感叹,长得好就是有优势,若是普通男人这副样子,只怕丑得不能看。

"你误会我也不是一次两次的事情,如果连这点信任都没有,我觉得我们之间没有谈下去的必要。"时八八心里烦透了这种反反复复分分合合的感情设定。长得帅又有钱了不起啊,老这么虐人家姑娘有意思吗?白初寒有才有貌,优秀的男人随便挑,非看上这个软弱不能担事的男人,偏偏还不能改设定,真是要把她气死。

"这个世界有钱就已经很了不起了,还长得帅,对白初寒又深情,当男主足够了。"系统刷屏飘过。

时八八在心里翻白眼:"男人最重要的是有责任感,是担当。只会口头承诺,要他何用?婚姻关系里需要的不仅仅是爱情。"

最重要的是,莫行慎这么有钱,她作为他的女朋友,竟然完全没享受到有钱的好处。说好的豪门大户呢?她连买个会员都要自己掏钱,守着一座大金矿却不能用,伤心,难过。

时八八正低头跟系统嗨聊,莫行慎却以为她十分生自己的气,心里又慌又急,拿着她的手往自己脸上打:"是我不对,是我一次又一次辜负你,我以后再也不会这样了。你那么善良,一定会原谅我的,对不对?要是不解气,你打我,打到你解气为止。"

时八八被他突如其来的操作惊呆,眼看自己的手往他脸上招呼,那打得叫一个响。她不说话,他就拉着她的手,不断往自己脸上挥,完全不留情。很快,一张俊脸就肿了起来。

时八八实在受不住他这种过激的认错办法,大喊一声:"停!"

莫行慎可怜兮兮地看着她,像一只被主人丢弃的小狗。

时八八表示这位段位太高,玩不过,实在玩不过。她只好说:"行了,你自己不怕疼,我的手打得还疼呢!"

"你愿意原谅我了吗?"莫行慎眼角带笑,满眼期待地看着她。

时八八的心里是拒绝的,偏偏这时候系统发来提示:"叮咚,新任务到达,提升莫行慎好感值100,即可奖励100积分。"

"滚"字还卡在喉咙里,时八八一张嘴就变成:"傻瓜,我从来没有生过你的气,莫夫人病好些了吗?"

系统暗地里直竖大拇指。能屈能伸,这丫头是干大事的人。

莫行慎一听这话喜极而泣,将她揽入怀中,喋喋不休:"这段时间我一直不敢来找你,我怕你生我的气会拒绝我。可是我的梦里全是你,工作的时候也总是想起你,我快熬不下去了。初寒,没有你我活不下去,我想你想得快死了,我保证以后绝不会再让你伤心难过,只要你肯原谅我,我什么都愿意去做,哪怕献上我这条命,我也心甘情愿。"

时八八贴着他滚烫的胸膛,只觉头皮发麻。

琼瑶剧男主角的台词,现场听起来真叫人时刻想暴走将他揍一顿。可为了100积分,忍了!

"别哭了,一个大男人哭成这样,也不嫌丢人。"时八八从他怀里挣脱出来,拿袖子擦了擦他眼角的泪,"脸上有点肿,我拿冰块给你敷着。"

莫行慎跟着时八八进了房,多日的郁结此刻终于得到了释放,全身轻松不少,双眸温柔得能滴出水来,眼神一刻也舍不得从她身上挪开。

时八八硬着头皮将冰袋递给莫行慎,莫行慎不接,反而仰头朝她身边蹭了蹭,示意她给他敷。

这是什么言情剧桥段,时八八恨不得当场将冰袋甩他脸上!心中又默念了几遍积分,这才强挤出笑帮他敷脸。莫行慎就乖乖靠在她的肩头,心安理得地享受她的服务。

两人重归于好，莫行慎又开始计划新约会。陷入恋爱的男人时时刻刻都想和女朋友黏在一起，这一次再也没有旁人可以阻挠。

林茉上次同时得罪了莫夫人和莫行慎，压根不敢露面，而莫夫人更是一改常态撮合两人。独处的时间这么长，莫行慎要是兽性大发想对自己干点什么，那自己要怎么拒绝？这是送羊入虎口啊！可是如果不去，她怎么拿到那100积分？两相为难，时八八越想越害怕。

时八八实在没有办法，又忍不住联系了宋乾。

为了躲避余娇娇的纠缠，宋乾早将电话关机，不过时八八手握他送的项链，自然不愁联系不到人。

这边宋乾犹豫了很久才接通她的电话，打定主意要是听到余娇娇的声音立刻跟时八八绝交，好在这丫头没把联系方式泄露出去，宋乾心里多少安慰了一些。

宋乾问："又碰到什么难题了？"

"我要出去跟他约会。"时八八声音低落，有气无力地说着。

宋乾眉头微皱，心里顿时不太爽："你就为这点事来找我？"

约会就约会呗，至于单独跟他说一声吗！这丫头莫不是嘲笑他是单身狗，故意来炫耀的？

"大哥，你又不是不知道我和他之前的情况。这一次两个人单独约会，他要是想对我做点什么，我该怎么办？要不我把行程发给你，你派几个人过来捣乱？"

"大姐，谁约会像你这样苦大仇深？莫行慎真跟你发生点什么，占便宜的是你，没什么好怕的。"宋乾漫不经心地敷衍道。

"我跟你说正经的！"时八八音调抬高了八度。她一向吃软不吃硬，别人跟她闹，她能闹得更厉害，别人若是伏低做小，她便无可奈何。

"其实，你没必要把莫行慎想得那样不堪。一个男人若是真心爱一个女人，在没有得到允许的情况下，不会随意乱来。你严词拒绝，他心里只会更敬重你。"宋乾对莫行慎这个人也有个大致的了解，人品没有大问题，生活中更是从来不缺女人们的青睐，霸王硬上弓这种事不像是莫行慎的行事作风，所以时八八的担忧，他觉得多余。

"可是……"时八八心里还憋了好多话，转念一想，对他这种路人甲侦探实在没必要透露太多，只讪讪应了一句，闷闷不乐地挂断了电话。

时八八也算阅览言情小说无数。这些小说中，八成的霸道总裁都在开篇对女主做了不可描述的事情，然后慢慢发展感情；至于剩下的两成，那也要在感情发展过半的时候和女主擦枪走火，不然不足以显示总裁某方面功能的强大。掐指一算，她和莫行慎也该发展到这一步了。

真是令人窒息的剧情设定。

约会的这天很快就到了，莫行慎没有出现，而是派了司机来接她，神神秘秘的，像是在准备什么惊喜。时八八表面淡定，实则心里慌张——如果是求婚那就尴尬了。

豪车停在了霖川市最有名的游乐园门口，平时这里人声鼎沸，堵得水泄不通，今天竟然空空荡荡瞧不见半个人影。果然是财大气粗，竟然清场了！

玩这么大，不会真要求婚吧？时八八紧张得吞咽口水，鼓起勇气朝里面走去。刚到门口，一个小男生踩着滑板送了一朵玫瑰花到她手上，未等她反应，下一个小男生跟着冒了出来，又是一朵玫瑰花，直叫她应接不暇，手忙脚乱。

待第十朵玫瑰到手，小男生们不见了踪影，身着王子礼服的莫行慎才隆重登场。他身材挺拔气质卓然，手里拿着第十一朵玫瑰花走到了她的面

前。绚烂的阳光照在他英气勃发的脸庞之上,仿若神祇降临,撞得她的心口猛烈跳动,这样子的莫行慎,也太好看了吧!

"初寒,我的心如同玫瑰花,只为你盛开,一心一意,永不改变。"他单膝下跪,在她的手背上轻轻落下一吻,如同一个真正的王子。

时八八脸一红,慌忙抽回自己的手:"我……我知道了。"

至于其他的承诺,她给不起他。

莫行慎只当她是害羞,手里打了个响指,一辆南瓜马车开了过来。他牵着她的手登上去,如同王子找到了夜半十二点钟丢失了玻璃鞋的灰姑娘,一步步牵着她奔向自己的城堡。

整个游乐园被装点成盛大的童话世界,传说里的人物仿佛全都活了过来,马车所到之处载歌载舞,而她就是这个世界的中心,所有人和事物只为她而存在。

时八八手捧玫瑰花,眼睛都看直了。这样的景象她只在童年的梦里幻想过,随着年岁增长,都变成了不切实际的白日梦。

如今梦想就这样毫无预兆地出现在她面前,她仿佛成了真正的公主,和王子一起走向最希冀的幸福生活,她忽然有些哽咽。

莫行慎宽大温暖的手将她的手紧紧攥在掌心,声音温柔缱绻:"你想要一场童话,我便赠你一场童话,连同我自己,一起奉献给你,我的公主殿下。"

时八八心口一颤,眼泪不知怎么"啪嗒"一下掉下来。是不是只有成为女主角,才会被人当作珍宝一般宠爱?如果这一切不是一场游戏,那该多好。

心里说不清是什么滋味,她又开心又难过,第一次对莫行慎真挚且充满感情地说道:"莫行慎,谢谢你。"

莫行慎宠溺地摸了摸她的头:"这本是我应该做的。"

时八八不得不承认,他作为言情小说男主角,在恋爱方面绝对是合格的。

盛大的童话落幕,莫行慎又带着时八八去了自己的私人游轮。轮船在江面缓慢航行,两边漂亮的夜景尽收眼底,烛光晚餐和悠扬的琴声将浪漫推向了极致,时八八如坠幻梦之境,迷迷糊糊跟随他的节奏而行。

"你为了今天,准备了多久?累不累?"时八八一双亮晶晶的眸子在灯光下熠熠生辉,犹如满天星辰尽数落入她的眼眸之中。

莫行慎看得心动不已,这是他心尖上的女人,是他愿意付出一切想要呵护的女人。他轻笑道:"只要是为了你,我做什么都不累。"

他那样肉麻的话,在这样浪漫的氛围下,时八八竟然觉得悦耳动听起来。

随着江面传来一声响,黑色的天空瞬间被点亮,一轮又一轮的烟火在上空绽放,异彩纷呈,璀璨明亮,与江面的粼粼波光遥相呼应。时八八倚靠在栏杆边上,吹着江风,只觉美得太不真实。

莫行慎脱下外套裹在她身上,顺势从身后抱住她,呓语道:"天冷,小心感冒。"

后背传来他坚实温暖的心跳,周围都是寒风,而他是她唯一触碰到的温暖,这一次,她不想再推开他。

宋乾说得对,何必把约会当作洪水猛兽,坦然接受、顺势而为才是最合适的解决办法。

看完烟花已经是晚上十点,时八八原本还担心莫行慎会有什么进一步的要求,谁知他却比预料中要绅士许多,最大的尺度也不过是亲吻她的额头,随后便像往常那般送她回家。

说不感动是假的,如果现实中有一个人这样对她,她只怕早就嫁了,

何必如此扭扭捏捏。

时八八不是恋爱无脑人士,游戏与现实她心里分得太清,所以注定不会对莫行慎的深情有任何回应,更何况他爱的是白初寒这个壳,内里换成谁都是一样。

车窗外的景色飞速后退,昏黄的灯光照亮前路,从美妙的幻境脱身后,她跃动起来的心又一寸一寸沉了下去。

"等一下!"时八八忽然喊了起来。

莫行慎一愣,靠在路边停了车。

他顺着她的视线望去,只见四个男人正追着一个女人朝这边跑过来,女人的呼救声也越来越近。

"你认识?"莫行慎见她情绪激动,忍不住问道。

"一个新认识的朋友。"时八八跳下了车,急速朝那个女人跑去。

此时那四个男人已经将余娇娇团团围住,手里还提着棍棒,痞里痞气,很明显是混社会的人。

余娇娇吓得不知怎么办,眼角带泪,连连求饶:"求求你们,放过我吧!钱,这是钱,你们拿走吧。"

她说着掏出一把钱币往天上撒,然而那几个混混压根不曾将视线从她身上移开,色眯眯的眼珠滴溜溜转,其中一人说:"放着这么漂亮的小姑娘不管,我们要钱做什么?"

"你们……你们不要乱来,我要报警了。"

余娇娇刚拿出手机就被一个混混夺走,男人还顺便摸了一把她的脸。

"这细皮嫩肉的,手感真不错。"男人恶心地凑近闻了闻,吓得余娇娇尖叫起来。

四个混混拖着余娇娇就要往巷子里走,这时,时八八手持木棍从他们背后挥去,一个矮个子混混吃了一闷棍倒在地上。

时八八喝道:"放开她!"

一看到时八八,余娇娇哭得更厉害了:"你快走,你不是他们的对手。"

"又来了一个小妞,今天有艳福了。"一个黑瘦混混说着就朝时八八扑过来。

时八八的体能值被提升了两个点,很容易就躲过黑瘦混混的攻击,一个转身朝他背上狠狠敲了一棍,打得他嗷嗷直叫。

混混们被激怒,全部跑过来要对付时八八。

没待她出手,莫行慎赶了过来,他一脚踹过去,瞬间将一个混混踢出三丈远。他很自然地将时八八护在身后,脸色阴沉——竟然敢把主意打到他的女人身上,这些人真是不想活了。

"这又是哪里冒出来的杂种!兄弟们,弄死他!"

四个混混吃了大亏,气急败坏地与莫行慎缠斗在一起,时八八则趁机跑开,将余娇娇从地上扶起来。

余娇娇受了不小的惊吓,腿脚都是软的,身上直冒冷汗,嘴唇惨白,紧紧握住时八八的手哭道:"幸亏遇见你,不然我可就完了。"

"别说这么多,我们先走。"时八八拉着余娇娇就跑,却再次被一个黄毛混混拦住去路。

这些小混混还算有点本事,莫行慎一对三,一时半会儿挪不开身,剩下这一个见到手的鸭子要飞,哪里肯轻易放过。

时八八假装害怕,连退几步,那黄毛混混以为自己胜券在握,顺手提起板砖就要往她头上招呼。看到这一幕,余娇娇吓得闭上了眼。

本以为会砸她个脑袋开花,可是下一秒,黄毛混混眼睁睁看着时八八从他眼皮子底下溜走了。她速度非常快,眨眼跑到他身后,朝他两腿间用力一踹,黄毛混混惨叫连连,眼冒金星,夹紧腿跪倒在地。

时八八乘胜追击,将黄毛混混踩在脚底一顿乱踢,见余娇娇不动,喊道:"拿棍子过来,打死这混账。"

余娇娇从惊恐中反应过来,被时八八的热血感染,提起木棍朝地上的黄毛混混一顿猛打。一时间,惨叫声不绝于耳,直打得黄毛混混哭爹喊娘,鼻青脸肿。

那边莫行慎处理完三个混混,见黄毛混混被白初寒修理得如此惨,顿时眼界大开。

他印象中的白初寒,柔弱善良,对谁都温柔体贴,是他心里最纯洁的天使;如今她却像入了凡尘,身上有了烟火气,有喜有怒,感情充沛,看似柔弱,其实骨子里带着一股不服输的韧劲,格外鲜活,格外生动,也更叫他神魂颠倒。

无论哪个样子的她,在他眼里都分外可爱。

黄毛混混的惨叫声一点点弱了下去,时八八自己都打累了,没想到余娇娇竟然打人打"嗨"了,满脸兴奋,哪还有先前害怕的模样。

"再打要出人命了,先停一下。"时八八提醒道。

余娇娇停手,一脚踩在黄毛混混的脑袋上,恨恨地说道:"叫你欺负我!我告诉你,女人也不是好惹的。"

时八八竖起大拇指,比起哭哭啼啼,她更喜欢余娇娇奋起反抗的样子。

莫行慎走到她身边:"我已经报警了,警察很快就会来,这群人无法无天,是该让他们得到教训。"

时八八十分感激莫行慎出手,见他嘴角有血,下意识地抚上他的脸:"你受伤了?"

"一点小伤,没事。"莫行慎笑得一脸宠溺,回握住她的手,他喜欢她关心他的模样。

余娇娇在一旁看得一脸羡慕,谈恋爱真好,受到欺负都有人帮着出头,不知道宋乾那榆木疙瘩什么时候能开窍……唉,好想谈恋爱。

三人在警察局做完笔录已是半夜,时八八先将余娇娇送回家,这才往自己家赶,途经一家药店,又让莫行慎停了车。

嘴角上的伤并不痛,只有点发麻,不算大事,难得见恋人因为自己紧张兮兮的模样,莫行慎心里甜滋滋的。

时八八提着袋子飞快朝自己跑来,就像一束光照进了他的心里,无法言喻的幸福充溢在他胸膛里,上下翻滚。

"我都说了不是什么大事。"莫行慎倚靠在车门上,顺手接过她手中的袋子。

时八八一边拿药往他嘴上抹一边说:"都受伤了,怎么不是小事?要是伤口感染就麻烦了。"

她个子比他矮了许多,踮脚仰头,涂得有些费力。莫行慎微微弯腰,将脸凑到她的面前,一双明亮的眸子宛若浩瀚星辰,要将她整个吸纳进去。

时八八不自觉地吞咽口水,移开了视线,低头道:"让我看看你的手。"

果然,莫行慎的手背有好几个地方破了皮。她心里越发内疚,快速将药喷在他伤口上,随后裹上纱布,直接将他的手裹成了一个球。

莫行慎哭笑不得:"你包扎成这样,我怎么开车?贴几个创可贴就行。"

时八八怔住,不好意思地笑了笑,又赶紧给他拆开纱布,给他贴上创可贴。

他心里有一团火在烧,忍不住将她抱在怀里:"我从来不知原来你这么勇敢。上次母亲说你背着她跑了三公里,我当时还存疑,以为她的话有夸张成分,今日亲眼所见,你竟真是个小侠女。不过下次遇到这样的事情不要随便出头,一定要先确保自己的安全,别让我担心,好不好?"

"反正有你在,我是不是可以任性一点?"时八八问道。

莫行慎笑得一脸甜蜜,心里得到了极大的满足:"对,有我在,你想做什么就做什么。"

"叮咚,莫行慎好感值增加100,任务完成,奖励100积分。见义勇为奖励50积分,望继续保持。"

系统提示音在脑内响起,时八八笑开了花。

上次为了抓住赵衡多消耗了20积分,她肉疼到现在,没想到今天还额外有50分的奖励,简直太幸福了吧!

这果然是个"圣母"系统,做好事有奖励,旁观坏人逍遥法外立刻让她连小命都丢了。这样培养下去,她该不会真的变成"大圣母"吧?要警惕,不能让敌人的糖衣炮弹攻克了她的最后防线。

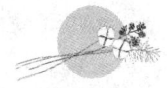

第十六章
修改 ID 属性

回到家躺下,已是深夜。

时八八疲惫不堪,一头栽倒在柔软的大床之上。脑子里回想起余娇娇差点被害的事,心里直犯嘀咕:"这丫头什么体质,好不容易逃过变态杀人狂的追杀,这才多久,竟然又被流氓盯上,难道她的设定是多灾多难?"

"她是侦探区的人物,本该死在赵衡的手下,能多活这么久,已经撞了大运,侦探区有独立完整的运行系统,多活一个就会增加系统的不稳定,所以她之后会不断遭遇危险,直到死亡为止。"系统答道。

"这绝对不行,她可是我搭上了一条命换回来的人,她什么都没做错,凭什么因为系统的随意设置就要英年早逝?这太不公平了。"时八八简直要一口血吐出来,她救余娇娇都快救出感情来了,余娇娇如果死得这么随便,怎对得起她之前的付出?

"这是游戏世界的规矩,你要是不同意,就自己出去叫人改程序,这件事我们也无能为力。"系统并不在意余娇娇的死活,它为玩家服务而存在,其他都不在考虑范围之内。

"言情小说里还要死人,这严重影响玩家体验,我要举报你们。"时八八嚷道。

"你好好待在言情区,少跟侦探区的人来往,保管你的世界天天都是

粉红泡泡。"系统说着亮出头顶粉色的运行光源,"看到没有,我的主色调是粉色,侦探区的主色调是黑色,罪犯横行,随时会发生命案。每个 NPC 都有自己的专属区域,偶尔会有交叉案件,但大多时间互不干涉。你的主任务是谈恋爱,其他的事最好别插手,免得惹祸上身。"

时八八心里直翻白眼:"我刚刚还因为帮助余娇娇得了 50 积分,你们的准则不是鼓励互帮互助、相亲相爱吗?怎么现在又改口了?"

"我们言情区的人,都是善良的人,相互帮助那是应该的;侦探区是独立衍生区域,不归我们管。我还不是为了你好。"系统心道这丫头怎么忽然变得牙尖嘴利,说好的智商不高呢?

"那么问题来了,我帮助侦探区的人,你们给了相应的鼓励积分,这又作何解释?"时八八抓住漏洞,犀利提问。

系统一下子被问蒙:"因为……这是因为……"

该死,程序里没写这一条,它答不上来。

"按照这个逻辑,是不是代表余娇娇现在也算半个言情区的人?我有个想法,如果余娇娇在侦探区的命运注定是早亡,那么将她纳入言情区,是不是就可以改变命运了?"

系统因为紧张,灯光变得忽明忽暗,声音很是为难:"从逻辑上讲是可行的,但是我们从来没有这样操作过。"

"逻辑上行得通,那就一定能成。要不你现在就去做,我愿意付出 10……不,50 积分给你当作酬劳。"时八八终于说出了自己的盘算。

积分难赚,这话说出来,她心里刀子割肉一般疼,但那是一条人命啊,更何况还是她拿命换来的小姑娘,袖手旁观实在做不到。

系统不好意思地笑了:"你这话说得好像我多贪财一样。"

"那正好,你免费做吧。"时八八立即要收回自己贡献出来的积分,系统却以更快的速度将其收入。

"真是不好意思，让你破费了。"

收贿倒是挺爽快，时八八笑道："未免夜长梦多，要不你立刻给我办吧。"

"这不难，她和你有了联系，我能顺利追踪到她的个人ID，只要将言情区的专属ID覆盖到她原先的信息上，就算进了言情区。不过有一点我要特别提醒你，千万要阻止她和宋乾接触。"

"为什么？"时八八还打算拿余娇娇去给他添堵呢！

"宋乾是侦探区的核心人物，身上还有不可控的数据在跳动，很容易就将余娇娇的ID属性改回去，让他们频繁接触，到时候我们所做的一切都白费了。"系统解释道。

时八八觉得奇怪："宋乾的身上，为什么会有不可控因素？"

"这一点，我暂时还没查出来。"系统说起这件事就叹气。它自认是这个世界的主宰，没料到屡屡在宋乾身上碰壁，这家伙严重伤害了它的自信心。

"算了，先不管他，把余娇娇的事办了才最要紧。"时八八心里十分有怨念，本来还想撮合这两人，如今竟是要她亲手拆掉一段好姻缘，着实可惜。

第二日还在睡梦中，时八八被鬼哭狼嚎的手机铃声惊醒，睁眼一看，上面显示着"梁姐"二字，顿时一个激灵从床上坐了起来。哟，有新人物出现！

"初寒，好久不见，《原野》的封面还有一周就要交稿，你准备得怎么样了？"梁姐爽快的声音从那头传来，时八八瞬间成了苦瓜脸。

早先莫行慎就已经提醒过她一次，可惜那时候她正忙着完成各种任务，早将这件事忘得干干净净，一晃神竟然只剩一周的时间！

苍天啊，像她这种拖延晚期患者，梁姐的催稿夺命铃简直炸得她五雷

轰顶。

游戏设计者怕是个脑残，谁要在游戏里工作，就是不想工作学习才想玩游戏好吗！吐槽归吐槽，时八八还是得含泪应下："我已经有了初步设计方案，您放心，一周后准时交稿。"

"平时就属你工作最认真，那我就等着你的好消息。"梁姐说话声顿了一下，听白初寒音调正常，忍不住又问，"我听说昨天莫总向你求婚了，真的假的？"

这八卦传播速度，真不是一般的快。

"没有的事，你听谁说的？"时八八一脸无奈，是人就爱聊八卦，这是常理无误。

"都上新闻了，游乐园包场、豪华游轮、江边烟花，那阵仗要多气派有多气派，这么大的手笔，霖川市除了莫总还能有谁？别说我们这个子公司，就是风启集团总部都传遍了。初寒，等你嫁入豪门，可别忘了梁姐当初对你的提携与照顾，千万记得在莫总面前给我美言几句。"

"事情不是你们想的那样，我们还没到订婚那一步……"时八八有心想解释，却被梁姐打断。

"这种事不能随便对外乱说，我都明白，等你的好消息。我要忙了，以后再跟你说。"梁姐声音忽然变小，随后飞速挂了电话。

时八八哭笑不得。

梁姐这个人，她有点印象，是个大嘴巴，藏不住事。不过人不坏，白初寒刚进公司的时候，她给了白初寒不少帮助，所以两人关系还算不错。

坐在床上发了一会儿呆，时八八决定立刻着手封面原画。

然而这画哪里是动笔就能随便画出来的，她草草画了好几版，不是尖嘴獠牙的蝙蝠，就是阴森的黑猫，她翻过《原野》杂志之前的画稿，全部走清新温暖的风格，而这恰恰是她的弱项。

她是一个插画师没错，不过基本是走暗黑系路线，就算有心想画一只可爱的小猫咪，一动笔就画成大眼怪，看得人汗毛直立。时八八平常的爱好也是看推理犯罪小说，绞尽脑汁搜罗一番，脑补的还是恐怖画面，这简直太为难她了。

"要不还是算了吧。"两个小时后，时八八扔笔放弃。

反正以后是要当豪门阔太太的，这份工作丢了就丢了。

刚冒出这个想法，系统发出任务提示："叮咚，新任务已到达，完成《原野》杂志封面原画，奖励100积分。"

"噗！"嘴里的一口水尽数喷了出来，时八八的心口在滴血，这系统是在玩她吧！

"一个优秀的言情小说女主角，除了有貌还要有才，这是标配。你看看别的女主角穿越后，那是翻手为云、覆手为雨，再不济至少也要有两个国家的王为她斗得你死我活。你这样已经很弱了，再不争取点技能分，怎么有资格当女主角。"系统苦口婆心，用心良苦，颇有恨铁不成钢的意味。

时八八脸挂两行泪，竟无言以对。

然而一拿起手绘板，她的手就在颤抖，强行让人完成不可能的事真是强人所难。等她出去，一定要将设计系统的人狠狠打一顿，不然不足以解她心头之恨。

冥思苦想之际，鬼哭狼嚎的手机铃声再次打断她的思路。

"贵人事忙多健忘，你竟然有空来找我，不过可惜我好多事要忙呢！"时八八一见是宋乾，说话立即阴阳怪气起来。她有脾气也只能对他发个火，毕竟他没少挤对自己，不如互相伤害。

"扯淡吧你，自己打开电视看看。"宋乾声音里满是怒火，人都快气炸了。

时八八依言开了电视,却见莫夫人站在镜头前,语笑嫣然:"两个小年轻目前确实在交往,至于结婚的事,那要看当事人的意见,我这个做长辈的也不好催。"

"您的意思是不同意两人的婚事吗?"一个记者问道。

莫夫人笑容得体,不急不缓地说道:"外界对于我儿子的婚事多有猜测,今日我便向大家表明态度,莫家认可的儿媳妇有且只有一个,那就是白初寒。"

此言一出,引起一片哗然。之前有很多媒体分析莫行慎的情感走向,几乎所有人都不看好他和白初寒这段门不当户不对的婚事,而且根据莫夫人以前的态度,林茉才是莫家的准儿媳妇人选。谁料到现在竟然来这么一出,真是叫人跌破眼镜。

彼时林茉看到这个消息,当场气得将家里的电视砸得稀烂,尖叫声分外刺耳。

时八八同样惊得下巴都快掉出来。莫夫人还真是个行动派,八字没一撇的事情,她这么快就宣布,不怕以后被打脸吗?

"你看到消息没有?"宋乾不耐烦地道。

"看到了,莫夫人说要我当她儿媳妇。"时八八一头雾水,这跟宋乾有半毛钱关系?

"换台,另外一条消息。"宋乾差点没给她跪下,努力按压太阳穴,告诉自己不能冲动。

时八八换台,屏幕上出现的是余娇娇公开表白的画面。她穿着白色婚纱,手拿白色气球,站在霖川市最繁华的广场中央,旁边竖了一个三米高的广告牌,上面写着:"宋乾,我喜欢你,请你接受我。"

广场上本来人流量就大,美女当众告白的新闻很快就上了热搜,现在全城都在寻找宋乾,帮着余娇娇一起表白。

宋乾气得眉心直跳:"这件事是不是跟你有关系?"

"你不要什么锅都往我头上扣,这件事我真的刚刚才知道。"时八八这回是真冤枉,她现在拆散他们还来不及,又不是疯了跑去做这样的事。

"真的跟你没关系?"宋乾觉得余娇娇如此软弱的人,应该不会做出这样大胆的举动,认为是时八八在背后策划。可是现在听她喊冤,又觉得自己判断错了。

"现在怀疑我有什么用,关键是要让余娇娇尽快断了对你的念头,这样你少了麻烦,她也安全。"时八八急匆匆说道。

"你现在不帮着她了?"宋乾听她说出这样的话,竟有些不信。

"我仔细想了想,你们不合适,她这样的好姑娘不该让你糟蹋了。"

"……"宋乾对前半句话赞同,后半句则坚决不同意。

宋乾不想跟她在无关紧要的事上扯皮,耐着性子说道:"这件事是你撺掇出来的,现在闹成这样,你得负责。"

"我先把她劝回去,你把这件事的网络热度压下来,后面我再想办法。"时八八扶额,麻烦事怎么老是一起来,她还有任务没做呢!

费了不少唇舌,时八八总算在天黑之前将余娇娇劝了回去。其实余娇娇早有这个想法,却一直不敢实施,今日早上起来,忽然一种不可遏制的冲动让她豁了出去,脑子里只剩下"宋乾"两个字。

时八八注意到余娇娇的 ID 属性已经改成了言情区,系统解释说因为属性的强制覆盖带来了后遗症,让余娇娇一下子变成了"恋爱脑",等混乱期过后,会重新恢复正常。

时八八还能说啥?这一串的连锁反应都是她引起的,宋乾说得对,这件事她必须负责到底。

晚上回到家,时八八思前想后,决定快刀斩乱麻,长痛不如短痛,要

让余娇娇一次性断了对宋乾的念想。

想到这里,她立即拨通了宋乾的电话:"你现在在哪儿?"

"你这么快解决了?"宋乾疑惑不已。

"你要是现在能过来,我能立即给你解决了。"

"你不会是在坑我吧?"宋乾其实是不信的,不过上次她用这个语气说话,是叫他一起去医院救下莫夫人和林茉。

"你到底来不来?"时八八不耐烦地问。

"来就来。"宋乾想了一分钟,决定妥协。退一万步,就算时八八坑他,对付两个女孩子他绝对绰绰有余。

被余娇娇逼得有家不能回实在窝囊,不管用什么手段,宋乾一定要让她断了这个念头。

时八八在家里估算好余娇娇过来的时间,随后打了邀请电话,开始准备一场大戏。

宋乾进门的时候,时八八刚洗完澡。

白初寒本就容貌姣好,现在头发略带潮气,几缕贴着脸颊垂下来,颇有弱柳扶风之态。她穿了一件淡粉色的睡袍,漂亮的锁骨在衣袍间若隐若现,白皙的皮肤洗得微微发红,漂亮的眸子沾染了水汽,更叫人心生怜意。

平常见惯了她跳脱的模样,忽然来这么一出,宋乾只觉喉头发紧,口水不自觉吞咽而下。

时八八靠在他旁边坐下,见他看直了眼,兴奋地问道:"怎么样?好看吧?"

宋乾镇定心神,故作生气地道:"你搞什么鬼?"

"余娇娇很快会过来,等会儿你只要配合我的演出,保管她对你死心。"

时八八一撩衣角,露出半边香肩,惊得宋乾立即转头。

"你……你要干什么?"他攥紧了拳头,全身猛然变得僵硬,心脏狂跳。直觉告诉他,这女人疯了吧!

"嘘!"时八八侧耳,听到了电梯的声音,随后一只手搂住宋乾的脖子,拉着他往沙发上倒去。

宋乾措手不及,直接倒在了她的身上,手上似乎还按着什么软绵绵的东西。他心头一紧,顺着她的视线往下移,顿时涨红了脸。

时八八眼睛瞪起,眸中有怒火喷涌而出,这个流氓!

与此同时,门口传来尖叫声:"你们在干什么?!"

时八八一张漂亮的脸上顿时满是惊恐,毫不走心地尖叫了一声,随后一巴掌拍在宋乾的脸上。

时八八力气大得很,宋乾被她这么一拍,直接栽倒在地上,只觉眼冒金星,天旋地转。

宋乾被打蒙,捂着脸坐在地上满头问号。

时八八做戏做全套,捂着脸干号出声:"我把你当我最好的朋友,没想到你竟然对我做出这样的事情。宋乾,你真是太让我失望了,呜呜呜……"

"我……"

"你什么你,这一切都是你害的。"时八八抢过话头,不让宋乾有开口的机会。

自己对她做什么了?现在唱的是哪出戏?难不成是要污蔑自己是色狼?念头刚起,他就见她一路哭着奔向余娇娇的怀里,哭得那叫一个凄惨,好像宋乾真的对她怎么样了。

余娇娇没想到宋乾竟是如此下流无耻的人,气得浑身发抖,十分后悔自己竟会看上这样一个人,指着他破口大骂:"你怎么可以对她做出这种事?初寒与她男朋友如此般配,都已经到了谈婚论嫁的地步,你现在做这样的事情就是在毁掉她。我将一颗心捧到你的手上,你弃如敝屣,反而要

用下三滥的手段去追求不属于自己的人。宋乾,你怎么可以如此糊涂?你太让我失望了。"

她越说越难过,大颗大颗的泪珠啪嗒啪嗒地掉下来,单薄的身子倚靠在门板上,差点都快要站不住。

时八八见效果已达到,从余娇娇怀里退出来准备安慰几句,回过神来的宋乾却开始演技大爆发。

"白初寒,我只是太爱你了。从第一眼见到你我就知道我这辈子完了,我每天想你想得夜不能寐,为了能多看你一眼,我甚至搬到了你家隔壁。我知道我的行为对你造成了伤害,可是我无法控制我自己。我不断告诫自己,你有那样一个完美的男朋友,我在你面前什么都不是。可是当我听到你们要结婚的消息,我简直快要崩溃了。我知道我今晚的行为不妥,我只是控制不住自己,想让你多看我一眼,至少让你记得我。初寒,求你给我一个机会,我不会比莫行慎差,我爱你。"

最后一句话,讲得都快要破音了,配合宋乾精准到位的演技,没有任何破绽,一番深情演讲,瞬间让余娇娇的一颗心跌落谷底。

已经走到无法挽回的地步,他竟然还想要争取,或许他只是太爱白初寒了。那么这段时间,自己又算什么?无关重要的黏人精?余娇娇多羡慕白初寒,有两个男人那样爱着她。

时八八惊得下巴快要掉到地上,这人是怎么在这么短时间内编出那么长一段说辞?要不是知道内情,怕是她都要信了。

"你是个好人,但我们不合适。"时八八祭出万能好人卡,陪宋乾把这段戏给演完。

"真的不再考虑一下吗?"宋乾一个壁咚,将时八八逼到墙角,两人相互使眼色,这场戏该结束了。

余娇娇却以为宋乾要对白初寒动手,惊得大喊一声:"你还想对她做什么?!"

"我……"宋乾刚想说话就发出了惊天惨叫——余娇娇竟然一口咬在他的手臂上,那狰狞的模样怕是要咬下来一块肉。

玩大了!时八八连忙去拉她:"娇娇,你不要冲动,我没事,伤了他对你没好处。"

余娇娇也是一时着急,很快松了口,心里终究舍不得真的伤害他。即便知道眼前这个人是混蛋,可付出的感情岂是一下子就收得回的?

余娇娇抹干眼泪,瞪着宋乾咬牙切齿地喊:"滚!"

这个看似娇弱的女人,竟然爆发出这等能量。宋乾一哆嗦,目的既然已经达到,没必要留在战场,于是脚底抹油,飞快地溜回自己的屋里。

余娇娇情绪十分激动,好半天才缓和下来。时八八本想送她回家,却被一口回绝。

"今晚你也受到了惊吓,以后那个混蛋来找你不要随便开门,若是有事情,你要第一时间找莫行慎来保护你,或者,你就干脆搬到莫家去吧,这里实在危险。"余娇娇担心宋乾还会对时八八做出不轨的事情,忧心忡忡。

时八八心有愧疚,恨不能说出真相,让这样好的女孩子因为自己伤心难过,实在是大罪过。她说:"你放心,他只是一时冲动,人不坏的。"

"可是他……"余娇娇由爱生恨,现在想起宋乾都牙痒痒。

"我有事会叫莫行慎过来,倒是你,一定要保护好自己,大晚上的没事别出门。要是再遇到那样的事情,你该怎么办?"时八八拉着余娇娇的手,想起来都心有余悸。

"我包里随时携带防狼电棒,谁敢对我不轨,我就电晕他们。"余娇娇举起拳头,示意自己不是好惹的。

时八八笑了起来:"只要你安全我就放心了。"

余娇娇笑得有几分凄楚，终于挥手告别。

这边人刚走，宋乾就从隔壁门探出头："搞定了？"

"从今以后你在她心里就是大色狼，碰到她小心点，不然随时电晕你。"时八八吓唬他。

"这个方法亏你想得出来，早点说让我有个准备不行吗，这么突然，我差点没反应过来。"宋乾手臂上还留着个大血印，那是真疼啊！

"我不是怕你不同意嘛。"宋乾要是有"偶像包袱"不肯假装色狼，她一番心血就白费了。逼得他走投无路，他自然得跟着她的节奏来。

"算你狠。"宋乾虽说吃了点亏，但总算得到了想要的结果，也懒得跟她计较。

他刚要缩回脑袋，又被时八八叫住。

"手上流血了，你过来，我帮你处理一下。"她说着就要去拿药。

宋乾果断拒绝："不了吧，孤男寡女共处一室，要是又被人误会，我就是跳进黄河也洗不清。"

"我现在在你眼里竟然是女的了？"看他平常的刻薄劲儿，她觉得他就没把她当作异性看。

这句话问到点子上，宋乾表示无言以对。

之前他确实没有其他想法，可是刚刚那么一刺激，不得不承认，她还是很有女人味的。

他心里正想着，时八八已经提着一袋子药塞到他的手上。她说："上次给莫行慎擦药剩下来的，你凑合用吧。"

随后砰一声，她关了门。

宋乾一个人呆呆站在门边，心里有些吃味。

他竟然真的有想法让她帮忙上药，一定是最近事太多昏头了。

第十七章
他有点心动

余娇娇的事情暂时告一段落,然而时八八的新任务还没有着落,这让她万分苦恼。眼看着只剩下五天,还完全没有头绪,这次怕是要开天窗。

这边她还在为画封面的事情苦恼,宋乾却在等着时八八串门"骚扰"。毕竟平时只要他在家,时八八就是死皮赖脸也要过来说几句,才一段时间不见,怎么转性了?

宋乾左等右等,见隔壁一直没动静,终于按捺不住,自己跑过去敲门,还想了一堆理由。结果刚一进门,就被眼前的景象惊呆了。

这还是他昨天看到的房间吗?满地是书,房间像是被洗劫了一般,根本找不到落脚的地方。

"你发什么疯,将好好的房间糟蹋成这样。"宋乾觉得这丫头真不是一般的能闹。

时八八从废纸堆里探出头,黑眼圈格外明显,头发盘得像鸡窝,素净的小脸寡白,颓丧的模样跟昨晚天差地别。她有气无力地说:"画不出来,一点灵感都没有。想我一世英名,竟然在这一关挂掉,我不服啊!"

宋乾被她这副模样吓一跳,挪走一本书走到时八八旁边。她旁边是一堆画废了的纸,纸上的线条怎么看怎么诡异。他不由得问道:"我记得《原野》杂志不是这个画风吧?"

"画风不合我能有什么办法，我就是画不出来。"时八八都要哭了。

"你闷在房间里能有什么灵感，出去采风说不定会有新收获。我前段时间在外面跑，发现有几处地方特别适合散心，你要不要跟我去？"他实在看不惯时八八这副丧气样，开口提议。

时八八想着不如死马当活马医，觉得宋乾的话有道理，便点头同意。

这是一处新开发的森林公园，人烟罕至，不过风景格外好。

寒冬刚过，早春时节乍暖还寒，山上蜡梅开得正鲜艳，山下绿枝刚刚抽芽，一派生机勃勃的景象，叫人心旷神怡。

时八八一扫先前的烦闷，蹦蹦跳跳地走在山林之间。路的两旁栽满了蜡梅，花香阵阵，嫩黄色的花朵点缀其中，将原本凄冷沉重的山色点染得清新明快。放眼望去，一团团一簇簇，煞是好看。

阳光璀璨，暖色的光透过山林一束一束洒落在地上，微风拂来，交相辉映，仿若花间精灵翩翩起舞，灵动欢快。时八八看得认真，竟不自觉笑了出来。

她激动地拉着宋乾的手说："没想到你这么浪漫，竟然挑了这么个好地方，真是太漂亮了。谢谢你，我很喜欢。"

宋乾正专心走路，见时八八如此兴奋，一头雾水："我们还没到呢。"

"啊？还有好东西？"时八八越发期待。

宋乾嫌弃地看着两旁的蜡梅说道："不就是开了点花嘛！你知道植物开花是为了什么吗？是为了授粉，这花就是它们的生殖器，你说你对着人家的生殖器兴奋成这样，这花要是能说话，肯定骂你是变态。"

时八八："……"

她能把这个煞风景的混蛋当场打死吗？

走到山顶的时候，正赶上日落。

大片大片火烧云璀璨而艳丽，浓墨重彩，被暮色一层一层渲染，它们离得那么近，仿佛触手可及，震得她心口一颤。

橘色成了这片天空的主色调，随着日落西山，艳丽的颜色逐渐淡去，被暗蓝色点染，风云交际之处，波浪翻滚，流露出一往向前的磅礴气势，完美契合了《原野》这一期的主题。

时八八脑子里像爆炸一般，有无数的东西要通过画笔倾泻出来，她拿起手绘板匆匆下笔，神情专注肃穆。

夕阳的余晖洒在时八八身上，染上一层淡淡的金色，她嘴唇紧闭，长长的睫翼扇动，在眼窝下投射淡淡的阴影。她白皙的肌肤几乎成了半透明的颜色，美得如梦如幻。

宋乾盯着时八八精致的侧脸，一时之间竟看呆了。

宋乾从未见过她这样专注的模样。她漂亮的眸子神采飞扬，身上有着一夫当关万夫莫开的气势，画笔便是她的武器，似乎整个世界都由她主宰。而这样耀眼的她，再一次搅乱了他的思绪。

宋乾心里无可遏制地升腾起不可言说的情感，疯狂地想要靠近她一点，再靠近一点。

宋乾不明白自己到底怎么了。明明是时八八蛮横无理闯进了自己的世界，扰乱了自己所有的计划；明明是她每天在自己面前晃荡，有事无事总要来骚扰一番，让自己嫌弃万分，自己有多少次祈祷上苍让这个女人赶快消失，如今心里却开始越来越在意她。

宋乾帮了时八八一次又一次，由最开始的不情愿到自己主动替她解决烦恼。她要撮合自己和余娇娇，宋乾分不清自己的不高兴是因为讨厌余娇娇还是因为撮合的人是她。他一直以为两人只是普通的合作关系，却又在不知不觉间付出了太多心思。他害怕无法自控。

更何况时八八和莫行慎已经到了谈婚论嫁的地步,他现在生出这样不该有的心思,岂不真成了余娇娇嘴里无耻的人?

宋乾百感交集,想得正投入,却见时八八抬手在他面前挥舞了两下,喊道:"天黑了,该回去了,你听到没有?"

他回过神来,抬头望天,竟才发觉上空已是星光点点。

"你画好了?"他问。

"哪有那么快,还只画了线稿,回去之后有得忙,不过构思全都在脑子里记着,最难的一关已经过去了。这次真的要多谢你,回头请你大吃一顿。"时八八此刻心情不错,这几天愁得头发都掉了好几把,宋乾对她有拯救头发之恩,那是大功臣啊!

"那我得好好吃一顿,你都要成为豪门阔太了,应该不会对我太小气吧?"宋乾半开玩笑似的说道。

"怎么连你也信了媒体的话?我跟莫行慎的事,你难道还不清楚?他喜欢的是白初寒这个人,而我只是借着白初寒这个壳去完成任务,不然我们得永远困在 22 号这一天。"时八八想起这件事就有一肚子牢骚,她就是看了一本言情小说而已,怎么一睁眼就到了这个世界?难道现在看小说都犯法吗?

"这么说,你一点都不喜欢莫行慎?他的条件在霖川市算最好的了。"宋乾虽然不想承认,但莫行慎这个人的确无可挑剔,长相、能力、财力都是一等一,而这些都是他远远比不上的。

"条件再好有什么用,不喜欢就是不喜欢。就像余娇娇,各方面都不差,她那么追求你,你不也没答应?"其实如果放在现实世界里,对于莫行慎,时八八未必真的不会心动,可惜这是个虚拟的游戏世界,她不会将自己的感情浪费在一串数据上。

"既然不喜欢,难道你真的准备跟他结婚?这也是你收到的任务?"宋乾心里有点紧张,却也有点烦躁。这是什么乱七八糟的任务。

"现在没到结婚那一步,再过不久我们又要分手了。"时八八作为一个看过全本小说的人,完全不在意这件事。她现在的重点是攒积分,根据系统提示把剧情主线走一遍,然后顺顺利利离开,从此以后,这里的一切就只当作一场梦。

"你怎么知道你们要分手?难道你有预知的能力?"宋乾清楚地记得,之前的种种时八八全都预言成功,她以如此笃定的语气说出未来的事,那么是否代表她有异能?

毕竟宋乾连时八八是穿越过来的人都接受了,多点预知能力也就变得不足为奇。

"算有一点点吧。"时八八心虚地回了一句。

她总是不小心在宋乾面前说漏消息,虽然好几次告诫自己要小心,可潜意识里她明白,自己对宋乾这个人是不设防的。不知为何,她就是觉得他可以信任。

"那你知不知道我以后发展怎么样?有没有逆袭变成大富翁?或者你能不能看到下一期的彩票号码?"宋乾立刻来了兴致。如果时八八的预知能力靠谱,那他岂不是要发财了?

"有些事情看得到,有些事情看不到。"时八八一脸苦笑,她要是有这能力,自己早去买彩票了,还轮得到他?

"要不我把彩票号码记住,你再死一次,我们重新来过?"

时八八勃然大怒,一脚踹在宋乾的小腿上:"你信不信我现在就弄死你?"

宋乾连连求饶:"对不起,我说错话了,下次还敢。"说完立刻就跑。

愤怒的时八八在后面狂追不舍:"你这个大混蛋,那顿饭我取消,以后别想我请你!余娇娇在哪儿,怎么还不快来电死你!"

两人吵嚷的声音打破了山林的沉寂。倦鸟归巢，发出声声啼叫，自有一番风味。

接下来的几天，时八八疯狂赶稿，终于在截稿前的最后一小时交了过去。梁姐夸她做事有条理从来不拖稿，还顺道打听了婚礼的事。

时八八忙得脑子发涨，随便敷衍几句便挂了电话。

两天两夜没睡，她现在急需补充睡眠，一直等到系统发出任务完成的提示，这才安心昏睡过去。天大地大，什么都没有积分大。

也不知睡了多久，门口的铃声响了许久。时八八本想挣扎着起床，谁知身体不允许，翻了个身，又睡死过去。

迷迷糊糊间，听到一句呢喃："怎么烧得这样厉害？"

时八八感觉到一只温热的手掌轻轻抚上她的额头，又很快离开。

没过多久，轻柔的声音再次响起："张嘴喝药，乖。"

声音有点熟悉，迷迷糊糊中她想睁眼看却总是睁不开。时八八直觉是宋乾，却觉得他那样毒舌又自大的人，绝不会有这样温柔的时候。

时八八烧得厉害，四肢绵软，口舌发干，下意识地舔唇，那人便立即过来喂水。

头顶上的湿毛巾来回换了好几遍，即便是时八八这样粗枝大叶的人，也能感觉到对方的细心与无微不至。

是莫行慎吗？他深爱着白初寒，这像是他会做出的事情。可是这人的气息、声音与莫行慎全然不同，难不成白初寒还有其他隐形的追求者？

时八八头痛欲裂，很快又再次失去了意识。

等再次醒来，已是第二天上午。旁边放着一杯清水，还有准备好的药，"田螺哥哥"已经不见了踪影。

"昨天到底是谁？"她拿掉额头上的毛巾，从床上爬了起来，烧了一晚上，脚还有些发软。

餐桌上放了一碗打包好的白粥，一摸还是热的，可见人刚走不久。

时八八快速洗漱完毕，决定去隔壁找宋乾问个清楚。

谁料她敲了很久的门，宋乾才顶着鸡窝头漫不经心地开门："不是说了没事别来打扰我吗，有屁快放，没事滚蛋。"

时八八翻了个大白眼，准备问的话卡在喉咙里，昨晚那个温柔的人，绝对不是眼前的混蛋。她没好气地道："天天熬夜，迟早猝死，我就是来看看你有没有发生意外，哼！"说完甩手进了自己家门，转念一想又觉得自己过分，没事跑去敲人家的门还说出那样不礼貌的话，太不合适，要不去道个歉？

她扒开门往隔壁瞧，宋乾早关门回去睡大觉了，心里顿时有些失落。

"宋乾就是个大混蛋。"她小声骂了一句，随后坐回餐桌乖乖喝粥，不知怎么，心里总是不太安宁。

时八八这边刚平静下来，宋乾躺在床上却怎么也睡不着了。

几天不见她的踪影，知道她为了赶稿忙得天昏地暗，可心里却总念着她。宋乾刚忙完一件案子，时间空闲，心思便全部放在了隔壁。

好不容易熬到她交稿的日子，却总不见隔壁有动静，他思来想去，决定自己主动找上门，谁料到刚好碰上她发烧。

照顾了她一整晚，天亮才回自己房里睡，没睡多久时八八便跑来敲门，他心里是高兴的，可一面对她，忽然有种做贼心虚的感觉，一紧张，说话就变得不客气，直将她气回了房。

宋乾心里懊恼又无措，她要是知道他的心思，会不会嘲笑他不知天高地厚，又或者避而不见？

酸涩的滋味一上头，便叫人肝肠寸断。

第十八章
分手进行时

时八八坐在窗口看着外面从白天到黑夜,万家灯火亮起,将沉沉的黑夜点缀得璀璨明亮,肚子不合时宜地发出咕噜声,她终于挪身,披件外套就打算出门。

出门的时候,时八八特意朝宋乾门口看了一眼,静悄悄的,似乎没有人在家。她忍不住扒在门口从猫眼往里瞧,房间没开灯,里面黑乎乎的什么都看不到。

"他今天怎么这么安静?难道外出了?"时八八喃喃自语了一句。

看不到宋乾,她心里有点失望,垂头丧气地走向电梯。电梯门一开,她跟里面的宋乾面对面撞个正着。

时八八本就心不在焉,被宋乾一撞,直接朝后倒去。

"小心。"宋乾伸手一揽,直接将她搂进怀里,两人抱成一团,瞬间觉得空气都凝固了。

宋乾仿佛烫手一般快速松开时八八,面色绯红,说话有些结巴:"你病刚好……出来做什么?"

"你怎么知道我病了?"时八八脑子里闪过"田螺哥哥"温柔的动作,心忽然快速跳动。难道真的是他?

"你看你现在这个丑样子,不是病了还能是什么?"宋乾慌不择言,说完就后悔，他到底在说些什么鬼！

时八八嘴角抽搐，想问的话再次吞了下去，反唇相讥："我没病，你才有病。"

时八八走进电梯，顺手将宋乾往外面推，谁知他站得太稳，反推得她自己一个踉跄。

宋乾担心她烧未退，下意识地抬手按在她的额头上。

熟悉的触感瞬间让时八八愣在原地，她瞪大了眼，抬头看宋乾："昨晚是你在照顾我吗？"

时八八的眼睛又黑又亮，看得宋乾心口发颤。他尴尬地收回手，不知道该如何回答。

时八八欲再问，下一秒，随着"叮咚"一声响，莫行慎从另一台电梯走了出来，见两人站在一起，气氛竟莫名有些暧昧，一丝不悦涌上心头。

"我……"宋乾刚要开口，就见莫行慎挡在了时八八的面前，表情不善。

莫行慎瞪了宋乾一眼，随后拉过时八八的手，语气变得格外温柔："初寒，你怎么不接我的电话？"

时八八惊讶莫行慎会出现在这里，她想抽回手，却被莫行慎牢牢攥在手心。他明明在笑着，眼睛里却隐隐藏着怒气。时八八心虚地解释："电梯里没信号……"

莫行慎没听到自己想要的答案，咬着嘴角看向宋乾："这位是？"

宋乾挤出一丝笑抢先回答："我是宋乾，她的邻居。"

"初寒，我怎么没听你提起过？看样子，你们很熟？"

时八八和宋乾同时看向对方，宋乾眉头舒展，朝她点了点头，时八八立刻心领神会："是邻居也是朋友，离得近平时有事也能相互照应，上次莫夫人摔倒了，也是他帮忙送去医院，我很感激他。"

莫行慎站在两人之间，却莫名有一种自己被排斥在外的感觉，他们哪

怕仅仅一个对视，都是那样自然有默契……

莫行慎强压住内心的不悦，笑容礼貌而疏离："多谢你对我们家初寒的照顾，这个人情我记下了。我叫莫行慎，想必我的身份你应该知道，以后如果遇到困难可以来风启集团找我，一定帮忙。"

这话虽然客套，言语间却充满了敌意。莫行慎在宣誓自己的主权，宋乾听得明明白白，莫行慎将他看作了情敌。

"白小姐昨晚烧得厉害，要不是我发现及时，只怕今天就要住院了。你是风启集团的总裁，平时公事繁忙，但再忙也不要忽略了自己的女朋友，你说对不对？"

宋乾本没打算将这件事说出来，被莫行慎如此刺激，便索性说个明白。时八八脆弱、无助、难过的时候，都是他宋乾在她身边陪伴，莫行慎作为她的正牌男朋友，却从来不见踪影，哪里来的底气对他说这番话？

莫行慎的脸色变得很是难看，宋乾的话句句扎心，却偏偏句句是实话，让他很难反驳。他紧紧拉住时八八的手，满脸担忧："初寒，你发烧了怎么不叫我？"

时八八震惊宋乾竟会说出这种话，心里有些发蒙。宋乾抢先回答："她烧得人事不省，哪里来的力气打你电话？要不是我留了一碗粥，只怕她没病死也要饿死在房里。"

原来昨晚真的是宋乾！时八八心情有些复杂，脑子里模糊的背影逐渐清晰，变成了宋乾的模样，心里不知怎么变得一片柔软。平时看着张牙舞爪一句话能将人噎死，原来也有温柔的一面，而这样的他，自己不讨厌。

"你现在好些了没？"莫行慎紧张兮兮地看着时八八，又摸了下她的额头，还好，她除了嘴唇发白，其他一切正常。

"好得差不多了，不过我现在有点饿，我想去吃饭。"时八八捂肚子，早已饥肠辘辘。

"我给你带了一份,你自己吃吧。"宋乾不待莫行慎说话,直接将一个塑料袋递到时八八手上,自己提着另外一份转身回了房,动作一气呵成。

走廊瞬间变得空荡荡,只剩时八八和莫行慎大眼对小眼,气氛一时竟有些尴尬。

时八八攥着袋子,心里莫名有些感动。

"这种路边的快餐很不干净,还是去我家吃饭吧。"莫行慎说着夺过袋子就要扔垃圾桶,被时八八拦住。

"东西都没吃就扔掉,太浪费了。"时八八一把抢回袋子就往家走。

莫行慎拉住她的胳膊,眉头微皱。

"我妈在莫家老宅设了晚宴,特地让我过来接你,不去不行。"他的视线不自觉落在袋子上,越看越觉得刺眼。

时八八在原地愣了一下,这才说道:"那我把东西放冰箱,明天再吃。"

"你这么节省做什么,我又不是养不起你。"

莫行慎执意要将袋子扔掉,时八八执意不肯。

"浪费粮食不好,你稍等一下。"时八八不由分说,飞快地将东西放进了冰箱。出来的时候见莫行慎冷着一张脸,仰头微微一笑,"生气了?"

她干干净净的一张脸,眉眼带着笑意,只看得莫行慎心神摇曳。莫行慎忽然没了脾气,他真是昏了头,竟然为了这种小事跟她闹。

"我没生气,只是担心你。"

"我病已经完全好了,别担心。"

莫行慎满心愧疚:"对不起,你需要的时候我总是没在你身边。"

"瞎想那么多做什么?我现在就非常需要你带我去吃饭,快走吧。"时八八挽着他的手,重新进了电梯。

莫行慎回手与她十指紧扣,心念一动,说道:"不如我们尽早结婚吧,

这样我们就能光明正大地住在一起，相互也有个照应。"

时八八身子一僵，冷汗直流："太……太快了吧？"

不对呀，剧情没到结婚那一步，怎么他现在就说这种话了？

"你那么好，我怕别人把你抢走了。"莫行慎手指摩挲她的手背，凑在她耳边低声说，直听得她全身起鸡皮疙瘩。

这……这算调情吗？

"这件事等以后再说吧，莫夫人还在家里等着我们呢。"时八八假装没听懂他的话，飞快地转移了话题。

两人刚到莫宅门口，时八八就看到了打扮得像一朵小白莲的林茉。她穿了一件白色长风衣，脚踏尖头高跟鞋，柔顺的长发披散下来，妆容清新可人，尤其那双水漾般的眸子，楚楚可怜地看着莫行慎，实在叫人心疼。

莫行慎却只当没看见她，拉着时八八直接进了大门。林茉眼睁睁看着他们走过，连忙小碎步追了上来："慎哥哥，我错了，你原谅我吧！"

"你也只是为了保命而已，没做错什么。莫家和林家还有生意往来，我们之间不宜把关系搞得太僵。纠缠无益，你还是快回去吧。"莫行慎实在不想再见这张脸，卖可怜的把戏看了太多遍，实在看烦了。

林茉眼泪吧嗒吧嗒直流，见莫行慎不肯给她任何机会，转身缠住时八八，抱着时八八的腿扑通一下跪在地上："初寒姐姐，你替我说句话吧。我知道我上次伤了伯母的心，可是我已经知道错了，也有心想要悔改。人生在世谁能没有过错呢？求你让他们给我一次补偿的机会，不然我一定会愧疚死的。你是那么善良的人，一定会帮我的，对不对？"

"这是你和莫家的事，我能说上什么话？你还是跟他说吧。"时八八飞快地将球踢到莫行慎的身上。她可不傻，揽祸上身对她没好处，更别提这个人还是林茉。

"初寒姐姐,我求你了。"林茉哭天抢地,死拽着时八八的衣角不肯松手,好像受了什么天大的委屈,不知道的还以为时八八欺负她呢。

"来人,将这个疯子拖走。"莫行慎都快看不下去了,遣了两个保安强行将林茉带走,这才揽着时八八的肩往屋内走去。

外头林茉的哭喊声还在继续,屋内莫夫人笑得一脸慈祥,主动上前拉起时八八的手:"上次被你救了,我一直寻思着找个机会感谢你,没料到拖到现在,初寒你不会怪我吧?"

"没有的事,莫夫人您身体好些了吗?"时八八真不习惯她和颜悦色的模样,之前见面如仇人,这次见面如母女,这谁顶得住啊!

"叫莫夫人多见外,叫我伯母吧。说不定很快你就得改口叫妈了。"莫夫人开怀大笑,拉着时八八不肯松手,这亲热劲,比之前对林茉还要热情。

时八八脸都快笑僵了,听到后面那句话,笑容逐渐凝固在脸上:"莫夫人……伯母,您真是说笑了。"

"我可没说笑,之前是我有眼无珠竟会听了那个白眼狼的鬼话,你心里若是有怨我都认。是我们莫家对不起你,让你平白受了那么多委屈。这次正式请你到家里来,一来是为了表示我的歉意,二来我也是为了我那不争气的儿子。"莫夫人说着瞟了一眼莫行慎,喜上眉梢。

"这段时间我们在做订婚前的准备,只要你答应,马上就能举行仪式。"

时八八一听这话,吓得差点夺门而出:"这……太快了吧?我还没做好准备,而且这事得先跟我父母商量……"

"亲家的事我早考虑好了,他们知道你和慎的事情,只要你答应,他们没有异议。"莫夫人一旦下定决心,绝对会将所有事情办得妥妥当当。

不仅白初寒的家里,连风启集团的股份调整、媒体的新闻走向,她全部牢牢掌控,莫行慎的婚事与风启的股价牢牢绑定在一起,稍有差池就会引起巨大动荡,这也是她之前十分排斥白初寒的原因,如今既然决定要迎

白初寒入门，那么就要将一切不利因素全部排除，让白初寒安安心心嫁过来。

莫行慎见白初寒一脸为难，怕将她逼得太急反而引起不好的效果，出声打断两人的谈话："现在不说这个，先吃饭吧。初寒昨夜发烧，今天又没吃什么东西，先让她补充体力。"

时八八松了一大口气，连连点头。

"发烧？让我看看，不打紧吧？"莫夫人凑过来要看，又被莫行慎拦住。

"妈，行了，你克制点。"

"没事，已经全好了。"时八八紧张得坐立难安，她还是觉得和莫夫人斗嘴更有意思。

"那就好，吃饭，都吃饭。"莫夫人终于松口，决定等下再找机会探探白初寒的口风。

刚吃完饭，就有佣人急匆匆闯了进来："不好了，林小姐在门口自杀了！"

"什么？"莫夫人惊得拍桌而起。

"过去看看。"莫行慎神色变得十分难看，快步朝大门外走去。

时八八也很意外，连忙跟过去看热闹，她可不信林茉这样的人会真舍得自杀。不过林茉这一闹，她算解脱了——这对母子憋着劲要逼婚，她都快招架不住了。

那边，林茉额头上全是血，看架势要血溅当场，死在莫家门口啊！

这姑娘威胁人的方式真是与众不同，她在别的地方寻死觅活莫家管不上，可要一头撞死在人家门口，那自然得拦住。如今一群人拦着她，场面热闹得很。

"行了，都别拦她。"莫夫人哪看不出林茉的小心思。

一群人停住动作，全部盯着林茉看热闹。

见状，林茉也不再寻死觅活，她眼珠一转，跪倒在莫夫人的脚下："伯母，我上次也是逼不得已，吓得六神无主才会那样。您从小看着我长大，知道我的为人啊！在我心里，您就是我的亲生母亲，我千不该万不该丢下您自己跑了。当时我其实想回去找您，可是您已经不见了，我知道多说无益，我愿拿命偿罪。"

"你这条命，我们莫家可要不起。林家和莫家多年交情，看在你父母的面上，我不会与你计较，更不会为难你，这就当我原谅你了。只是我不跟你计较，你反倒要来为难我？林茉，你是真当我好糊弄吗？"莫夫人说话字字珠玑，十分有气势，她若喜欢一个人，会对对方好到没边，若讨厌一个人，则毫不留情面，林茉此举已经戳到了她的逆鳞。

"伯母，我……我绝对没有这个意思，我只是想道歉而已。"林茉因害怕缩成一团，怯生生地看着她，装可怜倒是装得十分真切。

"你口口声声求我原谅，我却没见你有任何真心道歉的举动，反而以命威胁，天天来莫家闹，还找媒体散播谣言，想将莫家置于不义之地，你以为你做的这些事情我都不知道吗？只怪我从前对你太纵容，反让你得寸进尺不晓得天高地厚。林茉，我最后警告你一句，不要再来闹事，否则别怪我不顾两家情面，将你的丑事全部抖落出去！"

"伯母，您……误会……"她还想辩解，被莫夫人一瞪，瞬间乖乖闭了嘴。

莫行慎眼中的厌恶更甚，脸色阴沉得可怕，他居高临下看着她："你若再敢来闹，我会让林家在这里彻底混不下去。你要是不信，大可以试试。"

林茉吓得一颤，跌跌撞撞地离开了。

时八八在旁边看得目瞪口呆，莫家母子好手段啊，以后如果得罪了他们，自己岂不是会很惨？

林茉这一搅和，订婚的事暂时搁置下来，莫夫人留时八八说了一会儿话，便让莫行慎将她送了回来。

　　临走的时候，莫行慎特意朝宋乾的门口看了一眼，心里总觉得有几分介意："不如你搬过去跟我一起住吧？我那里地方大，多一个人不是问题。要是以后你再发烧，我又不在身边，总不好老是去麻烦别人。"

　　时八八没听出他的言外之意，只想着每次应付他都十分费劲，这要是住在一起，她不得心力交瘁早衰而亡？她连忙摆手拒绝："现在媒体都盯着你，我们要是住在一起，还不知道他们会编出什么新的绯闻出来，我不想给你添麻烦，而且我住在这里习惯了，换一个地方会不适应。"

　　莫行慎心里有点失望，白初寒从前是那样依赖他，对他说的话无不听从，可如今他在她面前似乎已经变得可有可无，这一切和那个宋乾有关吗？他相信白初寒对自己的感情，却不相信那个男人。好不容易才和她走到现在，莫行慎绝不允许这份感情出现任何变数，看来一定要将婚礼提前了。

　　只有将白初寒牢牢绑在自己身边，莫行慎才能安心。

　　"好，一切都依你。明天风启集团有一个晚宴，我需要你出席做我的女伴。这是我们第一次在公共场合正式亮相，非常重要。礼服我已经帮你挑好了，明天司机会过来接你，好好在家等我。"莫行慎摸了摸她的头，满眼温柔。

　　"好，我等你。"时八八温顺地垂下头，很自然地答了一句，表面平淡地目送他离开，心里却已经开始欢呼雀跃，总算走到这一步了！

　　小说里，白初寒和莫行慎最大的一次冲突就发生在这个晚宴上。林茉已被莫行慎彻底厌弃，白初寒一旦公开亮相，林茉通过舆论营造的正室地位就会被戳破，全盘皆输。穷途末路之际，林茉什么招式都能使出来，这也造成了白初寒和莫行慎两人感情的最大一次危机。

这次的任务,将是最合她心意的一次。果不其然,系统发出任务提示:"与莫行慎分手成功,将获得200积分,请玩家做好准备。"

时八八嘴角的笑意越来越大,差点没笑出声。她平复好激动的心情,开心地回了家。

第二天一大早就有人送了礼服过来。以前哪有机会穿这么高档的礼服,时八八眼睛都看直了,决定试一试。

别说,莫行慎眼光还挺不错,挑了一条纯白色的长裙,款式简单大方。时八八穿上之后,长裙完美地贴合她的身形,衬得她身材玲珑有致。漂亮的锁骨上,宋乾送的那条项链意外的与这条裙子很搭,她的皮肤本就白皙细腻,穿上这条白裙子之后,更是仙气十足。

时八八都在惊叹白初寒的美貌:"不愧是言情小说女主角,这长相这身材,看多少次都觉得美到不行。苍天啊,我什么时候也能长成这样?!"

她正嘀嘀咕咕,这时,敲门声响了起来。

时八八此刻正想找人分享自己喜悦的心情,连忙跑过去开门。

宋乾一身黑色休闲服站在门外,见时八八一阵风般出现在自己面前,身着白色长裙,美得如梦似幻,瞬间,他瞳孔都放大了,愣在原地,竟一时不知道说些什么。

时八八见宋乾惊艳的模样更加得意,特意在原地转了一圈,喜滋滋地问:"怎么样?是不是超级漂亮?哎呀,我怎么会长得这么好看,此等美貌只应天上有,这辈子我一定是天上下凡来的仙女。"

宋乾嘴角抽搐,这仙女怕是乌鸦变的,说话怎么那么烦人!

时八八陶醉完了这才问:"你来找我有什么事吗?"

宋乾背着黑色双肩包站在门外,看模样像是要出一趟远门。

"隔壁明海市发生了命案,连熊队长邀请我一起过去看看。这段时间

我应该都不会在家，提前跟你打个招呼，免得你有事找我。"

"你什么时候走？"时八八问道。

"今天去跟连队长商讨一下，明天一早就出发。"

"等我一下，明天我跟你们一起走。"时八八盘算着今晚就能顺利分手，之后肯定又会和莫行慎纠缠不清，不如先跟着出去躲一阵子，等到下一次任务提示她再回来。

"你要穿成这样跟我出去？"宋乾一脸的不可置信，这丫头都要订婚了，整天跟着他瞎跑算怎么回事？

"今晚我要陪莫行慎出席一个晚宴，到时候会出一件大新闻，我就能跟他顺利分手完成任务了。反正我闲着也是闲着，不如跟你们一块儿去，说不定还能提供一点线索呢。"说起分手，时八八脸上的兴奋藏都藏不住。

"分手也算任务？"

时八八是个大奇葩，没见过分手像她这么高兴的。

"当然算，这是小说的重要剧情，是个虐心点。"大约因为太过得意，不过脑的话脱口而出，时八八赶忙打住。

"小说剧情？虐心点？"宋乾一头问号，脑子里有熟悉的画面一闪而过，却一时想不起来。

"这些都不重要，你等一等我，今晚我跟你一起走。"时八八立刻转移话题。

其实宋乾本来也不必今天一定要出发，只是一旦发现自己的心意，他就没办法再像以前那样坦然面对。恰好有新案子，不如出去忙点别的，或许到时候他就能放下了。可偏偏这时候她说要分手，他的心情有点复杂。

理智告诉宋乾不该答应，然而话已脱口而出："好，我等你一起。"

"好兄弟！"时八八一掌拍在宋乾的胸口，震得他后退一步外带咳嗽两声。

宋乾扶着墙，一脸后悔的表情："说话就说话，动手干什么，怕别人不知道你力气大吗？"

"对不起，我实在太激动了。"时八八一蹦一跳回到镜子前再次欣赏起来，这么漂亮的长裙以后就没机会穿了，她心里有点小可惜。

宋乾已经没法看下去，无奈地说："我晚上出发，你做完任务就直接联系我。"

随后他直接回家，没给时八八搭话的机会。

"最近怎么古古怪怪的……"时八八嘀咕了一句，总觉得宋乾有哪里不一样，具体又说不上来。不过她也没细想，只要不影响她回到现实世界，其余一切都不在她的考虑范围内。

第十九章
我把你当兄弟

天很快就黑了,时八八坐在莫行慎派来的车上,直奔晚宴地点。

两旁的路灯飞速后退,看在她的眼里,就像一个一个的关卡,她横冲直撞将它们全部甩在身后。转眼剧情已经走了大半,等真到了离开的那一刻,她会不会舍不得?

从前她也是个热心肠的好孩子,可不知从哪一刻起,变得越来越冷漠,谨小慎微从不行差踏错,守着自己的一方小天地。

夜里的风很凉,如同那个决裂的夜晚,时八八最好的朋友为了所谓的利益,将抄袭的罪名扣在她的身上,然后拿着她的心血进了她们一直梦寐以求的公司。从那以后,她再不敢信任别人,也不敢进任何一家公司,怕别人在她背后指指点点。

时八八是一个自由插画师,有单的时候过得快活,没单的时候就过得惨兮兮。生活仿佛陷入了一潭死水,让她压抑又苦闷,画风也变得越来越暗黑系。她疯狂地看各种各样的侦探推理小说,看恐怖电影,偶尔也看点言情小说激发一下少女心,可是心里的空虚感却越来越强烈。她看不到前路,也弄不懂自己想要什么,而这个游戏里偶尔遇到的温暖,逐渐让她生出了依恋感。

她保护着余娇娇,如同保护从前的自己;她缠着宋乾,好似那样就能留住逝去的友谊；她排斥莫行慎，就像害怕感情的出现。这个虚拟世界真实得可怕，她总是需要不断地提醒自己，这一切都不是真的，她不可以留恋，她总有一天要离开。

"白小姐，到了。"司机的提醒一下子将时八八拉了回来。

时八八点了点头，慌慌张张要下车。

这时，有人帮她打开了车门，莫行慎温柔的模样出现在眼前。

他身着剪裁得体的白色西装，英俊挺拔，十分耀眼，修长的手伸到她的面前，犹如王子从天降临。

"别怕，有我在。"莫行慎以为她在紧张，默默拍了拍她的手背。

时八八挽住他的胳膊，深呼吸松了一口气，这个场面她确实没见过，长长的红毯，两旁挤满了媒体，闪光灯几乎要照瞎她的眼，脑子顿时蒙了。

莫行慎步态优雅，带着她径直往大门走去。

一进门，光束就照在了两人身上，让他们瞬间成了焦点。

两人如同一对新人，携手走进宴会厅，无数的人围绕在身边，投来倾羡的目光。她知道白初寒的这副皮囊足够好看，与莫行慎站在一起绝对算得上郎才女貌，可真实的她只是一个普通的女孩子，她拥有不了莫行慎这样完美的人，自卑瞬间将她整个淹没。

莫行慎注意到身旁人的不适，小声问道："不舒服吗？"

时八八努力从低落的情绪中挣扎出来，关键时刻绝对不能尿，她仰头微笑，语气恬淡："我只是有点紧张，不过现在都已经好了。"

莫行慎宠溺地摸了摸她的头，温柔的模样引得周围的女人集体发出吸气声——霖川市排名第一的钻石王老五，真的名草有主了！这个女人上辈子一定是拯救了银河系！

"别担心，一切我都准备好了。等会儿我还有点事要办，我先带你去

休息。"他说着将时八八拉到一个单独的休息间。

"其实我在大厅等也可以的。"时八八还想见识一下上流社会的晚宴到底是怎么回事呢,毕竟紧张只是一瞬间的事情,过后就只想着看八卦和凑热闹。

"那可不行,你是我的,要是有别的狼看上你,把你套走怎么办?"莫行慎一本正经地说道。

时八八忍俊不禁:"谁敢抢你的女伴?"

"说不定就有不长眼的来抢呢?"莫行慎不自觉地想起宋乾,心里瞬间不是滋味。

"被抢的还不知道是谁呢!"时八八忍不住吐槽了一句,林茱那边可是在憋大招,莫行慎马上就要入套。

"那你可得把我守住。"莫行慎笑了,低头在她额间落下一吻,快步离开了。

这次宴会,莫行慎邀请了商界名流、公司高层,就是想在所有人面前宣布白初寒的身份。

助理重新确认了一遍流程,只等祝酒词的时候安排莫行慎上去。莫行慎等在台下,心里越想越激动。忽然,一个女人挡在了他的面前。

林茱一改以往小鸟依人的风格,烈焰红唇,吊带短裙,露出一双修长笔直的腿,胸前的事业线也毫不遮掩地露了出来,简直是艳光四射,走到哪儿都有一群人盯着。

此刻林茱站定在莫行慎的面前,妩媚地拿着两杯酒:"慎哥哥,我们从小一起长大,我对你的心思你最清楚。从前你也是爱护我的人,如今却因为我做错了一件事,就将我逼到这般地步,连这次宴会也没有邀请我,你真是好狠的心。"

"现在还敢出现在我面前,看来你是没有听懂我的话。林家最近生意不太顺,需不需要我再'帮'一把?"莫行慎脸色泛冷,眸间隐隐有怒意。他在警告她,要是敢捣乱,他可以让整个林氏家族覆灭。

林茉屡屡碰壁,一肚子苦水,如今连一向宠爱她的父母都不再支持她,事情走到这个地步她已经没有退路,莫行慎是她的命,她无法放弃他。她嘴角强挤出一丝笑意:"你放心,我不是来破坏的,我知道我没资格要求你原谅我,只是看在从前的交情上,你能不能陪我喝最后一杯酒?"

莫行慎没有接,迟疑地看着她。这丫头又在打什么主意?

"现在你和初寒姐姐的婚事已经是板上钉钉,我就算真的想做什么也阻止不了,你何须如此提防我?昨天的事我父母已狠狠骂了我一通,他们不想看到我再错下去,说要送我出国,从此以后再也不回来了。"林茉说着,眸中已有泪光泛出,艳丽的一张脸带着别样的凄婉之色。

莫行慎看着她,于心不忍,语气缓和下来:"真的再也不回来了吗?"

"这个伤心之地我还回来做什么?虽然莫伯母那件事我有错,可是我对你的心从未有假。就算给我十几年的感情画上一个句号,陪我喝了这杯践行酒,可以吗?"林茉睁大眼睛,期盼地看着莫行慎,向来骄傲的她,此刻看起来如此卑微。

莫行慎的心彻底软了下来,人心都是肉长的,十几年的感情哪能说断就断。将心比心,如果眼睁睁看着白初寒同别人在一起,他也是完全承受不住的。林茉只是爱错了人,他不该如此为难她。

"好。"他接过酒一饮而尽,"祝你早日找到适合你的良人。"

一滴泪从她的眼角滑过,她声音哽咽:"好,我会找到的。"

莫行慎头痛欲裂,他醒来的时候,发现自己躺在一张柔软的大床上,衣衫不整,手里还拿着一个红色的胸罩,吓得他连忙丢了出去。

莫行慎抬头望去,发现房间内十分凌乱,满地衣服。他努力回想,最

后的记忆只到喝下那杯酒。

不好的预感涌上心头,他快速从床上爬起,却见林茉穿着浴袍从淋浴间走了出来,一脸娇羞。

"慎哥哥,你醒了?"

"你……"莫行慎又气又恼正要质问,敲门声响了起来。

他还没来得及反应,林茉就快速打开了房门,白初寒站在门口,一脸受伤的表情。

"这就是你准备给我的惊喜吗?莫行慎,你要是喜欢她,就同我说清楚,我又不是不同意,何苦缠着我两边跑?"时八八捂住胸口,一副快要站不住的样子,一低头就把早已准备好的水抹到脸上,"哭"得不能自抑。

"初寒,不是这样的,我……我真的不知道这是怎么回事,我……"莫行慎见她哭,心脏疼得快撕裂了,他冲过去想拥抱她,却被她躲开。他脑子里轰隆一声,炸得他手足无措,连一句辩解的话都说不出。

莫行慎万没想到,自己会被林茉算计,是自己太傻,竟然会相信了她的鬼话!

"初寒姐姐,我们是真心相爱的,慎哥哥就是我的命,我不能没有他,求你成全我们吧!"林茉扑通一声跪在时八八面前,眼里全是泪水,哭得情真意切。

时八八猛吸一口气,这么狗血的场面她都快忍不住要笑场了。她强行苦着一张脸,故作伤心地说:"好,我成全你们。莫行慎,我们之间完了。"说完扭头就跑。

莫行慎想追,却林茉拖住裤脚:"慎哥哥,我已经是你的人了,你不能不管我。"

莫行慎气得脸都绿了,推开她就要追过去。忽然,不知从哪儿涌出来一大帮记者围着两人拍照,莫行慎无奈,只得拖着林茉回房躲着。

关上房门，莫行慎揪住林茉的衣领，眼里全是恨意："你真以为用这种低劣的手段就能进莫家的门？林茉，你会为你今天的行为后悔的！"

他毫不留情地将她摔在地上，急匆匆地拨通了助理的电话，然而，一切已经无法补救。

晚宴进行时风启集团继承人莫行慎的失踪引起轰动，闹出很大的动静，没想到却是在与美人私会，记者们拍到的照片第一时间就流了出去。莫夫人被打得措手不及，根本来不及压下这些照片，莫行慎与林茉在酒店私会的消息立刻铺天盖地抢占了新闻头条，连风启集团的股价都受到了影响，气得莫夫人差点进医院。

时八八之所以能赶到酒店，也是在林茉刻意的提示之下。她早知道这是个圈套，遂了林茉的意来帮忙完成这一出戏，然后就可以安安静静当个吃瓜群众，200积分也顺利到手。

一举多得，时八八觉得林茉这个反派都变得可爱起来。

另一边，宋乾刚刷到这条桃色新闻，时八八就来敲门了。桃色新闻的受害者此刻就站在面前喜笑颜开，他一时不知该如何开头。

"你……分手要闹得这样大？"

"这是林茉一手策划的，我只是捡了个便宜，顺便分手。"

时八八一脸开心，总算可以暂时放下这个大包袱了，还能把积分挣到手，太值了。

"莫行慎真可怜，我都替他觉得委屈。"宋乾不由得感叹了一句。莫行慎同时被两个女人算计，而且他最深爱的女人竟然如此急于摆脱他，这是何等的惨事！

不过，同情归同情，一丝暗暗的喜悦还是涌上宋乾的心头——她分手了，是不是代表自己有机会了？

"好兄弟,别耽误时间,我们现在就出发吧!"时八八一掌拍在宋乾的肩膀上,扯着宋乾往外走去。

宋乾眸中刚刚亮起的光瞬间熄灭,心中开始怀疑时八八到底是男人还是女人,真是见鬼的"兄弟"。

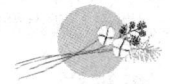

第二十章
渐生情愫

因为着急案子的事情,连熊已经先一步到了明海市,宋乾和时八八到达的时候已经是深夜。没料到宋乾多带了一个人过来,连熊有点惊讶。毕竟他们出来不是游玩,是正经办案的,宋乾已是编外人员,再多一个人明显不合适。

时八八瞧见连熊为难的样子,主动开口:"您不用把我当回事,我就是来散心的,绝对不会打扰你们。"

上次抓捕赵衡的时候,多亏了时八八配合才能顺利结案,所以连熊对她的印象还算不错,见她如此说,也就放心了许多。

"不过有个问题,事先不知道你要来,所以我只给宋乾开了一间房。组内人员最近忙案子忙得天昏地暗,已经没有多余的精力再帮你出去找酒店,这可怎么办?"连熊瞥了一眼宋乾,心说这小子带的是家属还是朋友?如果是家属的话那就好办了。

连熊八卦的表情没逃过宋乾的眼,他脸色微红,咳嗽了一声这才说道:"我跟你一间房,我那间房让她住就行。"

连熊什么时候见宋乾露出过如此羞涩的表情,顿时憋不住笑,一副过来人的模样调侃道:"原来还没到那一步,我理解。"

宋乾霎时红了脸。

时八八猜不透两人在打什么哑谜,但直觉这事跟自己有关,虽然很想探个究竟,然而脑袋发涨,实在是困得厉害,打了声招呼便告辞回房睡觉。

第二天醒来的时候,大家都已不见踪影。

不用猜都知道是去忙那件命案去了。这件事跟她没有关系,她也不想插手,何况她一个编外人员没有插嘴的资格,而且连案子的细节她都摸不到。

先前因为看过小说,赵衡的案子实际上并没有多少可推理的东西,只要按照线索直接抓人即可。这次的案子跟原小说完全脱离了关系,据系统说这是侦探区自行衍生出来的案子,应该是游戏设计者个人独立构造的世界,它作为言情区的主系统,那是一点边都摸不着,所以时八八即便开外挂,在这个案子上也帮不到任何忙。

莫行慎和林茉的事闹得沸沸扬扬,即便躲到明海市也无法完全摆脱两人的消息,时八八一个人在街上漫无目的地逛着,像只无头苍蝇。

忽然,一个女人的啜泣声传到耳朵里,时八八往旁边看去,只见三米外有个女人正低头哭泣。对方看起来很是单薄,哭得十分伤心。

时八八没来由地起了恻隐之心,反正闲着也是闲着,拿出两张纸巾就凑了过去:"人生没有什么过不去的坎,这会儿你可能觉得世道艰难,等最难熬的日子过了,你再回头去看,它会变成人生里最宝贵的财富。放声大哭一场之后,收拾好心情积极面对生活吧。"

女人接过纸巾,听了她的话,原本的小声啜泣变成了放声大哭,吓得时八八走也不是,不走也不是。过路人指指点点,时八八只好赔笑,一直小声安慰女人。

好不容易发泄完了,女人抬起头,梨花带雨的脸蛋十分漂亮。时八八直呼惊艳,说好的白初寒最漂亮呢?

"谢谢你,我好受多了。"女人的声音有点沙哑,应是哭久了的缘故,说话细声细气,十分温柔,时八八当下就对她有了好感。

"虽然不知道你遇到了什么事,但撑不下去的时候多想想爱你的人,为了他们也要把自己的日子过好。"时八八说这些话时是真心实意的。不好的日子她也经历过,她很清楚,别人的鼓励对满心绝望的人来说到底有多重要。

这种事放在以前她绝对不会去管,可自从"死"过一次之后,她想通了很多东西。

你送出去的善意,终有一天会以某种方式回馈到你的身上,而你种的恶果,也终有一天会得到报应。

"你真好。"女人眼底有了笑意,她细细打量了时八八一番,眼睛忽然亮了起来,有几分惊讶,"我……我认得你。"

说完这句,她觉得不妥,又闭上了嘴。

时八八回头往不远处的大厦显示屏看了一眼,那里还在报道莫行慎的桃色新闻,连带她这个可有可无的正牌女友也时不时露上几面。她顿时一脸苦笑:"你该不会是通过那种方式认得我的吧?"

"对对不起……"女人满脸歉意,想到对方也刚刚遭遇了不好的事情,顿时生出了同病相怜之感,可见对方的笑容如此明媚,又为自己的懦弱深深感到惭愧,"你这样洒脱,我真羡慕你。"

时八八完全不知女人那些弯弯绕绕的心思,挠了挠头,笑得一脸灿烂:"又不是什么了不起的大事,我有什么好羡慕的。"

她这么一说,女人就更加佩服了,爽快地伸出手,语气真诚:"你人真好,我们可以做个朋友吗?"

"可以啊!"时八八回握住对方的手,跟漂亮的女人做朋友是求之不

得。

"我叫苓兮。"

"我叫时……白初寒。"

两人相视一笑,阳光正好。

时八八回酒店的时候,刚好碰到宋乾一行人进来。见他们一个个垂头丧气,她挤到宋乾旁边小声问道:"死者身份确认了没有?有线索了吗?"

"死者有过前科,身份很好确认。至于犯罪嫌疑人,我们还没有找到任何线索。"宋乾皱着眉说。

"怎么可能一点线索都没有?死者的社会关系排查了吗?朋友亲戚都查过了?"时八八好奇地问。

"死者入狱后就跟家里脱离关系了,去年才被放出来,租住在一个管理松散的闹市区,独来独往,周围没有人认识他。"

"该不会是对家寻仇吧?"时八八推测。

"他是因偷盗罪入狱的,就算有仇也不至于非要他这条命给自己惹上麻烦吧?"

"好像也是。"

两人凑在一起嘀嘀咕咕,连熊咳嗽一声打断两人的谈话:"这是案件细节,无关人等不要随意谈论,知道了也不要泄露出去。"

时八八连连点头。

宋乾的手放在时八八肩膀上,却是对她十分放心:"连队,她知道轻重不会胡说的,上次还帮我们抓了人,你可不能翻脸不认人。再说,这些也不算案件细节,我就是给她透个底,让她小心一点。"

"哟,这么早就护上了?"连熊朝宋乾眨了个眼,带着其他人走开了。

今天走访了这么多地方,晚上整理线索又得一个通宵,忙得已经连饭都快吃不上了，对于宋乾的小心思，连熊也只能睁一只眼闭一只眼。

宋乾带着时八八往餐厅走去，一边走一边聊案情，他直觉时八八能帮到自己，对她并无隐瞒。

"没有正当工作，没有与亲戚朋友联系，没有干偷盗的老本行，也没有赌博，却能不定期收到一笔钱，而且数目金额不小，你说是不是很奇怪？"

"的确很奇怪，能查到打钱的人是谁吗？"时八八问道。

"都是一次性的交易账号，用了假身份证，一时追踪不出来，不过我对这个人的身份有个推测，他可能是个杀手。"

"杀手？"时八八忽然提高了音量，然后捂住嘴巴，小心翼翼地朝周围看了一眼，幸好没有人注意这边。

"这么激动做什么？"宋乾挑眉，低头喝了一口汤，瞬间觉得全身暖起来。

"是我孤陋寡闻了，我还以为这种职业只能在电视或者电影里看到。"

"没文化真可怕。"宋乾犀利吐槽。

时八八瞬间不乐意："你有文化，你厉害，为什么什么都没查出来？"

"你还别说，我真查出一点眉目，不过我不告诉你。"

这副欠揍的嘴脸，时八八真想当场给他一拳："明明就是你什么都没查出来，还嘴硬！"

宋乾看她生气的样子就觉得好笑，像只可爱的小仓鼠。他的嘴角不自觉上扬："为了套话，激将法都用上了，不过我很受用。"

宋乾忽然压低了声音，示意她凑过来。

时八八虽然不甘心被宋乾耍，但抵不过好奇心，乖乖把脑袋凑了过去。他温热的气息洒在她耳朵上，痒痒的。

"死者孙明在监狱里与一个叫秦天河的狱友十分要好，两人出狱后都

在明海市生活。最重要的是,孙明死亡前一天,他们通过电话,所以说,这个秦天河嫌疑非常大。"

"动机呢?"时八八一脸紧张。

宋乾的脸垮下来:"没找到。两人出狱后,交往并不多,但关系良好,且无缘无故,秦天河也不会杀孙明啊,我们没证据,不好贸然去查。"

时八八瞬间脑补了江湖上杀手组织二三事,随口说道:"有没有可能他们两个都是杀手,因为分赃不均起了内讧,怒而杀人?"

"可是我调查了秦天河的银行转账记录,并无可疑之处……"宋乾脸色凝重,声音越来越小。突然,脑子里断掉的链子忽然连了起来,他一激动,腾地一下站了起来。

时八八被他的举动吓了一跳,弱弱地问:"你怎么了?"

"你的说法也不是不可能。我现在要去找连队,你自己好吃好喝早点睡吧。"说完,宋乾一阵风似的消失在餐厅里,留下时八八一头雾水。

宋乾推测,孙明和秦天河是搭档,每次做完一单,雇主便会转账到孙明的银行账号上,为保险起见,孙明则会取出相应的现金给秦天河而不是转账。现在只要将两人的通话记录和银行卡收款的时间一对比,就能判断出两人是否搭档关系。如果两人是搭档关系,那么,秦天河会不会因为分赃不均或者其他利益原因,杀了孙明?

连熊带着手下正一边吃泡面一边讨论案件,见宋乾忽然闯了进来,皆是一愣。

"有新线索?"连熊先一步开口。

"将秦天河与孙明过去一年的通话记录时间和孙明的银行卡收款时间比对一下,或许有新发现。"宋乾快速说道。

大家都是办案丰富的刑侦人员,瞬间明白他的意思,立即行动起来。结果很快出来——每次孙明在收到钱款后的一周内都会与秦天河有接触。

既然两人有私下的金钱往来，秦天河的杀人动机就出来了。

"事不宜迟，赶紧去找秦天河。"连熊白天才找秦天河了解过情况，只怕现在已经打草惊蛇，说不定他现在正打算潜逃呢！

一队人呼啸而出。

吃完饭回到酒店房间的时八八听到门口的动静，连忙跑了出来。宋乾给她打了个手势，让她好好地待在房间。

这种抓犯罪嫌疑人的事情时八八哪里敢凑热闹，立刻躲回房间，她可不想再被人杀死一次。

第二日，大家都在，不过一个个都是垂头丧气的样子，不用猜就知道，他们昨晚并没有找到秦天河。

时八八和苓兮约好了今天一起出去游玩，为避免打搅大家，她一个人偷偷溜向酒店门口，没料到宋乾跟了过来。

宋乾黑眼圈很明显，不过精神头还算不错："看你样子，是跟人有约？"

"你瞧出来啦。"时八八新认识个美女朋友，心情很是不错，"是个超级大美女，要不要介绍给你？"

宋乾瞧着她明媚的模样，紧绷的心情也跟着放松了许多，不由得笑道："你可是仙女，还能有比仙女漂亮的？"

"仙女的好朋友自然也是仙女，你懂什么。"时八八听出宋乾的调侃之意，翻了个白眼。

"行行行，你们都是仙女。"宋乾哑然失笑，"你在这里人生地不熟的，你们约在哪里，我送你过去。"

"你今天不用查案？"时八八有点意外。

"嗯，没有找到秦天河，这条线索暂时断了。我就当换个心情，说不定还能从你这里得到更多的思路，捞到更多的线索。"当然，除了这个原

因，他也是有私心的——他想与时八八待在一起。

时八八自然乐得有人送，欣然答应，然而笑容在见到那辆拉风的摩托车时戛然而止。

"你不会是要开摩托车送我吧？"

宋乾理所当然地点头："不然我用连队他们的警车？"

"……"好生气，但依然要保持微笑。

她的裙子怎么办？吹了半小时的头发怎么办？难道跟美女约会顶着鸡窝头去吗？宋乾是来害她还是帮她的？

"你滚开，我不要你送。"时八八扭头就走。

宋乾骑着车跟在她后面。

"真不要我送？我开车技术很好的。"

时八八回头瞪他："你看看我这身打扮，像能坐摩托车的样子吗？"

"女人约会就是麻烦，顾忌这个顾忌那个的。"

宋乾的话让时八八确认了一个事实。

"宋乾你个大直男，活该单身一辈子！"她咬牙切齿地喊了一句，不再理他，招手叫车。

这时，一辆出租车停在面前，时八八朝宋乾扮了个鬼脸，气呼呼上了车，逗得宋乾哈哈大笑。

她为什么连生气都这么可爱！

望着出租车扬长而去，宋乾还在笑。笑着笑着，他忽然全身冒了冷汗——刚刚他与出租车司机打了个照面，那张脸似乎有些眼熟。

糟糕！是失踪的秦天河！

他骑车飞快地追了过去。

这边时八八正在跟苓兮通电话，说着说着却发现出租车没往市区方向走,反而越走越偏,她顿时觉得不对劲,喊道:"你要带我去哪儿?"

司机没回答,反而踩下油门加速。

时八八惊出一身冷汗:"你是什么人?我身上没钱,我家里也没钱,你绑架我没有任何好处。"

男人依旧不说话,脸色阴沉得可怕,只专心开车,还时不时地盯几眼后视镜,十分警惕的样子。见状,时八八趴在车窗往后看,远远看到一辆摩托车穷追不舍,不安的心顿时平静下来,只要有宋乾在,她就不怕。

"你跑不掉的。"时八八脑子转得很快,他们刚到明海市,按理来说不会与人结仇,唯一能让她联想到的就只有宋乾手头追踪的案子,自然而然便想到了秦天河这个人。

男人终于有了反应:"我这人向来不喜欢吃亏,有人要我吃苦头,我便要让他也吃点苦头。"

"秦天河,别做梦了,警方已经盯上你了,你绑架我没用,威胁他更没用。原本没查到什么与你有关的证据,现在是你自己坐实了罪行,你真是蠢得很。"时八八毫不畏惧地说道。

"孙明不是我杀的!他是我的好兄弟,我为什么要杀他?你闭嘴,我只是想跟宋侦探说点心里话。"男人嘶吼出声,说到孙明,眼眶瞬间发红。

车速很快,他又情绪激动,时八八不敢再激怒他,这要是出了车祸,自己这条小命怕是要直接交代在这里。不过,听他的话,这件案子别有隐情?不如等会儿先听听他要说些什么,再决定该怎么对付他。

秦天河驾车七拐八绕,直到开到一家废弃的工厂里才停了下来,时八八坐在后面差点快吐了。车一停下,秦天河就扯着她从车上走了下来,宋乾跟在后面,眼睛都红了。

秦天河将一把刀架在时八八的脖子上,呼吸急促,手有点发抖,大声喊道:"你别过来!"

时八八朝宋乾做了个手势,示意他冷静。

宋乾见她安然无事,提着的一颗心终于放了下来。他紧张地看着秦天河:"你将我引到这里,到底想说什么?"

"我没有杀孙明,我是清白的。"

"这话你跟警察说去,告诉我有什么用?"

"警察不会相信我的,他们只相信证据,不会相信我的一面之词!"秦天河一说起这件事,就情绪激动。想到兄弟的死,他就气得浑身发抖——那个混蛋,竟然害死他的兄弟,还让他背黑锅!

"那好,你将事情完完整整地说一遍,我可以帮你分析分析。"宋乾担心时八八的安危,心里虽然对他的话存疑,但也只能顺着他的意思说。

"我和孙明的身份想必你已经猜到了,没错,我们两个是搭档,谁出得起钱,我们就帮谁去处理麻烦……前不久,我们接到了王富明的单子,结果事儿没办好,他竟然要对我们赶尽杀绝。"

"事儿没办好?什么事儿?"宋乾忍不住问。

"王富明要办的那龟孙命大,我们埋伏了那龟孙两次都让他逃出生天。王富明不耐烦了,以为我们办事不牢靠,不但不给钱还要将我们杀人灭口。那天他先设计杀了孙明,然后又将我骗过去打昏在现场,好在我先一步醒过来,没让你们抓住,不然我就是有一百张嘴也说不清。但是,我知道你们迟早会找上我,把我当作杀死我兄弟的嫌疑犯,可是我不服,我一定要找王富明报仇,我要让他给我兄弟偿命!"秦天河越说越激动。

"王富明要你们去杀谁?"宋乾顿感这件事的复杂,看秦天河如此反应,不似作伪。

"任强。"

"好,我会派人去查,你先放下刀。"

"你是不是不信我?"秦天河十分敏感,异常躁怒。

时八八听了个大概,觉得差不多可以收网了,主动开口:"你说的这些都是你的一面之词,我们就算站在你这边,也要回去给你找证据吧?王富明的事情也需要去查吧?你总得给我们一点时间啊。"

听完她的话,秦天河情绪稳定了一点,手上的刀也松了两分。时八八看准机会,一把掐住秦天河的手腕,反手将那把刀甩了出去,宋乾见状立即扑了过来,将秦天河压倒在地,拿绳子绑了个结实。

秦天河在地上挣扎了好半天,最后没了力气,只能气呼呼地瞪着时八八。千算万算没料到这个看似娇滴滴的丫头,出手竟然这么狠。

"收工,可以带回去交差了。"时八八叉腰仰天大笑。

宋乾心里十分后怕,眉头紧锁:"还有脸笑,你刚刚差点没命!我过22号都快过吐了,时间再重来一次我会疯。"

"你放心,我自有盘算。你真以为秦天河这么容易就能绑架我?告诉你,我可是背着莫夫人跑了三公里路的人,体力好着呢!"

"就你能耐。"宋乾又好气又好笑,点了一下时八八的鼻头,动作亲昵又自然,做完以后两人都呆了。

"那个……我们先把他搬上车吧。"宋乾转移话题。

时八八蒙了一下,弯腰去帮忙,然而心里那点涟漪却怎么也挥散不去。

秦天河被丢在车后座上躺着,又气愤又无奈:"我说的都是真的,你们一定要信我。"

"你说的是真是假我们自然会去查,法律不会纵容一个坏人逃脱,也不会平白无故让人背上冤案。你引诱我到这里来,无非就是想通过我找到王富明,人我会帮你找到,但惩罚该交由法庭审判,你犯下的罪,法庭自有定论。"

宋乾一番话说得正义凛然,时八八听了都忍不住心生佩服。他是侦探区的核心人物,说明是游戏设计者重点打造的人物,他能说出这番话,想

来也是设计者自己的用意,他应当是个好人。"

秦天河哑口无言,终于沉默下来。

连熊没想到前一天错过的嫌疑人竟然第二天就送上门来,看到被宋乾给绑来的秦天河,他异常惊喜,连夜对秦天河进行审问调查。

本来以为抓到秦天河就能立刻结案,结果现在这事又牵扯了另一个人,大家马不停蹄地又对王富明展开了调查。

这一调查,案件取得了突破性的进展,只是,王富明下落成谜,案情又卡在这了这一步。

酒店大堂里。

"路上的监控拍不到?出城记录没有?没有他的车票信息?那至少他要吃喝拉撒吧,总不能一点痕迹都没有。"时八八十分费解,王富明难道能凭空消失不成?

"你当别人蠢啊?这些早查过了,什么都没有,他好像消失了一样。"宋乾看着她。

"好吧,我还以为很快就可以结案了呢。"时八八百无聊赖地看着窗外,嘴里吧嗒吧嗒地嚼着软糖。

宋乾顺手从她手上拿了几颗软糖:"你新结交的好朋友呢?最近怎么没看到你们联系了?"

"她跟她男朋友发生了一点矛盾,好像闹得挺厉害,我一个外人也不好插手。"时八八握紧手中的糖袋,以防他再偷吃。

"又是男朋友的事。那你和莫行慎呢?都不联系了?"

"唉,我也不知道怎么面对他,而且系统没给新任务,我还是待在这里比较好。我怕一回去,他又守在我们门口闹。"时八八想起这件事就头痛。

时八八皱着眉，小脸气鼓鼓的，宋乾忍不住伸出一根手指，按在她的眉心，她皱成一团的眉毛瞬间舒展开来。

时八八吃惊地看着他。

"这样就好看多了。"宋乾眉眼间全是笑意，竟十分温柔。

他本就俊俏的脸，此刻看起来更是生动鲜活，时八八一下子就看呆了，心跳不知道为什么忽然加速。

"初寒，你为什么躲着我？"

熟悉的声音从酒店门口传来，时八八浑身一僵，不情愿地扭头看过去——莫行慎竟然追过来了！

第二十一章
开启副本

宋乾尴尬地收回手,眼眸暗淡下来。

莫行慎见两人如此亲密,难以遏制的妒火瞬间将他燃烧,他直冲宋乾而来,一拳砸在宋乾的脸上,怒吼道:"看来是我上次说得不够明白,现在我郑重警告你一遍,白初寒是我的女人,离她远一点,不然我有的是手段对付你!"

时八八被莫行慎突如其来的动作吓到,见宋乾嘴角渗血躺在地上,她又气又急,弯腰想去扶他,却被莫行慎拉住。

时八八回头狠狠瞪莫行慎,再也无法压抑心中的情绪:"你太过分了!莫行慎,你以为你是谁?我们已经分手了,我想跟谁交往,我想去哪里,我想做什么,你都没有资格干涉。现在你当着我的面,毫无理由地殴打我的朋友,请你道歉!"

"你竟然让我向他道歉?白初寒,过分的是你!"莫行慎燃起的怒火被她一盆冷水从头浇到脚,顿时心寒至极。白初寒总是温和有礼,笑脸迎人,在他面前甚至连大声说话都没有过,如今竟然为了那样一个不起眼的小子对他发火,还要求他道歉?那绝对不可能!

"好,那你说说,我哪里过分了?你和林茉躺在床上衣衫不整,我去帮你们盖被子才算不过分?你的母亲诬陷我你怀疑我,我就得忍着才算不过分?因为与你交往,别人对我的闲言闲语我就得默默受着才算不过分?哪怕你已经与别的女人确定了关系,我们分手了,我就得为你一辈子守身如玉才算不过分?莫行慎,你从来只站在你的角度考虑问题,只要你过得好了,我难受或不难受都不打紧,合着这个世界都只能围绕你一个人转,谁离开你都过不了是吗?"

时八八长久以来压抑的怒火与委屈都在这一刻爆发,说不清是为白初寒抱不平还是为自己叫屈。她承认与莫行慎这种天之骄子交往,确实是白初寒高攀了,可仅仅因为身份的不对等,所有的困难就都要女方一个人去拼去抗争吗?他身边的莺莺燕燕要她去解决;他的母亲对她不满要她自己拿命去换取信任;甚至她的工作能力都因为与他的交往在别人眼中打了折扣,被人说是靠潜规则上位,而他只要高高在上享受她的温柔,这是什么狗屁公平?

这个世界本来就对女人苛刻,莫行慎不但无法给她提供保护,反而给她带来了更多的麻烦,这样的恋爱,不如不谈,双方都落得轻松。

"我……"莫行慎被她说得哑口无言,她的每一句质问都像一把刀子戳在他的心口,划出一道道血痕。他知道白初寒受了很多委屈,可他总是避而不谈,仿佛只要他不提,这些事就不存在。

"我对你已经无话可说,你走吧,我不想再看见你。"时八八发泄完这一通,心里依旧余怒未消。原先看小说时她就替白初寒感到憋屈,如今这一桩桩的事情经历下来,竟然真的有机会亲口对男主角吐槽,好爽。

她拉起宋乾就要离开,莫行慎却飞快地挡住了去路。他忧伤地看着她,看起来十分难过:"之前的事你受了委屈,我不仅没有替你讨回公道,反而怀疑你,是我不对,我保证以后再也不会发生这样的事情。我们好不容易走到这一步,你真的忍心放弃我吗?"

"你的保证我已经听了太多次,它太廉价,没有任何意义。我们走到

这一步,不容易的是我,你在其中付出了什么?我累了,我不想再跟你纠缠下去。林茉很爱你,她为了你什么事都做得出来,这一点我自问不如。反正你们之间该发生的都发生了,你们青梅竹马从小一起长大,我不信你对她一点感情都没有,我祝福你们。"

不管莫行慎如何辩解,他对林茉存了怜惜之心是事实,否则也不会给了对方可乘之机。时八八实在厌烦与另一个女人抢男人,跟他在一起天天上演八点档剧情,不管是谁都会累。

"可我爱的是你,初寒,我不能没有你。"她的眼睛里没有一点爱意,冷漠得仿佛他只是一个无关紧要的陌生人,莫行慎心里慌乱得很。他不顾时八八的反抗,将她紧紧搂在怀里,如同溺水的人紧紧抓住最后一根稻草,明知没有用,却总要抓点什么在手里才能安心。

"你放开我,莫行慎,我们已经分手了,你这样的行为我可以告你骚扰。"时八八双手拼命打莫行慎,捶得莫行慎的背部砰砰作响,他还是忍着痛不肯松手。

旁边的宋乾都快看不下去了,时八八的力气他知道,这丫头脾气一上来别真把人给打进医院了。他无奈地伸手强行将两人拉开:"够了,大堂里这么多人,你们闹成这样,叫人看笑话吗!"

时八八瞅准空当,赶紧闪到宋乾身后。莫行慎急得眼睛发红,恶狠狠地瞪着宋乾:"你让开,我们之间的事你没资格管。"

"他是我的好朋友,你是外人,凭什么他没有资格管?你走,我不想再看见你。"时八八躲在宋乾身后,说话越发没遮拦,好不容易让她抓住机会,不赶紧虐一虐莫行慎,以后可就没机会了。

"我知道你心里还在生我的气,我知道我以前做得不够好,林茉的事已经在处理,我保证她不会再有机会干扰我们。你别闹小性子,跟我回去吧。"莫行慎深情地看着她。这段时间他找白初寒都快找疯了,他为了她担惊受怕,为了她惊慌失措,原本有条不紊的生活弄得一团糟,他恨不得亲手杀了林茉泄愤,可是一切于事无补,她不会再愿意回到他的身边。

"莫先生,如果你看到最爱的人和别人躺在一张床上,你会如此轻易地原谅她吗?恐怕你早就闹翻天了。最近八卦传得沸沸扬扬,哪怕我们跑到明海市,你的绯闻还是传得满天飞,每见到一次都是对她的伤害,都到这个地步了你还妄想得到她的原谅想要复合,你不觉得这是在异想天开吗?白初寒是善良,可是善良不等于蠢,你既给不了她想要的安宁生活,也无法遵守自己的承诺,还不如就此放手,对你们双方都好。"

宋乾见莫行慎不依不饶,心里也替时八八着急。幸亏她对莫行慎没感情,这要是真正的白初寒得难过成什么样子!没有担当只会开空头支票的男人,的确没有交往下去的必要,这次他实在忍不住想要替她出头。

"放手?你有什么立场说这句话?别以为我不知道你的心思!觊觎别人的女人想要在关键时刻乘虚而入,你的龌龊心思我一清二楚,白初寒注定是我的人,你想都别想!"莫行慎笑得狰狞,他的目光狂热且充满占有欲,让时八八起了一身鸡皮疙瘩。

"你别乱说话,我和她是好朋友。"宋乾心里慌了一下,不自觉地看向时八八。可时八八注意力都集中在莫行慎身上,压根没将这句话放在心上,他松了一口气,心里又有点失落。

小说中,莫行慎的人设是彬彬有礼的,可现在看来,却不像那么回事,难道人设会变?时八八不自觉地抓紧宋乾的衣角,不祥的预感涌上心头。

宋乾察觉到她的紧张,回头看了她一眼。

他的目光澄澈又坚定,似乎只要有他在,一切都不是问题。时八八稍稍安了心。

两人默契又自然的举动再次刺激了莫行慎，那样和谐的画面在他看来刺眼万分，他上前一步还想拉走时八八，宋乾眼疾手快再次挡在她的面前："请注意你的身份，赶紧离开。"

莫行慎一口气憋在心头，哪里肯让步，一双泛着血丝的眸子盯着时八八。

"好，你不走，我走。"时八八被他盯得浑身发毛，绕过他准备离开，宋乾紧随其后。

莫行慎哪里肯放她走，追上来再次挡住她的去路。

耐心耗尽，时八八热血冲头，吼道："你到底怎样才肯放过我？你和你的林茉相亲相爱一辈子到老不好吗？为什么非要来惹我？"

"我说过，我不会再让林茉破坏我们之间的感情。我们是天造地设的一对，除了我，你还能跟谁在一起？难道是这个穷光蛋吗？"莫行慎怒指宋乾。

"我也是有正当职业的，哪里是穷光蛋……"宋乾小声嘟囔。

"对，我就喜欢这样的穷光蛋。至少人家言而有信，承诺我的事情全部办到，我需要的时候总是全力帮忙，遇到危险的时候第一时间保护我，被人诬陷的时候努力替我澄清误会，最重要的是，他不像你，总是跟其他女人纠缠不清！"

时八八简直要被莫行慎气死了，好好跟他讲道理不听，非要牵扯无辜人员。既然他那么在意宋乾的存在，她索性拿这些话去堵他。

宋乾一听这话，自己都不敢相信，凑到她耳边小声问道："我真有这么好？"

时八八白了他一眼："闭嘴！"

"你的心里是不是有他了？"莫行慎眸中寒光毕现，整个人阴沉得可怕。

时八八有意气他,理直气壮地回道:"是!"

"难怪你对我越来越冷淡。好,我明白了。"莫行慎怒极反笑,看向宋乾的时候,眼中竟然带了几分杀意,"我会离开,不过你们以为一切都结束了吗?我不会让你们好过的!"他说完转身就走。

莫行慎走得气势汹汹,连背影看起来都杀气腾腾,吓得时八八出了一身冷汗。

"他刚刚什么意思?不会是要报复吧?"

宋乾苦笑:"很显然,他把我们当作奸夫淫妇了。"

"他讲不讲道理?我都捉奸在床了,他把我们当作奸夫淫妇?"时八八差点一口老血吐出来,忽然有点后悔,自己是不是玩大了。

"这种人自私得很,占有欲又强。他可以千百次对不起别人,但是别人一旦对不起他,就没有好果子吃。"宋乾见过不少这种人,大多是偏执型人格。

"竟然选这种人当男主角,作者真是不开眼。"时八八有些崩溃,所以说不能冲动,冲动是魔鬼。

"男主角?什么男主角?"宋乾心里那种奇怪的感觉又冒出来了。

"就是这本书的男主角。"时八八随口一答,然后突然惊醒,她刚刚都说了什么!

"这本书?"宋乾越想越不对劲——她想要隐瞒的秘密是什么?莫行慎是这本书的男主角,她是女主角,那自己又是什么?难不成他们在一本书里?

宋乾被自己大胆的想法吓了一跳,这怎么可能?

"我自己胡乱想的,你不要在意。"时八八心里一紧,赶快转移话题,"刚刚莫行慎说你有贼心,难道你喜欢我?"

她这招乾坤大挪移,立刻把宋乾的思路带偏。

心事被戳中，宋乾一下子变得手足无措："怎……怎么可能？我又没瞎，你脾气那么差，出手又重，我身边那么多人，干什么非要喜欢你！"

"你身边不都是警察吗？不喜欢余娇娇，也不喜欢我，难道你暗恋……林茉？"时八八眼睛一亮，瞬间脑补了一出大戏，随后一脸悲痛地拍了拍宋乾的肩膀，深表同情，"可惜人家心有所属，不过没关系，还有很多未婚的姑娘等着你，总有一天你会找到真爱的。"

"见过爱说胡话的，没见过你这么会说的。"宋乾一脸无奈，面对时八八的"脑洞"，他只能甘拜下风。

"哎呀，不要害羞嘛。"时八八的"八卦魂"燃起，追着宋乾问理想型，还想要给他张罗对象，气得宋乾晚饭都没吃。

苍天啊，谁能把这个聒噪的女人带走！

雷电轰鸣，大雨滂沱，天色阴沉得仿佛要塌了一般。

时八八望着窗外可怕的雨景，有点担心宋乾。一大早，他就和连熊他们出去办案了，据说是有王富明的新线索。大家蹲守了半个月，听到这个消息都格外激动，立即全体出动。眼见天都黑成这样，他们都还没回来，不会是出事了吧？

时八八紧张地在房间内来回走动。忽然，急促的敲门声响起，她想也没想，立刻冲过去开门，却见许久未联系的苓兮浑身湿透，站在她的面前。

雨水顺着苓兮的衣角滴滴答答落在地上，她单薄的身子冷得瑟瑟发抖。

"你怎么回事？"时八八吓了一跳，赶紧将苓兮带进来，又找了一条干净的毛巾裹在她身上。

苓兮脸上湿漉漉的，眼睛哭得红肿，雨水和泪水混杂在一起，显得格外狼狈。她身子抖得很厉害，抓紧时八八不肯松手："你帮帮我吧，我实在受不住了，呜呜呜……"

一声又一声的呜咽,配上外面的电闪雷鸣,听得时八八心头更加焦躁:"到底是什么事,你说给我听听。"

"我不想再和厉绍钧纠缠了,他那样的人我爱不起。初寒,你和莫总的事情我也有所耳闻,我知道说这件事会戳中你的伤心事,可是我只想问问,你怎样摆脱他的?"苓兮站在房中央,整个人瘦得都快变形了,她干瘦的手抓住时八八,满脸惊惧与绝望。

"厉绍钧?"这扑面而来的霸道总裁的气息是怎么回事?

时八八心里正疑惑着,忽然系统传来久违的提示声:"叮咚,触发支线剧情,请问是否开启副本?"

"一个恋爱游戏竟然还有副本?我开启的话,有什么奖励?"时八八在心里问系统。

"有很大几率掉落复活卡、跳关卡等道具,也有机会获取高额积分,获奖几率根据个人人品而定。"

"高收益伴随高风险,你的意思是我很有可能忙活一通却什么都没捞着?"时八八有点犹豫。

"别总是看到坏的地方嘛!我个人建议你去碰一碰运气。在和莫行慎闹翻之前,副本任务你可选可不选;闹翻之后,根据概率推算,我觉得你非常需要一张跳关卡。"系统快速回复。

"这是什么道理?我又没违背小说通关剧情。"时八八依旧不以为然,她运气向来不好,赔本生意不想做啊。

"谁让你们起冲突的时候宋乾在场!宋乾身上一直有不稳定数据在跳动,你们争吵的时候影响到莫行慎身上的数据,导致他的绅士人设有了些许改动,只怕后面的剧情我控制不住了。"系统内心是崩溃的,早知道它就不该让时八八跟宋乾搅和在一起,现在可好,连它这个总系统都被影响到了。

时八八回想起来，一向温和的莫行慎当时身上忽然有了杀意，把她吓得不轻。如此说来，她和宋乾岂不是真的要被报复了？这是造了什么孽哦！

"所以我建议你开启副本，如果运气好拿到跳关卡，直接跳到和莫行慎结婚的场景，你就可以出去了。"

时八八思考了一番副本的难度。在支线剧情中，苓兮和厉绍钧是男女主角，她读了这么多言情小说，里面的套路她都懂，完成副本任务应该不难，而且跳关卡这么厉害，想想就让人心动……

"好，我接，我要立即开启副本。"时八八兴奋不已，为了跳关卡，就算刀山火海她也要去闯一闯！

"叮咚，霸总副本已开启，通关成功将会掉落意外惊喜，请玩家做好准备。"

时八八接下任务，立刻对苓兮的事无比上心，紧紧握住她的手，十分热切地说："把你和厉绍钧的故事告诉我，我来帮你分析情况。"

苓兮声音哽咽，断断续续地将她的故事说了出来。

厉绍钧是一个不折不扣的霸道总裁，在明海市也是一个呼风唤雨的存在。不过相比莫行慎温和有礼的人设，此人更为心狠手辣。苓兮是一个刚毕业的大学生，家里欠了巨款，无奈卖身成了厉绍钧的情妇。两人本来只是相互交易的关系，日久生情，这关系自然就复杂了起来。

厉绍钧爱上了纯洁善良的苓兮，苓兮同样被他吸引。不过，他是何等身份，又有多少女人等着爬他的床，两人之间自然误会不断，分分合合，相互折磨。

上一次两人分手，恰好就是时八八遇见苓兮的那天。后来，苓兮碍于契约关系不得不回到厉绍钧的身边。厉绍钧为了折磨她，每天都带不同的女人回家想让她吃醋，反而更让她心寒不已，两人爆发了大冲突。苓兮在明海市无路可去,最终找到了时八八。

真是好一段狗血又套路的霸道总裁经典剧情!时八八连名字都想好了,就叫《契约情人·女人别想逃》。

"这种可怕的男人确实没什么好留恋的,只是你们现在是契约关系,你就算想逃也逃不走,我要怎么帮你的忙呢?"时八八表示这么厉害的霸道总裁她怕是扛不住。

刚得罪一个总裁,现在上赶着去得罪另外一个总裁,简直是要命啊。

"我陪了他这么多年,钱早还清了。昨夜我与他摊牌,他亲自解除了这份契约,我现在什么都不欠他了。"苓兮攥紧拳头,脸上却是受了屈辱的表情,"我想着既然关系两清,不如离开他开始新的生活,可是他今天又找了过来,说是改变了心意,我不从,他就强迫我……"

这……这么刺激!

时八八拍桌而起:"太过分了!不管用什么办法,我一定要帮你逃脱他的魔爪。"她见苓兮抖得厉害,心里越发同情,"现在别说这么多,你全身湿透了,先去洗个热水澡,别感冒了。"

"我现在什么都不求,只想离开他。初寒,除了你,我找不到其他可以帮忙的人了。"苓兮沉浸在悲伤的情绪里。

"你别急,我会想办法,你先去洗澡吧。"时八八嘴上说得轻巧,心里却很焦虑。她哪里来的资本跟厉绍钧斗?简直是青铜挑战王者啊!不过,现在只能走一步算一步了。

"我知道这么问很冒昧,可还是忍不住想问,你是怎么摆脱莫总的?他那么厉害,竟也答应与你分手吗?"

时八八说:"就是让他误会我与别的男人有了感情,他一生气,就答应分手了。"

"他不会报复那个男人吗?"苓兮吃惊地问。

"他和别的女人睡在一起,怎么没想到我会不会报复?他哪里来的资格报复我。"时八八生气又心虚地说。

"这样做肯定不行,会连累他的……"苓兮低着头,喃喃自语。

"连累谁?"时八八听她的语气,像是有备选人。

"没有谁,我先去洗澡了。"苓兮勉强挤出一丝笑,并不愿意透露那个人的信息,立刻转移话题。

时八八按压太阳穴,觉得这事实在棘手。

刚坐下,敲门声又了响起。这次时八八多了个心眼儿,凑到猫眼上瞧。

原来是宋乾回来了。

考虑到苓兮在,时八八没有放他进来,只站在门口问道:"抓着王富明了没有?"

宋乾一脸沮丧:"消息错了,那人不是王富明。"

见时八八堵在门口,神情不自然,和平时不太一样,宋乾不由得问:"你房里不会是藏了野男人,不想让我瞧见吧?"

"野男人没有,仙女有一个,你要不要见?"

宋乾眉毛一抬,小声说道:"你那个朋友来了?"

时八八点点头:"不仅来了,还带来一个好大的麻烦,你要不要听?"

宋乾顿时一脸警惕:"你不会是想拉我下水吧?"

"这话就说得难听了,我们是一条船上的蚂蚱,怎么能叫拉你下水呢?"时八八一把揽住宋乾的肩膀,一边往里走,一边将苓兮的情况强行说给他听。

宋乾听完后无动于衷:"确实很可怜,所以,这关我什么事?"

时八八一口气憋在胸口:"我答应帮她了,就是我的事。我的事就是你的事,怎么叫没有关系?"

"你面子也太大了吧?"宋乾直摇头,转身要走。

时八八拦住他的去路。

"这是系统给我的新任务,要是我没完成,又要回到22日,你应该不想再经历一遍吧?"她决定使出杀手锏。

"时八八,你当我傻呀?之前系统给的每一个任务都跟莫行慎有关,如今忽然冒出来一个苓兮,你告诉我是任务,你觉得我会信吗?"他对时八八太了解了,随便一个眼神他都知道她在想什么,想忽悠他?没那么容易。

时八八有口难言。支线剧情没完成的确不影响主线剧情任务的发展,可是她舍不得跳关卡呀!总不能将真相全部告诉他,更何况她说了,他就能信吗?退一万步讲,就算他真的信了,反而更没有理由要帮她,这是一条死胡同。

"好吧,我不打扰你了,你忙你的案子去吧。"时八八垂着头,像一只丧气的小猫。

宋乾见她可怜兮兮的样子,反而于心不忍:"我们这么好的关系,你有需要我还能真的不帮?你就放心去做吧。"

时八八瞬间变得神采奕奕,拉着他的手十分高兴:"宋乾,你人真好。"

"拒绝好人卡,滚蛋。"宋乾嘴角扬起一丝笑,见时八八笑,他心里也甜丝丝的。

现在连他刻薄的样子,时八八看着都觉得顺眼,转头又说回王富明的案子:"其实我觉得这么久一点消息都没有,王富明很可能已经死了。只有死人才会不留下一点痕迹。"

"这个问题其实我考虑过,只是连他的尸体都找不到,感觉线索到了他那里,全部都断了。"宋乾无奈地说。

"死人如果不行,那从活人下手呢?"时八八突发奇想。

宋乾忽然眼前一亮,抓住时八八的肩膀兴奋不已:"对呀,还有活人可以查,你真是太聪明了!"

时八八一头雾水:"查谁?"

"你记得任强吗?"

时八八想了一会儿,终于想起来秦天河曾经提过一嘴,不过当时她并没有放在心上。

"任强是王富明想要杀的人,他是受害者,跟这起案子有什么关系?"

"设想一下,如果你是任强,你得知有人要害你,你会不会对这个人产生警惕,甚至起杀心?"

时八八忽然明白过来:"如果王富明真的死了,那么除了秦天河以外,动机最大的就是任强!"

"正解!"宋乾忽然活了过来,"我马上去找连队长说明情况,你先照顾好苓兮,有问题随时找我。"

时八八还来不及回话,就见宋乾撒丫子狂奔而去。看着他开心,她也忍不住高兴,最近好像受他影响越来越深了。

第二十二章
逃离渣男

芩兮在时八八房间安稳度过了一日,却始终提不起精神,整日显得困顿疲劳。时八八疑心她感染了风寒,非要带着她去医院。芩兮其实很不喜欢去医院,可她哪里经得起时八八的软磨硬泡,终究还是同意了。

离开房间前,芩兮特意往里面瞧了一眼:"我留了一点东西在里面,如果……如果我回不来,你记得要打开看看。"

"只是去一趟医院,怎么会回不来?"时八八不明所以。

芩兮苦笑:"你不了解他的性子……算了,走吧。"她叹了一口气,走在了前面。

时八八愣了一会儿这才跟上去,直到后来遇到厉绍钧,她才明白芩兮叹的到底是什么。

各项检查做完之后,时八八陪着芩兮坐在候诊室门口等检查报告。忽然,一群人冲过来扯着芩兮就走。

光天化日之下明目张胆地抢人,还有没有王法了?

时八八一下推开一个,将芩兮护在身后,大喊救命。

医院的保安闻讯跑过来,正要阻拦,这时,一个身着西装的高个男人走了过来。

对方长相英俊，高挺的鼻梁，狭长的桃花眼。他眼睛微微一眯，透着精光，薄唇紧抿，身上自有一种慑人的气势，震得周围的人都不敢靠近。时八八脑子里立刻浮现一个词：斯文败类。

男人虽长得好看，却不似莫行慎那般平易近人，光看着便叫人害怕。时八八不自觉地后退两步，声音都弱了几分："你……你是谁？"

其实不用问，她能猜出来，拥有这样一张脸和气势的人，不是主角那也是个重要的配角。

果然，只听得他淡淡开口："厉绍钧。"

此话一出，众人惊得纷纷倒吸了一口气。这个名字在明海市无人不知无人不晓，谁敢得罪他？

医院的保安默默地退了几步，当起了看热闹的人。

时八八与苓兮势单力薄，哪里是厉绍钧的对手。

时八八心惊胆战地说："你来做什么？"

"我来接我的女朋友回家。"厉绍钧漂亮且带着狠意的眸子看着苓兮，直吓得她躲在时八八身后。

"你们已经分手了，就不要再为难她了吧？你没看到她现在身子不好吗？"时八八讨厌死这种霸道总裁人设，明明爱着一个人却偏偏想尽办法虐对方，好像不虐对方就不能显示自己的爱一样。

"分手？这事我从来没答应过。苓兮是我的女人，她生病我自然会管，就不劳白小姐插手了。"厉绍钧朝时八八轻蔑一笑，被莫行慎抛弃的女人，也敢管他的闲事？要不是给莫总一个面子，只怕她现在都不能安然站在这里，更遑论替苓兮乱出头。

"厉总，女人是用来爱的，不是用来发泄的。你一个大男人带着这么多人来为难我们两个小女人，耍够了威风，说出去你也不怕丢脸？"时八八听出他的嘲讽之意，毫不示弱地回怼了过去。在吵架这件事上，她就没有输过。

"不愧是莫行慎看上的人,敢当面这么说我的人没有几个,你算得上是个人物。今天我没有闲情与你多费唇舌,我决定的事,从来没有办不成的。你以为你与我争辩几句就能阻止我?可笑。"

厉绍钧向手下使了个眼色,那一行身材魁梧的黑衣人瞬间将两人团团围住,时八八根本没有招架之力,眼睁睁地看着苓兮被带走。

临走前,苓兮那双蓄满了泪水的眼睛哀怨地看了她一眼,似乎早已料到现在的结局,甚至一句抗争的话都没有说,就那样安安静静地被带走。时八八心里说不清是屈辱还是愤怒,这个厉绍钧,真是太猖狂了!

这群人一离开,医院很快就恢复了秩序,只剩下一群看热闹的人还在窃窃私语。看了这样一场大八卦,也难怪他们兴奋,说不定立刻就有消息传上网,时八八想想就头疼。她早该听苓兮的话,乖乖待在酒店,哪里都不去。

对了,酒店!苓兮预料到会被带走,在酒店的房间里留下了什么东西。时八八刚准备回去,苓兮的检查报告出来了。

"白小姐,有件喜事要告诉你,你的朋友怀孕了。"医生拿着报告连连道喜。

"什么?你确定是怀孕?"时八八睁大了眼睛,心里拒绝相信这个惊天噩耗。

"检查报告都出来了,还能有假?不过得提醒你一句,你朋友最近忧思过度,导致胎儿不稳,需要静心休养,不然很容易滑胎的。"医生四处看了看,却不见苓兮的身影,不由问,"你朋友人呢?"

"她被她男朋友带走了。"时八八不情不愿地回答。

"她男朋友是个不懂事的,这种事竟然都不上心。"医生结合刚刚的闹剧猜了个大概,不由得叹了一句,将检查报告塞到时八八手上就走了,

大约也是同情苓兮没有遇到好人。

时八八拿着检查报告一脸纠结地回了酒店。

苓兮在酒店房间里给时八八留了一封信,信上说她三天后会伺机逃跑,让时八八到指定地点去接应她。其实接走她不是什么难事,只是后续呢?她一直逃,厉绍钧一直抓,来来回回到底什么时候是个头?

今天才打个照面,厉绍钧已经将她调查得清清楚楚,她要是三番五次帮着苓兮跟他作对,以厉绍钧心狠手辣的行事风格,怕是不会放过她。时八八越想越为难,苓兮如此软弱的人,一个人挺着个大肚子在外面讨生活多不容易,必须得先给她找个好归宿,再商讨出逃计划才最妥当。

只是这好归宿又要去哪里找?普通人肯定不行,以厉绍钧睚眦必报的性子,非得被他整死不可,至少这个人的财力、地位与厉绍钧差不多才可以与之一战。

一般按照言情小说的套路,男主是霸道总裁,男二的配置基本是深情暖男,女主肯定不愁高富帅喜欢,只要她愿意,找个好归宿不难。那么现在的关键问题是,男二是谁?如果让男二出面带着苓兮双宿双飞岂不完美,这样,自己也免除了被厉绍钧报复的危险。

计划天衣无缝,时八八都快要佩服死自己了!有宋乾这个侦探在,她还能查不出谁是男二?

想到这里,她立刻出门去找宋乾。

此刻宋乾与连熊正在房间商讨王富明一案的细节,两人此刻胡子拉碴看起来像一对难兄难弟。时八八进门的时候,连熊一脸严肃地看着她。

别看他样子吓人,其实性格很随和,只是不笑的时候不怒自威,让人心生畏惧。面对他时,时八八先前还有点紧张,熟悉了之后就再也不怕了。

"连队长,案子有进展了吗?"

"细节不宜透露给外人。"连熊还是老样子,口风严得很。

"又来这套,我可是帮了你们不少忙。"时八八早料到他会这么说。

连熊微微一笑,饶有兴味地看了宋乾一眼。

"你找我有什么事?"宋乾拉过椅子让时八八在他身旁坐下,嘴角隐隐透着笑意。

时八八见他眼里布满红血丝,肯定是为那件命案又熬夜了,他这么忙,自己再去打扰他是不是很不厚道?

"你黑眼圈都快掉到地上了,事情再忙,也要注意休息,劳逸结合才能把事情办得更好。"

"忽然之间这么关心我?你有事直说吧。"宋乾见时八八欲言又止,猜到此事可能与苓兮有关,"我们之间什么关系,你跟我客气干什么!"

他都说到这个分上,时八八自然不好再矫情:"我想让你帮忙查一查苓兮接触过的男人。对方长相应该不差,性格偏温和,出身虽然比不上厉绍钧,但身份地位在明海市也不低,最重要的一点,他肯定非常关照苓兮。我建议最好从厉绍钧的交际圈开始查,应该很快就会有收获。"

一般总裁小说中的男二号的标配都是这样,如果真的能找出这个人来,有他出面,事情就容易多了。

"你怎么知道她身边会有这样一个人?"她给出的信息十分详细,却又不认识这个人,逻辑上说不通,宋乾很好奇她脑子里到底在想什么。

"我猜的不行吗?"时八八已经露出太多马脚,懒得再遮遮掩掩,连敷衍的话都说得理直气壮。

"行,我答应你的事肯定办到。"宋乾无奈地笑了,就让她藏着她的小秘密,他迟早有一天能知道。

"厉绍钧?他可是明海市的狠人,你小心点。"连熊吃惊白初寒竟然跟这等人物有牵扯,心里很替她担忧,得罪厉绍钧真不是闹着玩的。

"连队，你这话说得太长别人志气。那厉绍钧再厉害，不也得乖乖守法办事？若犯了事由你们出面办他，他能蹦跶几天？"宋乾说。

"你这个脾气什么时候能改改，当初你被迫离开刑侦队的教训还不够？"连熊说起这件事就一脸痛心，当初他可是把宋乾当作自己接班人培养的，谁料到宋乾连警队都没能待下去。

"往事无需再提，我现在过得挺好。还是侦探这职业适合我，不用受那些条条框框的束缚。再说，国家有你这样的好警察在，我放心得很。"宋乾拍了拍连熊的肩膀，全然不在乎那些琐事。

"是是是，就你过得最痛快。"连熊无奈地笑了。

"你们放心，我知道轻重，肯定不会跟厉绍钧硬碰硬，也不会连累你们。"时八八第一次到宋乾家里的时候，看到那些勋章就猜到他在警局里待过，看来从前的确是发生了不愉快的事情，伤心事不提为妙。

"那就好，等会儿我要去殡仪馆走一趟，你们先聊。"连熊起身告辞。

房间里就只剩下宋乾和时八八。

两人面面相觑，相顾无言，气氛一时竟有些尴尬。

"这事怎么又扯上殡仪馆了？"时八八主动打破沉默，不知怎么，她总觉得与宋乾之间的气氛有些变了。

"经过这几天的走访，我们调查了任强和他身边的人。任强看起来挺正常，说话办事滴水不露，倒是他妻子说话支支吾吾，肯定有事瞒着。我们就从他妻子林喻梅身上着手，你猜我们查到了什么？"

"一般杀人都逃不过财、情、利，有女人出现，我猜跟'情'有关。"

"什么时候变这么聪明？没错，的确跟'情'有关。任强是个地产商老板，非常有钱。男人一忙于事业就容易忽略家里的女人。林喻梅常年独守空房，王富明是个健身教练，身强体壮，两人一拍即合，给任强戴了好大一顶绿帽子。我们还查到,任强有家暴倾向,林喻梅好几次被打得进了医院,还有一次差点被打得没了命。我们上次去走访的时候,还看到她手臂上的淤青,说起来也是可怜。"

"如此说来,逻辑就通了。王富明看到林喻梅被打得这样惨,买凶想要杀了任强,没想到打草惊蛇被任强反杀!"剧情山路十八弯,时八八直呼精彩。

"我们现在也是这么推测的,可是一切都要讲证据,王富明始终没找到,我们就算确定任强有问题,也拿他没有办法。"

"那连队去殡仪馆是为了什么?"

"从秦天河那里得到线索后,我们第一次拜访任强时,为了试探他,我们特意告诉了他一些真假混杂的消息,他得知王富明买凶杀他未遂反而杀了孙明、嫁祸秦天河的时候,不怒反笑,似乎十分看不起王富明的手段,还说如果是他的话,就将尸体拉去殡仪馆烧了,让谁都找不到证据。那时我们忙着追查王富明的下落,只当这是一句玩笑话,现在回想起来,说不定他真这么做了呢?"

"玩笑话可以当真吗?"时八八觉得匪夷所思。

"人在不经意间很容易说出真实想法,反正都已经查到这一步,说不定有新线索了呢?"宋乾说着特意看了一眼时八八,她在他面前露出的马脚可是越来越多了。

时八八被他看得心头发虚,只道:"苓兮的事就拜托你了,我明天再来找你。"

说罢,她逃也似的离开。这个宋乾,话里有话呢!

时八八很快等来了宋乾的消息,有一个叫闵泽文的人,好像是她要找的人。

眼看就要到与苓兮约定的时间,时八八决定立刻出门,找闵泽文试探一下。

宋乾决定陪她一起去。

她这次穿的休闲装,坐在宋乾拉风的摩托车上一路飞驰。

宋乾开得很快,时八八害怕地抱紧了他的腰,风呼啸而过,吹得她晕头转向,不自觉地缩在他背后,试图汲取温暖。

宋乾很享受这一刻,这丫头平时凶巴巴的,只有在害怕的时候才会依靠他。

两人很快到了闵泽文的住处。

时八八摘掉头盔,第一件事就是揍宋乾:"开那么快要死人啊!头都被风吹痛了。"

"你有没有良心?要不是我,你能这么快找到他?"宋乾抱头鼠窜,直叹她是只挠人的小猫咪。

"我看你就是整我。"时八八哼了一声,气冲冲地进了电梯。

宋乾双手护胸,小心翼翼地跟进电梯。时八八一瞪,他就做出防护的动作。

别的女人小拳拳捶胸口那是挠痒痒,时八八的小拳拳真的会捶死人!

时八八想着他还有用,决定给他留点面子没再动手,两人直接敲开了闵泽文的房门。

见到门外是两个陌生人,闵泽文一脸诧异:"请问你们认识我吗?"

"我们认不认识你不重要,我就问一句,苓兮遇到困难,你打不打算帮她?"时八八开门见山,没有一句客套话。

听到苓兮的名字,闵泽文一颤,露出忧郁的神情:"她自有人保护,我有什么资格替她出头?"

听到这里,时八八知道自己要找的人就是闵泽文没错了。

但是,她憋了一肚子火——就闵泽文这么温吞的性格,难怪追不到女主角!

她觉得自己需要花点时间来教育他一番。

"你喜不喜欢她?想不想要跟她在一起?"她的问话干脆利落。

闵泽文满脸颓废,带着两个人进了客厅,对时八八的问题避而不谈:"现在这个不是关键,不管我的心意如何,我都没有立场替她出头。我们之间的关系没你想的那么简单,你不懂。"

"我有什么不懂的?厉绍钧性格残暴,从不懂得如何去爱一个人,苓兮被他伤了多少次,我不信这些事情你都没看到!明明知道她在火坑里,你心里又舍不下她,为什么不出手救她?难道真的要等到她出事那天,你才后悔莫及吗?"时八八厉声质问。

闵泽文被她说得哑口无言,好半天才低声说道:"我出手帮过她一次,反而给她带来更大的麻烦。厉绍钧说得对,她是他的女人,我无权插手。更何况,苓兮她从来不跟我开口,我就算心里着急,又能有什么办法?"

"你这个傻子,她不开口是怕连累你。她善良,不愿意拖累任何一个人,宁愿自己默默忍受折磨,你既然爱她,就更应该为她着想。你想要一件东西,如果不奋力去拼搏,不去争不去抢,难道指望天上掉馅饼给你吗?苓兮太可怜,我这个做好朋友的不忍心她待在火坑里继续受折磨,可是我人微言轻帮不了她多少,只有你有这个能力,你明白吗?"

闵泽文心里有些动摇,但想到厉绍钧,又觉得不妥。夺人所爱的事,他做不出来。

时八八再接再厉,继续怂恿:"你知道苓兮前段时间的遭遇吗?厉绍钧仗着契约在身,将苓兮困在身边,天天带不同的女人回去刺激苓兮。苓兮被伤透了心,与他解除契约想要离开,厉绍钧明明答应了,却转头又反

悔。苓兮不从他就对她用强,你知道这对女人是多大的屈辱吗?前几日我带苓兮去医院检查身体,厉绍钧又不顾苓兮的个人意愿,派人直接将她从医院抢走。她的身体状况到底有多糟糕,厉绍钧全然不管,他对她一点怜惜之情都没有,这些你都知道吗?"

"他竟然这样过分!"闵泽文眼里终于有了怒意,想到苓兮可怜的模样,心里痛惜不已。他以为厉绍钧对她至少是真心的,却不想厉绍钧竟为难她到这个地步。

"苓兮真的想要离开吗?"闵泽文心疼地问。

"明天晚上她就会找机会逃出来,你派人去接她,将她藏好不要被厉绍钧发现。等风头过了,你们就去国外生活,彻底放下这里的一切,开始新生活,你觉得怎么样?"时八八问。

宋乾有点意外,凑到时八八耳边小声说道:"你这是要撺掇他们私奔啊!别最后牵连到我们头上。"

"到时候厉绍钧急着找他的小情人,哪里有精力来管我们。"时八八不以为然,反正做都做了,没什么可怕的。

"我是没问题,可是苓兮会愿意吗?"闵泽文想到将来,心里又期待又担忧,她对自己的态度一直是回避的,会答应跟他走吗?

"除了你,她没有其他路可走,除非她自己想回到厉绍钧身边。"

闵泽文点头,语气有几分激动:"我立刻派人把事情安排好,只要她愿意,我一定会好好对她。"

"那个,还有一件事我没告诉你,你如果觉得不能接受,我不会勉强你。"时八八见他主意已定,决定把检查报告的事告诉他,毕竟这种事藏也藏不住。

"你说。"

"苓兮怀孕了。"

闵泽文的表情变得凝重，半晌没说话。

宋乾心里直呼狗血，忍不住又在她耳边说道："这种事是个男人都不能忍，我看你的计划要泡汤。"

"先看他怎么说。"时八八心里也是忐忑的。现实里确实没几个男人会接受这种事，可这不是言情小说嘛，男二号……应该会接受的……吧？

两人正坐立不安，就见闵泽文嘴角浮现淡淡的笑意："看来我得提前准备好孩子用的东西。她怀着孕，情绪肯定不能有大波动，我会将一切安排稳妥，不让她有丝毫的损伤。你放心吧，我会好好爱护她和孩子的。"

时八八当下松了一大口气，言情小说男二号的设定真是无敌了，好男人，值得嫁！

"情圣啊！"宋乾摇头直感叹。这时八八看人也太准了吧！

做好了前期工作，时八八便立即与闵泽文讨论明日的逃跑行动，这事必须一次成功，否则等厉绍钧有了防备，那就难办了。

宋乾将一早就查好的逃跑路线贡献出来，以闵泽文强大的财力做支撑，完成计划不成问题。

苓兮近日一直昏昏沉沉，躺在床上如同死尸一般，听着门外厉绍钧与其他女人的嬉戏声，心如死灰。

他明明不爱她，却偏偏要将她囚在身边，难道只是为了折磨她吗？

泪早已流干，她觉得全身冷极了，将自己紧紧蜷成一团，捂住耳朵不去听外面的声音。

门被推开，男人走了进来，他面无表情地站在她面前，声音里透着不耐烦："你到底还要闹多久？不吃饭不喝水，你以为这样我就会心疼你吗？"

"我们之间已经两清了，你没有资格将我困在这里。"

苓兮有气无力，仿佛随时会消失，这让他的心隐隐作痛。

"我们之间的关系,什么时候轮到你来决定了?你的人我都没玩够呢,现在走怎么行?"厉绍钧将她按在床头,俯身吻了下来。

苓兮完全没有反抗,只是轻轻闭上了眼,一滴清泪从眼角滑过,沾湿了他的脸。

厉绍钧心口忽然撕裂了一般疼,苓兮竟如此不在乎他!他看着她形容枯槁的脸,心里说不出地难过,留在他的身边就让她这样难受吗?

"当婊子还要立牌坊,你就一辈子困死在这里吧。"厉绍钧起身,气哄哄地出了门。

苓兮满眼绝望,既然他这样恨她,她又何必死皮赖脸待在他的身边?趁早离开,两人都解脱。

"不知道初寒准备得怎么样了……"她低声嘟囔了一句,热切期盼着晚上的到来。

"当!当!当!"

午夜十二点的钟声敲响,厉绍钧早带着那个新来的女人进了房间,她甚至能听到里面低低的喘息声。

她心力交瘁,强撑着起身,不让自己倒下。她蹑手蹑脚地避开厉家的人,从小路逃了出去。

走了一会儿,离厉绍钧的别墅已经有一段距离,她这才敢放下心来。好不容易来到约定的地点,只见一辆黑色的豪车停在角落,她心里有点疑惑,但还是走了过去。

刚准备敲车窗,车窗就降了下来。

见到意想不到的人,苓兮十分吃惊:"闵泽文?你……你怎么会在这儿?"

她四处张望,不见白初寒的踪影。

"是你朋友让我来的。"闵泽文打开车门,示意苓兮上来。

苓兮却迟迟不动。

"会给你惹来麻烦的,我……我不能这样做。"她心里纠结不已,可实在没有别的办法。

"怕给我惹麻烦,难道你就不怕给你朋友惹麻烦吗?厉绍钧冲着我来,至少我还有抵挡的办法,若他要对付你的朋友,她可就要倒大霉了。"闵泽文早料到苓兮会这么说,直戳到苓兮的痛处。

苓兮果然没了话,秀气的眉毛皱成一团。犹豫了片刻,她终究还是上了他的车:"你说得对,我不该拖她蹚这浑水,是我考虑太不周。"

求助白初寒,的确有她的私心。她想着白初寒是莫行慎心尖上的人,若是白初寒真的被厉绍钧为难,莫行慎不会不管,可是她却忽略了白初寒的处境会有多为难,她真是太自私了。

厉绍钧一大早醒来,想起苓兮形容枯槁的模样,决定就算是逼也要逼着她吃点东西,她身体本就单薄,再这样下去只怕真的要没命。

他亲自从厨房端了粥走到她的房间,敲门没有动静。他等得不耐烦,直接闯了进去,却发现屋内空无一人。

"哗啦"一声,碗落到地上,白粥顺着地毯慢慢流淌开来。

保姆听到动静赶忙上来瞧,却见到厉绍钧满目怒火,模样十分吓人。

他气得要命,立刻叫来管家,命人将别墅周围三公里内的监控全部调查一遍,很快便找到了苓兮的踪迹。

监控画面里,苓兮踌躇片刻后上了一辆黑色豪车。

厉绍钧看着那车,觉得有点眼熟,示意手下将监控画面拉近,待看清了车里的人,当场将凳子摔得粉粹。

"闵泽文,竟然是你!"

厉家这边因为苓兮的失踪闹得人仰马翻，那边闵泽文已经将苓兮带去他的秘密居所住下。

苓兮知道厉绍钧的脾气，十分担心闵泽文。

闵泽文自然知道事情的轻重，安抚道："别担心，闵家在明海市也是有些地位的，他就算再生气，也不能真的将我怎么样。你就在这里安心养胎，我回公司有点事要办。你有需要就和管家说，她都会帮你准备好的。"

"对不起，我连累你了。"苓兮心里十分歉疚，他对她这样好，她该拿什么报答他？

"能为你做点事，我很高兴。谢谢你，愿意给我这个机会。"他拉着她的手，满眼真诚。

苓兮感动得竟不知该说些什么。

闵泽文刚出门不久，时八八的电话就打了过来。

"苓兮，昨晚顺利吗？闵泽文对你好不好？"

"他对我很好，我只是怕厉绍钧为难他。"苓兮有些担忧。

"这叫有失才有得，他心里高兴着呢。倒是你，安心在那里养胎，别再出什么岔子。"时八八叮嘱道。

"真没想到我竟会在这时候怀上，真是天意弄人。"苓兮摸着还平坦的小腹喃喃道。

"天意是一回事，人是有主观能动性的，你自己的选择决定了你今后的路，好好把握到手的幸福吧。至于不可能的人，不要再去想了。"时八八有意提醒，希望苓兮能听进去她的话。

言情小说的女主角总是特别容易心软，别一个不小心又被男主角给哄了回去，那她做的这些就全都白忙活了。

"我明白，初寒，谢谢你。"苓兮真心实意地感激白初寒，如果没有白初寒的帮忙,也许她连活下去的勇气都没有。

"没事,是我应该做的。"时八八放下电话,心里长舒了一口气,成功帮助妹子摆脱渣男,这感觉太爽了。

可是,系统怎么还没发来任务完成提示?

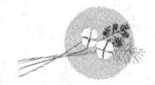

第二十三章
失败的表白

时八八等了两天,系统却一直没有发来任何提示,令她十分怀疑系统出了毛病。苓兮的事只能暂时搁置下来,据她的经验,这事肯定还有变数。

宋乾一直在忙着案子。此时已是暮春时节,万物复苏,天气回暖,他穿了一件夹克装,看起来利落又潇洒。时八八见他要发动摩托车,不等他反应,一个跨步坐上后座。

宋乾一脸蒙:"你跟来做什么?苓兮的事不管了?"

"她现在被闵泽文保护得好好的,哪里需要我管。整日待在酒店太无聊,你去哪儿,我陪你一起去。"时八八熟稔地抱紧他的腰,一脸期待地望着他。

一丝红晕爬上脸颊,宋乾心脏狂跳,表面却装作不在意,说:"最近我们把市区的殡仪馆都查找了一遍,没有发现异常。我想去隔壁县城碰碰运气,市区殡仪馆管理很严格,很难找出纰漏,县城那边的管理相对疏松,说不定会有线索。"

"就是去走访嘛!我陪你一起去,多个人多份力量。"时八八现下正无聊,执意要跟去。

宋乾想着这事没什么危险,带她去并没有多大影响,便点头答应了。

县城并不远,只是路不好走,昨天才下过雨,到处是水坑,原本一个小时的路程,他们花了两个小时才走完。

等到县城殡仪馆的时候,已经是下午。

这是一个人口只有四十万的小县城,殡仪馆在城郊位置,整个县城只有一家,所以非常好找。

殡仪馆里静悄悄的,即便外面出了太阳,里面依然阴沉沉的,走进去都觉得比外面冷了三四摄氏度。时八八不禁打了个寒噤:"哇,阴气好重,你说会不会有鬼?"

"这个世界哪来的鬼,真要有,你就算是第一个。"宋乾漫不经心地回了一句。身边这人灵魂都换了,还能有比这更诡异的事情?

时八八瞪了宋乾一眼,正要说话,前方一扇灰色的大门被人推开,吱呀的响声在殡仪馆大厅内回荡,一个形容枯槁的老人从里面走了出来。老人长得十分瘦小,满脸皱纹,戴着一副黑框眼镜,一双小眼睛透着精光,说话声像被刀割过一般:"两位找谁?"

这声音让人听得好不舒服!时八八老实地闭上嘴,等宋乾说话。

宋乾神态自若地走到老人面前:"您好,我找何馆长。"

"我就是,请问你有什么事?"何馆长盯着宋乾,看起来十分不善。

宋乾不是第一次面对这种质疑,十分自然地拿出"证件"快速在何馆长面前晃了一下:"我是刑侦队的,有件案子的调查需要您配合。请问能否将最近一个月的死亡证明和火葬登记给我看一下?"

"警察办案,我们老百姓自然是要尽力配合的。"何馆长似笑非笑,满脸的皱纹堆积在一起,看起来阴沉又可怕。

他带着他们来到档案室,宋乾说什么,他就做什么,十分配合。

时八八和宋乾在厚厚一沓死亡证明中翻来翻去,没有任何发现。

所有的死亡证明看起来皆是经过正常程序盖章办下来的,并不存在造假行为。殡仪馆火化一个人,必须要有死亡证明才能操作,王富明如果真

的被拉进殡仪馆火化了,那么必须得有一张伪造的死亡证明,才不会让旁人起疑心。

所有该找的殡仪馆他们全都找过了,难道侦查方向错了?宋乾第一次对自己产生怀疑。

时八八见他灰心丧气的模样,很想安慰两句。刚抬起手想拍拍他的肩膀,却不小心碰倒了水杯,水杯里的水尽数往一沓死亡证明上泼去。宋乾吓了一大跳,飞快地将那沓纸抱了起来。几页纸在慌乱之中洋洋洒洒地飘落到地上。

"对不起,我不是故意的。"时八八连忙去捡那几张死亡证明,拍了拍上面的水渍,又用嘴吹了两口气,只希望能尽量补救。

宋乾盯着那几张死亡证明看了半晌,忽然说道:"等等,这张给我看看。"

时八八一愣,见他表情十分严肃,心里有点慌。她诚惶诚恐地将一张死亡证明递到他面前。说好的来帮忙,结果帮了倒忙。

宋乾满脸疑惑地说:"我们找的是近一个月送来火化的人的死亡证明,其他的死亡证明上日期都是今年的,只有这一张日期竟然是三年前的,你说怪不怪?"

时八八凑过去看:"是的,确实很怪。"

宋乾盯着被水浸过的纸,姓名那一栏写着:方谷丰。

他依稀记得在哪里看过这个名字,一时又想不起来。

于是,他拍了一张照片发给连熊。

那边马上有了回应,连熊打来电话问:"阿乾,你在哪里找到的这张死亡证明?"

"我现在在县城的殡仪馆里,你对这个名字是不是有印象?"

"市区殡仪馆也有这个名字,是同一张死亡证明!你先控制住那边殡仪馆的馆长,他有很大的嫌疑,我们很快就过来!"连熊的声音有点激动,挂了电话叫上兄弟们快速往县城赶去。

时八八凑在旁边听，表情由慌乱变为惊喜："是不是找到线索了？"

宋乾回头看了一眼，何馆长不知何时不见了踪影。他搂着时八八的肩膀，满脸欣慰："你真是我的福星，每次带上你都有意外收获。以后别去画画了，干脆辞职当我助手吧，我们联手大干一场，把乾坤侦探社的名号做出去。"

时八八一脸嫌弃："不了吧，我可没那么大胆子像你一样用虚假证件忽悠别人，我是遵纪守法的好公民。"

"我这叫特殊情况采取特殊手段，一切都是为了正义。"宋乾握拳开始夸耀自己。忽然，一个黑影从后头蹿了过来，他下意识地拉着时八八往旁边一滚，身后一把大锄头砸过来，直接将桌子砸出个大洞。

两人抱作一团倒在地上，听到那声巨响，皆吓出一身冷汗。

何馆长小眼睛一瞪，杀意腾腾，二话不说，抡起锄头又往宋乾头上砸去。

何馆长看着瘦小，速度和力气都不容小觑，宋乾根本来不及回手，只好抱着时八八往另一边滚去。

优秀的反派从不多话，饶是两个身手好的人，都差点没能躲过何馆长的锄头，时八八心里直叫苦，在地上滚了好几圈，脑子都快晕了。

宋乾一边护着时八八，一边还要躲何馆长的攻击，很是狼狈。他拉着时八八快速从地上爬起来，迎面又是一锄头兜头而来。

宋乾挡在时八八的面前，整个背都暴露在攻击范围之内。时八八心里着急，抬脚将旁边的凳子用力踢了出去。何馆长一心挥舞着锄头要弄死宋乾，没提防脚下忽然多出个障碍物，直接被绊倒在地，锄头一歪，直直地冲时八八而去。

宋乾心里一急，竟直接拿手去拦，锄头手柄重重砸在他的手背上，然后哐当落地。

宋乾闷哼了一声，只觉自己整个手都废掉了。

眼见何馆长倒在地上，时八八飞快冲过去将他按住，然后将他两只手反捆在背后，疼得他直叫唤，挣扎着想要逃脱，却半点力气都使不上来。

宋乾忍痛走到何馆长面前，手背上的血还在一滴一滴往下淌。

他问："你和任强是什么关系？为什么要杀我们？"

何馆长阴鸷的眼睛瞪着他，满是皱纹的脸微微颤抖，一言不发。

"不说可以，我以后有的是办法让你开口。"宋乾疼得头发晕，不再理何馆长，坐在墙角，脸色苍白。

看到他受伤的模样，时八八十分心疼："我送你去医院吧，你伤得好像很严重。"

宋乾咬唇，钻心的痛一阵又一阵从手背传来："不行，一定要等到连队他们过来。"

"他都已经被抓了，还能跑了不成？"时八八焦急地说道。

"谁知道放他一个人在这儿会发生什么？还是守着吧。我先歇会儿，你帮我看着他。"宋乾声音越来越弱，他已经痛得没力气说话了。

时八八的眼泪不受控制地从眼角流了下来："对不起，如果不是为了保护我，你也不会受伤。"

以他的身手，制伏何馆长绰绰有余，偏偏因为要保护她，顾虑诸多。

"保护你本来就是我应该做的，有什么好道歉的。"宋乾虚弱地笑了，他很想擦掉她的泪，却抬不动手。

"你这个大傻子。"时八八心里更歉疚了，她为了自己的私心，一直诓骗他，让他为自己卖力，实在不应该。

"你不一样，你值得我去保护。"宋乾含情脉脉地看着时八八，没有一点遮掩。

"因为时间循环吗？"时八八隐隐察觉到了他的不寻常，却不敢深究其中的原因。

"因为我喜欢你。"他低低说了一句，随后闭上了眼。

轻轻的一句话，瞬间激起时八八心中的惊涛骇浪，原本一望无际的海面一下子变得电闪雷鸣、狂风大作。她很想再问，可是那个可恶的"肇事者"此刻已经昏睡过去。

"混蛋，你倒是说清楚，喜欢我是什么意思！"她又慌又乱，心里说不出是什么滋味，到底是欢喜还是忧愁，又或者是歉疚……

宋乾醒来的时候，已经在医院病床上躺着了，而时八八趴在床沿睡得正熟。

不知做了什么噩梦，时八八一双秀气的眉毛蹙成一团，眼珠在不断地转动，仿佛正在经历一场可怕的梦。

他抬手准备叫醒她，忽然，她大喊一声"宋乾"，然后弹跳着醒了过来。

两人面面相觑，气氛一时有些尴尬。

"你……梦到我了？"宋乾心里涌现一丝淡淡的喜悦。

"是个噩梦，我梦到你……"时八八说不出那个字，只觉心里难受得紧。

"没事，你肯定有办法救我的，对不对？"宋乾笑道。

"对，大不了我们一起死，重来一遍。"时八八握紧拳头，忽然庆幸这是在游戏世界，有无数次重来的机会。

"你这样算不算殉情？"宋乾忍俊不禁。

瞥见时八八慢慢涨红的脸，他心里不知怎么痛快极了。

"我们是最好的朋友，你要是出事，我肯定不能袖手旁观。"时八八连忙辩解，心脏突突直跳。

宋乾笑得一脸温柔："我那句话是真心的。"

"哪句话？"时八八没反应过来，懵懂地问了一句。

"时八八,我喜欢你。"

那时,情况危急,他脑子里唯一的念头就是不能让时八八受到伤害。与死神擦肩而过后,他想明白了一件事情,谁都不知道明天会发生什么,如果他到最后都没有说出自己的心意,那他一定会后悔一辈子,他不想留遗憾。

"我……"时八八一时不知该如何回答。她的确在意他也担心他,可那都只是出于对朋友的情谊,其他的,她从没有想过。

"虽然这样说有点突然,但我只是想说出自己的感受并不求其他,我明白你的心意。你无需对这份感情做出回应,这件事亦不影响我们之间的关系,你尽管把我当作朋友看待即可。"宋乾一口气将自己的想法说了出来,只觉心里一块大石头落地。

他不必再为掩藏自己的感情而惴惴不安,他想光明正大地对时八八好,而不必用最别扭的方式表达对她的关心。她接受也好,不接受也罢,只要她过得好,他都选择祝福。

"谢……谢谢你。"时八八说得结结巴巴,很想把心里藏着的秘密告诉宋乾,却怎么都说不出口。

他们不是一个世界的人,就算宋乾再好,她也不能动心。这是一段没有结果的感情,她向来是个利己主义者,如果看不到希望,便果断放弃。可是宋乾怎么办?他什么都不知道,就那么傻傻跟着自己到处跑,这对他太不公平。

"你是不是有话想对我说?"宋乾见她欲言又止,主动问道。

"其实也不是什么要紧的事,就是……就是……"时八八正犹豫不决,病房的门被人推开,一个人走了进来。

来者一身笔挺的手工定制西装,勾勒出本就修长挺拔的身材,看起来贵气十足。

"苓兮逃走的事,是不是你策划的?"

厉绍钧冷着一张脸,身上自有一种让人无法抗拒的威压,时八八瞬间就怂了。

"我不是,我没有,你别瞎说啊!"时八八紧张兮兮地摆手否认。

已经派人跟踪了几天,白初寒完全没有跟闵泽文有过联系,反而整天跟着一帮警察跑上跑下。厉绍钧蹲不到一点线索,终于按捺不住,自己上门来问。

"如果被我查出来你与这件事有关,我不会放过你。"厉绍钧恶狠狠地威胁。

"厉总,我一个小人物怎么敢跟您作对。上次是我没见识唐突了,自从上网了解过您的光辉事迹,我就觉得像厉总这样有本事的人物,我一定不能得罪。对于苓兮小姐的出走,我深感惋惜,希望您能早日找到她,一家团圆。"

听着她的口气并不像是夸人,厉绍钧十分愤懑,若不是外面还有几个警察守着,他一定要给白初寒几分颜色看看。他冷哼一声:"别让我抓到你的把柄。"

他说话时鼻孔出气,威胁了几句,这才不甘地离开。

时八八一脸得意的笑容,案子告破后,她就要离开明海市,厉绍钧还能追杀到霖川市去?他现在忙着找苓兮,忙着纠缠闵泽文,可没工夫对付她这种小人物。

"你别的本事没有,在得罪人这件事上造诣颇深。"宋乾不无感慨。

"你这是看不起我?"时八八回头一瞪。

宋乾求生欲上来,连忙回道:"我是佩服你。要是瞧不起你,我还能喜欢你?"

他这话将时八八噎得不行,她顿时再无话可说。

有了在县城殡仪馆找到的证据,孙明命案的衍生案件王富明失踪案很快水落石出,任强终于承认了自己杀害王富明的罪行,何馆长作为帮凶一起获罪。

收到消息的时候,时八八和宋乾已经回了霖川市,连熊把结案详情告诉了他们。

审问中,何馆长什么都不说,是块硬骨头,他们啃了好久才让他松嘴。何馆长早年是任强的心腹,后来遭遇了一场意外,妻离子散,人生走入绝境的时候是任强给了他希望,并安排他去做了县城殡仪馆的馆长,所以对任强格外忠心。

任强恨老婆给自己戴了绿帽,时常殴打她。奸夫王富明不知悔改,竟然还找杀手要害他,任强忍无可忍,于是亲自动手解决了王富明,并连夜将其尸体送到何馆长手中,让何馆长帮忙处理尸体。

孙明因为杀害任强未遂,被王富明设计丢掉性命并栽赃给秦天河,转头王富明自己又被任强杀害,狗咬狗一嘴毛,最后被一锅端。

"你说,林喻梅和王富明之间真的有感情存在吗?他都愿意为了她去杀人。"时八八问道。

"这种畸形变态的爱不值得提倡,他们明明可以通过法律途径解决问题,却偏偏意气用事,选择了一条不归路。人的心中一定要有杆秤,触碰底线的事绝对不能去做。"

"你说得对。"时八八看着宋乾正气凛然的模样,心里有点触动。如果世界上多一点像宋乾这样的人,那一定会变得更好。

"就算我长得帅,你也没必要一定盯着我看吧。"见她盯着自己出神,宋乾撂起刘海,脸上颇有几分得意。

时八八嘴角抽搐,直翻白眼,心念一动说道:"我有个问题想问一下,不知道你能不能替我解答?"

宋乾正在兴头上,说话语气都是上扬的:"知无不言,言无不尽。"

"你到底什么时候开始喜欢我的?"时八八实在好奇,他到底什么时候脑袋抽风开始对自己有感觉?现在说起来,连她自己都觉得不可思议。

宋乾忽然愣住,脸颊红彤彤的,满脸羞涩:"你用计让余娇娇对我死心的那一晚开始。"

"这么突然?"时八八预想了很多浪漫场景,万万没料到是从那场戏开始。

"你那天晚上洗完澡,穿着性感睡衣特别漂亮,而且……"宋乾十分不好意思地伸手抓了空气一把,"手感也挺好的,我很喜欢。"

"……"时八八不由自主地护住胸口,恨不得当头给他一棒,这个无耻的混蛋,竟然还想着那件事!

"你觉得当着一个女生的面,而且还是一个你喜欢的女生的面,说这种话合适吗?"时八八已经想暴起揍人了。

"男人喜欢一个女人,就是从欲望开始,我只是很诚实地说出我的感受。你问了,然后我答了,有什么问题吗?"宋乾一脸疑惑,完全无法理解她的想法。

"你这么肤浅的男人,等着单身一辈子吧!"时八八一巴掌啪地打在他的脸上,怒气冲冲夺门而出。

宋乾捂住脸,他到底做错了什么要被打?时八八这个暴力的女人,他决定讨厌她一天,不,是一个礼拜!

要不还是一天吧?一周见不到她,好像受折磨的是他自己。

毒舌又高傲的宋乾侦探,因为爱情,彻底变成了一个没有出息的男人。

第二十四章
关系破裂

　　自从与莫行慎闹翻之后,很少听到他的消息。就在时八八差点快忘掉这个人的时候,莫行慎与林茉订婚的消息忽然铺天盖地传来,哪怕经过一家便利店,都能听到有人在讨论。

　　时八八又惊又慌,赶忙呼叫系统。

　　"主线剧情被改了,你再装死不出现,世界都要乱套了。"时八八疯狂呼叫系统。这太不对劲了,她分明记得小说里没有订婚这一环节,唯一次婚礼还是莫行慎和白初寒的,这忽然冒出来的莫行慎与林茉订婚算是怎么一回事?

　　剧情往未知的方向发展,时八八的先知优势全无,最重要的是主线剧情变动影响她接任务,那她岂不是一辈子都出不去了?

　　"唉,我现在离死也不远了。宋乾就是个病毒携带体,他影响了我的运行,我现在也不能控制了,呜呜呜呜……"系统凄凄惨惨地哭了起来。

　　时八八进行副本期间,系统一直在试图控制莫行慎,然而莫行慎的身上也开始有未知的数据跳动,系统尝试了许久,却都徒劳无功,眼睁睁地看着他往另一种方向变化。

　　"这是什么话?你是主系统,你不能控制他,我的任务怎么办?我一辈子困在这里怎么办?"时八八内心崩溃。她兴致勃勃地去做支线剧情,还以为自己看到了曙光,现在风向一下子就变了,那她现在算什么?上帝手中的玩物吗?

想起副本,她又追问:"支线剧情都走完了,怎么还不给任务提示?难道副本也受牵连了?跳关卡拿到手还有用吗?"

她现在满肚子的疑问,说话都不带喘,系统听了就头大。

"副本任务哪有那么容易。我推荐你开启是让你去撮合男女主角的,现在可好,你撮合女主和男配在一起,感情线都偏了,还指望任务结束获得奖励?没那么容易!你且看着,后面有得闹。"

"厉绍钧太渣,我都看不下去了。"让时八八昧着良心去撮合苓兮和厉绍钧,这实在太为难她,她表示很委屈。

"算了,反正主线剧情都乱套了,支线随你怎么搞,只要有宋乾在的地方,剧情肯定不会按程序设定来走。我现在帮不了你,解铃还须系铃人,你去找宋乾合作,说不定能闯出一条新路。"系统现在有点破罐子破摔的意思,让时八八自己看着办。

时八八差点没一口老血吐出来:"要不是你,我能被拉进这游戏里?你现在甩锅太不厚道了吧!"

"我要郑重申明一点,你是自己进来的,我没有那么大能耐拉你进来。游戏有特定入口,必须有手牌才能开启,你别什么事都推到我头上。"

"手牌是什么东西?我从来没见过。"

"肯定有手牌,只是你自己没发现。我不跟你啰唆那么多了,我要回去休养了,后面的事你自己看着办吧。"系统说完就闪。

时八八还有好多话都没来得及问,气得七窍生烟。

不负责任,太不负责任了!还好意思说自己先进?垃圾,这就是个垃圾游戏,等出去了一定要投诉!

没了先知优势,时八八现在要怎么把游戏玩下去?要不找莫行慎撒娇

认错道个歉主动求复合？只是，光是想想那画面，时八八都觉得一阵恶寒。时八八觉得只要支线女主找到她认为的完美归宿即算完成副本，即使不是男女主在一起也没关系。

莫行慎在风风火火准备订婚仪式，明海市也传来了新的消息。

虽然厉绍钧逼迫得紧，终究没办法一下子搞垮闵家，何况一开始闵泽文就安排了应对之策。两方斗得狠，各自损失了不少，好在没伤了根基，只是明面上闹得大家都不好看。

经过这一阵子糟心的事，闵泽文终于把出国的行程安排上，三天之后就要离开。

临走前，苓兮很想再见时八八一面，闵泽文便安排人悄悄把消息传给了时八八。

时八八心里又激动又不舍，闵泽文和苓兮可是她这辈子亲手撮合的第一对啊！而且，闵泽文多年备胎终于转正，这是"男配党"的胜利！

时八八收拾一番便带着宋乾欣然赴约。

厉绍钧在明海市势力颇大，于是闵泽文带着苓兮来到霖川市，打算从这里登机离开，顺便还能和白初寒见一面。

两人有段时间没见，见面后都分外激动。

苓兮被闵泽文照顾得很好，面庞红润，脸颊也有了肉，肚子已经很明显，整个人看起来容光焕发，格外漂亮。

"看到你过得好，我就放心了。这次你离开之后，还会回来吗？"时八八拉着苓兮的手，满脸欣慰。

苓兮清澈的眼睛微微低垂，显出几分哀伤与不舍："或许以后再也不回来了。"

苓兮被伤得太深，只想离开这个伤心之地，离开那个让她爱恨交加的男人。

"不回来好,免得引起不必要的麻烦。"时八八点头称是,彻底断了和厉绍钧的来往,苓兮才能过得更好。

"我只是有点舍不得你。初寒,你那么好,一定会幸福的。"苓兮眼角带笑,说话期间看了一眼正和闵泽文聊天的宋乾,她看得出来,宋乾和白初寒非常合适。

不管是厉绍钧还是莫行慎,都不是她们能驾驭的,惹不起还躲不起吗?只希望那位莫总不要太为难白初寒。

时八八心虚地应了一声,赶紧扯开话题:"以后有机会我们会去看你的,机票钱你给我报销了就成。"

苓兮被她逗笑:"行,多少钱都给你报销。"

两个女人聊得开心,两个男人也在不咸不淡地说着话。

"我听到消息,莫行慎最近有动作,情况好像对你很不利。你们行事最好谨慎些,别让他抓到把柄。"闵泽文很自然把宋乾当作了自己人,他想着自己在明海市也算有些地位都被厉绍钧整得够呛,宋乾一个小侦探肯定对付不来莫行慎,便多了个心眼关注莫家的一举一动,至少临走前能帮点忙。

"他最近不是在忙着订婚吗?跟我有什么关系?"宋乾完全没把莫行慎放在眼里。莫行慎这个男人,他以前查过,性格温和,不像会做出报复之事的人。

"男人有两件事不能忍,杀父之仇和夺妻之恨,莫行慎表面装得温和,背地里早已对你恨之入骨。我打探到他在派人查你的资料,你常年办案得罪了不少人,他想要在背后搞点事情,你很难躲过去。"闵泽文忧心忡忡,颇有同病相怜的感觉。

"有些事躲是躲不过去的,兵来将挡水来土掩,我会多留个心眼,谢

谢你提醒。"宋乾从插手时八八和莫行慎分手之事开始就明白，自己以后少不了被刁难，如果因为怕这些就退缩，他就不是宋乾了。

最凶险的罪犯都抓过，他还会怕一个莫行慎？

"你说他们这些人是不是很有趣，自己身边一大堆情人，却偏要和一个女人过不去，打着爱的名号囚禁她们，人在身边却从不珍惜。"闵泽文看着坐在一起相谈甚欢的白初寒和苓兮，心中感慨良多。

"都是一群不懂爱的偏执型人格患者，跟他们较劲没意思。"

闵泽文十分赞同宋乾的话，连连点头称赞，感叹自己找到了知音。

晚饭后，时八八和宋乾亲自将闵泽文、苓兮送去了机场。

机场大厅里人来人往，头顶巨大的屏幕正在播放广告。时八八和苓兮紧紧相拥，临别前难舍难分。

"以后我们还会再见面的，一路顺风。"时八八挥手送别，目送苓兮离开，一抬头却看到头顶上方的大屏幕忽然换了画面。

厉绍钧的照片赫然出现在大屏幕上，吓时八八一跳。

"插播一条突发新闻，厉氏集团继承人厉绍钧于傍晚时分突遭车祸，现场情况十分严重。厉绍钧本人已被紧急送往医院，目前生命垂危。据悉，厉绍钧作为厉氏集团继承人，如果突发身亡，原本动荡不安的厉氏集团将面临新一轮的危机……"

主持人正面无表情地播报新闻，时八八却听得惴惴不安，眼看苓兮和闵泽文消失在安检处，不自觉地抓紧了宋乾的手臂。

她本来力气就大，宋乾被她抓得手臂发麻，忍不住说道："一则新闻而已，你紧张什么？"

"你懂什么，这是一场攻心战。厉绍钧好狠，他拿自己的命在赌，赌苓兮对他的爱到底有多深！"时八八一颗心都提了上来，苓兮可千万不能心软，她一投降将满盘皆输。

"拿命赌？这男人狠起来竟然连自己都不放过，佩服！佩服！"宋乾语气调侃，完全一副看戏的姿态。

时八八气得给了他一拳："关键时刻你还说风凉话，宋乾，你找打就直说。"

"别人的事干什么这么上心？你是不是还有事没告诉我？"宋乾很清楚，时八八平常绝不是一个热心肠的人，只有影响到她的切身利益的事她才会如此上心。她在芩兮一事上，态度非常耐人寻味。

"只有他们成了，事情才能完结，我的任务才算完成，系统才会给奖励。唉，说了你也不明白。"时八八挠头，眼睛直愣愣地盯着安检通道，生怕看到芩兮出现。

"他们的事真的是任务？"宋乾十分惊讶。

"你玩游戏打过副本吗？他们就属于副本任务，我完成了会有额外奖励。这样讲，是不是好理解一点？"时八八心里焦急芩兮的事，懒得编谎话忽悠宋乾，她笃定即便说真话，宋乾也不会信，然而很显然事情并没按她想的走。

"我能不能理解为，你把我们这个世界比喻为一个游戏世界，你我都是里面的人物。游戏会给出任务，我们必须按规定完成任务，日子才能继续好好过下去？"宋乾很认真地推测着。

"我随口的比喻而已，你没必要当真吧？"她心里发虚，眼神闪躲，这家伙未免太聪明了一点。

宋乾的推断已经基本接近真相，平常人打死都不会相信的事情他怎么还自己推测出来了？他真的是寻常的游戏角色吗？如果游戏世界里NPC（非玩家控制角色）自主觉醒，会不会影响游戏正常运行？

脑子里忽然冒出系统让她好好跟着宋乾的话，时八八心跳加速，看向

宋乾的眼神充满期待，或许他才是扭转局面的关键！

"时八八，你说谎还是说真话，我一看便知。这里……真的是游戏世界吗？"他面色变冷，嘴里说得风轻云淡，实则内心已掀起惊涛骇浪。他心里拒绝相信这件事，推断一旦成立，那他算什么？一堆数据吗？活在别人早已设定好的程序里，过着自以为有意义实则早已写好的人生？

不同寻常的反应让时八八愕然，她不知怎的突然有些慌乱，似乎一场暴风雨即将到来。她从来没想过会是在这种情况下让他发现自己的秘密，这一切来得太突然，她毫无招架之力。

"已经到了这个地步，你还想瞒着我吗？"宋乾因恐惧几乎要站立不稳，好像失去了灵魂一般。他攥紧拳头，让指尖刺入手心，感受到手心的痛，才勉强让自己保持清醒。

时八八看着他隐忍的模样，难过极了，想要伸手去扶，却被他侧身躲开，心里顿时变得空落落的。

时八八的反应早已说明了一切，绝望、无助、愤怒、无奈，种种情绪涌上心头，宋乾忽然觉得一切失去了意义，他的人生理想、奋斗目标，他的过去和未来，都变成了笑话。

"可笑，真是太可笑了，我自以为掌控了人生，却不料人生早已被上帝之手书写完了。时八八，你一直瞒着我，表面装作需要我，实际上也在心里看我笑话吧……"

"我没有，宋乾你误会了……"她想要解释，却被他粗暴打断。

"我不想再看见你，时八八，你让我觉得害怕！"他低吼出声，踉踉跄跄后退了几步，转身决绝地离开。

时八八手足无措，想追又不敢追，心里又悔又恼。宋乾发脾气是应该的，换作是她，知晓这个消息只怕也要崩溃。

宋乾跟跟跄跄地走着，脑子里混乱不堪，只觉得时八八的脸不断地在他眼前晃悠，他奋力一抓，然后眼前一黑，竟当场昏了过去。

时八八大惊失色，连忙跑过去扶，他却倒在地上已不省人事。

"宋乾，你别吓我，你醒醒。"大颗大颗的眼泪掉落，她从未如此慌乱过，最坚强的支柱轰然倒地，她瞬间觉得整个世界都要倒塌了。

"你不能有事……"她念叨着，慌慌张张地掏出手机。

旁边有人在喊她，她也完全没有反应，只一遍又一遍地请求救护车尽快赶到，随后脑子发蒙。

"初寒，白初寒，你听见我说话没？"闵泽文来到她身旁，不停地呼唤她。

时八八勉强清醒过来，见是闵泽文十分吃惊："你……你怎么会在这儿？苓兮呢？"

闵泽文苦笑："厉绍钧发生车祸生死一线，她放心不下他。"

时八八的心顿时凉了半截，恨铁不成钢地喊道："你怎么不拦住她？现在她人在哪里？"

"她的一颗心都在他身上，我怎么拦？她刚走了，我看到你们这边出了事，便随她去了。"闵泽文已然放弃。

时八八一拍腿站了起来，心里非常不甘："宋乾交给你照顾，我去把她追回来。"

"没用的，她不会回来，初寒你不要去追……"闵泽文话说到一半，时八八已经没了踪影，他无奈地叹了一口气。

纵使厉绍钧千般万般不好，他出了事，苓兮还是选择第一时间赶到他的身边。厉绍钧真是好命，竟然遇到这样一个真心爱他的女子。

闵泽文心中酸涩难忍，眼见宋乾倒在地上，便伸手扶着他，自嘲道："我们真是难兄难弟，竟然一起出事。"

另一边，时八八已经追上苓兮。

苓兮打到一辆出租车要走，时八八堵住车门，因心中焦虑，语气也变得很冲："走了就走了，干什么还要回去？难道你忘了他对你做过的事情吗？苓兮，你脑子是不是有毛病？放着身边一个这么好的人不要，非要上赶着去厉绍钧身边受虐，你考虑过闵泽文的心情，考虑过我的心情吗？"

苓兮只是一个劲哭着道歉："他出车祸快死了，初寒，我放不下他，我真的放不下他。如果我就这样走了，我会一辈子良心不安的，这样对泽文也不公平，我不能心里想着厉绍钧却待在他的身边。对不起，我让你白操心一场了。"

时八八肺都快气炸，两件事连在一起发生，简直叫她心力交瘁。

"白操心？你根本不明白这件事对我有多重要。苓兮，你想好了，一旦回去就没有回头路可走，那个男人心狠手辣，指不定准备了多少手段来折磨你。或许这车祸就是他一手安排的。对自己都那样狠的男人，难道你指望他会怜惜你吗？"

"只要知道他心里有我，我就满足了。如果真像你说的，他为了让我回去，甚至不惜拿自己的命去赌，那我更应该回到他的身边。初寒，我不像你那样洒脱，我爱他如生命，我放不下他。"

时八八此刻厌恶透了苓兮那副可怜巴巴的嘴脸，她从来没有像现在这般讨厌过"圣母"。

"好，你可以走，但我们之间的关系也算完了。以后你碰到任何委屈，千万不要来找我哭诉，我不会再听你说一个字。"

苓兮愣在原地，心里十分纠结，看着眼前咄咄逼人的白初寒，心里又愧疚又焦急，她害怕见不到厉绍钧最后一面。

"对不起，我一定要去看他。"她终于狠下心，转身上车。

看着芩兮坐车呼啸而去,时八八的心凉透了,她站在人潮涌动的马路上,只觉自己被世界抛弃了。

　　原本她就是与这个世界格格不入的人,竟然真心实意地想要去帮助别人,可笑,真是可笑。

　　人生并不总是一帆风顺,即便在游戏里,也是如此。

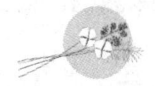

第二十五章
宋乾觉醒

宋乾在医院里躺了三天,他做了一个很长的梦。梦里是一个与现在完全不同的世界。在那里,他负责一个游戏项目的开发,并且在这个游戏里倾注了全部心血,但由于他的设计理念与投资方有很大的分歧,双方发生了很激烈的争吵。

四周很黑,没有一丝光亮,他拿着一块手牌,熟练地插入一个透着微弱蓝色荧光的机器里。瞬间,一股电流通过他的身体,脑袋里发出咔嚓咔嚓的声响……

疼痛让宋乾从梦中惊醒,他从床上坐起来,大口大口地喘着粗气。

所有在进入游戏时失去的记忆纷至沓来,令他熟悉又激动。脑海里刮起一场风暴,将所有的东西全部摧毁,又重新构架起来,两种人生记忆相互交叠,侦探是假,游戏设计是真,原来他那般痛恨的上帝之手竟然是他自己!

宋乾此刻觉得又可笑又无奈,他还怨恨时八八没有及时将真相告诉自己,想不到一切事情的始作俑者和自己脱不了干系。

游戏《恋爱初体验》是公司购买的网络超红小说《豪门娇妻哪里跑》的版权改编而来,他作为项目负责人,是整个游戏的缔造者。宋乾一向不喜欢情情爱爱的东西,于是用言情小说背景里出现的命案剧情拓展出了一个侦探世界,"侦探宋乾"就是根据他自己的形象创造的角色。

自己从小就有一个侦探梦,"侦探宋乾"就是他的梦想。只可惜内测时,"侦探宋乾"身上出现了bug漏洞,公司本就不赞成拓展侦探线,如今出了问题,自然想第一时间关闭侦探线。他舍不得,于是拿了手牌决定亲自试玩游戏,没料到bug实在不可控,他刚进入游戏就被洗了脑,系统强行将"侦探宋乾"的角色设定植入他的脑内,还让他将自己的过往全部忘却。

宋乾本不是系统里的NPC,时八八通关失败造成的游戏重来,其他角色自然一无所知,唯有他记得发生过的一切,阴错阳差之下,竟与时八八组队成了搭档。

从医院出来后,宋乾第一时间跑回家,想要寻找游戏手牌——这是离开游戏的关键,然而翻箱倒柜找了好半天,手牌完全不见踪影。

"进来时明明拿着手牌,怎么不见了?"他一边嘀咕一边找,仔细回忆自己最开始进入游戏时的情景。当时他躺在床上,像平常那样醒来,手上似乎隐隐约约拿着一个东西,但那时他已经接受了侦探设定,完全不明白这凭空多出来的东西是什么,于是随手放在了某个角落,再后来他就一点都想不起来了。

宋乾十分崩溃,时隔这么久,而且还搬了一次家,说不定手牌早被他当作垃圾给扔了,真是自作孽不可活!

思来想去,想要离开游戏,还是需要找时八八合作。

《恋爱初体验》这款游戏根本没有对外开放,虽然不知道时八八一个局外人到底是怎么进入游戏中的,但可以肯定的是,她是离开游戏的关键人物。

"白初寒"这个角色是为女性玩家设定的,内含多个任务,主打以白

初寒的身份体验言情小说般的浪漫爱情。随着二次元与粉丝文化的兴起，国内女性市场庞大，早年一款《X与制作人》的游戏风靡一时，更让公司坚定了发展女性恋爱类游戏的想法。

《恋爱初体验》采用VR技术，构建了一个十分逼真的虚拟恋爱世界。持手牌即可进入游戏，目标群体为年轻女性，听起来十分具有诱惑力，宋乾个人却持有不同看法。

眼下玩家时八八正在闯关，作为旁观者，他可以笃定时八八的游戏体验算不上愉快。每个人的恋爱都具有不可复制性，"恋爱初体验"的确可以取悦一部分女性玩家，但同时也会激怒另一批不同性格的女性玩家。总的来说，"恋爱初体验"目标群体太过狭隘，VR游戏又十分烧钱，后续发展十分无力。

这段时间的经历让他更加深刻地体会到侦探区的重要性，原本他想要解决的bug却成了扭转时局的关键。因为bug的出现，让"侦探宋乾"身上出现了无数的可能性，每个人不同的做法都会影响案件的后续走向，换言之，每个玩家在玩侦探角色时，都会衍生出独属于自己的侦探记忆，这是目前市面上所有同类游戏都不具备的特色功能，且无法复制。

宋乾越想越激动，恨不能立刻跳出游戏去跟公司上层讨论，他要出去，他一定要尽快出去！

宋乾一激动，立刻敲响了时八八的房门，然而无人应答，打电话也没有人理会。宋乾焦虑不已，难道人不在家？她现在根本没地方可去！

此刻被宋乾记挂的时八八正躺在床上睡得天昏地暗。

一连两个打击，时八八斗志全无，躲在家里三天三夜，谁也不见，谁也不想搭理。其间，余娇娇有打过电话来问候。莫行慎与林茉订婚的消息余娇娇也看到了，怕时八八伤心难过，余娇娇还特地上门来拜访。时八八全当没听见，余娇娇在门外等了半个小时，终于无奈离开。

宋乾急得发慌,在外面找了一大圈,还打电话问余娇娇,自然一无所获。等他精疲力竭回到家,才忽然想起根本不必如此费心寻找——他送给时八八的项链里有定位装置,人一急,竟然连最关键的事情都忘记了。

打开手机一查,红点位置显示时八八就在家里,那他找一大圈费个什么劲儿?

时八八的房门再次被宋乾拍响,可惜里面依然没有动静。宋乾是真的急了,也不管时八八是否生气,按开密码锁就冲了进去。时八八这丫头太简单,密码换几次宋乾都猜得出来,上次她发烧,他也是这么进来的。

里面没开灯,黑乎乎的,完全不像有人的样子。宋乾打开灯,客厅里没有人,卧室门半掩,他敲门后走了进去。

时八八整个人埋在被子里,一动也不动。宋乾打开卧室的灯,暖黄色的光充斥在小小的房间,很有温馨感。

"时八八,你是不是又发烧了?"宋乾走过去想探她额头的温度,却被她一掌打开。

时八八翻了个身,嘟囔道:"不用你管。"

宋乾尴尬地收回手,坐在她的床边:"怎么忽然变得这样丧气?你可是一往无前的时八八,打起精神来。"

"你不是觉得我可怕吗,干什么还来找我?"时八八裹在被子里,背对着他,看起来满身怨气。

"我那天受的刺激太大,胡乱说的,你别放在心上。我跟你道歉行不行?"宋乾小声哄她,"都是我不对,我不该冲你发脾气,你要是不解气,起来打我一顿也可以。"

"这件事本来就是我瞒着你,你生气是应该的,不必向我道歉。"时八八其实并没怨过他,只是恨自己无能,玩一个游戏都这样失败,她已经

没脸找他帮忙了。

"错的是我,跟你没关系。时八八,苓兮的事还没完,你不能气馁,前面还有大奖等着你,千万别放弃。"宋乾现在有点心虚,先前他理直气壮地对她发火,等理清了思绪他才发现,最理亏的明明就是他自己。

"苓兮就是扶不起的阿斗,我不想再管她,说起这件事我就气。"时八八掀开被子从床上坐了起来,见宋乾就在旁边,心里有点异样。每次她最难过无助的时候,他都在,这家伙太会挑时间,这样下去她一定会控制不住自己的心。

"别生气,有什么问题我都会帮你解决,你说什么我就去做什么,绝不敢有半句怨言。"

时八八见他信誓旦旦的模样,心里觉得奇怪:"从前我叫你做事你都推三阻四的,现在怎么如此积极?"

"我们是搭档,是最好的朋友,你遇到难题,我肯定要来帮你。"

"我瞧你一脸做贼心虚的样子,快说,你是不是背地里做了什么对不起我的事情?"时八八怎么看宋乾怎么不对劲,宋乾态度忽然一百八十度大转变,道理上说不通,更别说在机场时他还气到当场要和她绝交。

"我能做什么对不起你的事?"宋乾咳嗽两声,眼睛瞥向别处。

"算了,反正对我不是坏事。"时八八还以为哄好他要花很大力气,结果转头他自己先跑来认错,难道……这就是爱情的力量?这不行,得跟他把话说清楚。

"既然事情都已经说开了,我就再补充一点。首先,关于我们之间的感情问题,不是你人不好,而是我不属于这个世界,总有一天我要离开,你我之间没未来,所以我希望你别把感情浪费在我身上,这个世界上还有很多好姑娘等着你;其次,你身上有bug,严重到影响主线剧情走向,后面剧情难料,系统已经无法给我新的任务,后面的路我也不知道该怎么走,所以我们之间的合作可以暂告一段落。我一直拿'时间循环'诓骗你帮我做事,实际上我积分不少,只要不被清零,基本不会回到游戏起点。"

"所以你的意思是,我继续帮你不会得到任何好处?时八八,把这件事说出来,你就不怕我以后再也不帮你了吗?"宋乾心里有几分触动,她能说出这番话,的确是拿一颗真心对自己。

"我不想再骗你,这件事本来就是我不对,我向你道歉。"

"我理解你的做法,如果我是你,也不会说出来。时八八,我们是好朋友,如果我同样欺骗了你,你……应当也会谅解我吧?"他小心翼翼地问。

时八八点头:"朋友之间本就该相互包容理解,你要是骗我,肯定也是有苦衷的。"

要的就是她这句话!

"其实,有件事我想跟你坦白。"宋乾不自觉地舔唇,忍不住多解释了两句,"我先申明,这件事绝对不是我有意欺瞒,因为我也是刚刚才得知真相。虽然有点不可思议,但我觉得我们之间应当坦诚,齐心协力一起渡过难关才是。"

"你说了这么多,到底什么事?"时八八看宋乾煞有介事的样子,心中越发好奇。

"我……我……"宋乾不知该如何开口。

时八八听得着急:"你能不能一次性说完?吊我胃口呢!"

"我和你是一样的身份。"宋乾一狠心,终于说出口。

时八八挠头,一头雾水:"我怎么听不懂你的意思。"

"你还记得你是怎么来到这个游戏的吗?"宋乾循循诱导。

时八八被他一提醒,猛然想起睡前翻阅的那本书。

"我进来之前刚好看了一本叫《豪门娇妻哪里跑》的小说,一闭眼就

进了游戏,然后就出不去了。"

"你再仔细想想,有没有见过一块巴掌大小的手牌?上面有蓝色标志。"宋乾比画形状,试图让她回忆起手牌,只要有手牌,便可中途退出游戏,不必苦苦做任务等结局。

"好像是有这么一个东西,我还以为是书签呢,把它夹在书里放枕边了。"时八八猛然灵光一现,十分诧异地盯着宋乾,"你……你怎么知道这东西?"

宋乾一副了然的表情:"原来是你捡到了我的书。"

"你……"时八八猛地从床上跳了起来,瞪大了眼睛看他,声音都变得颤抖,"你是那个精英男?"

她说怎么第一眼看到宋乾就觉得有点熟悉,如今回想起来,他和她在咖啡馆见到的精英男竟是同一个人!

"你还记得手牌放在哪儿了吗?只要找到它,你现在就可以出去。"宋乾见她回忆起来,也激动起来。

时八八还在兴奋中,抓紧他的手,只觉一切都是一场梦:"你跟我一样,也是从外面进来的?"

宋乾点头:"这是我们公司开发的游戏,我是进来检查问题的,只是中途出了点意外。手牌你现在能找到吗?"

时八八努力让自己冷静下来,在房间来回踱步,一脸纠结:"我的确碰了手牌,它就夹在书里。睡前我放在床头,醒来我就已经在游戏里了。"

她说着就去翻床头,结果什么都没找到,不由得有点崩溃:"手牌夹在书里,好像并没有跟着我一起进入游戏。"

"这可就麻烦了。"宋乾瞬间觉得头痛。没有手牌,他们就必须完成所有任务,让故事按顺序走到大结局,游戏出口才会自动开放。

时八八还没缓过神来,忍不住又问:"你真的也是玩家,不是

NPC？"

宋乾郑重地点头。

时八八忽然有些生气，继而一个栗暴敲在他的头上："这么说你才是一切的始作俑者，结果反而还怪到我头上？宋乾，我打不死你！"

"我不是认错了吗！你刚刚还说能理解，这件事我又不是故意的，轻点轻点……"宋乾抱头鼠窜，泪奔而逃，他就知道她不会轻易放过他。

苓兮终究还是回到了厉绍钧的身边。

厉绍钧以自己的性命豪赌了一场，终于将最心爱的女人逼了回来，他足足在病床上躺了大半个月才好转。两人闹了这么一场，终于开诚布公地将各自的难处都说了出来，重归于好，甚至比之前还要甜蜜。

厉绍钧的盛宠让苓兮感受到了前所未有的幸福，早将他先前对自己的伤害抛诸脑后。肚子里的孩子已有五个月大，两人决定等孩子生下就举办婚礼。

原本孤身一人，忽然老婆、孩子都有了，厉绍钧的心情相当不错，特地举办了一场宴会来庆祝，还特地给闵泽文、白初寒送去了邀请帖。这人春风得意便开始显摆，之前因为帮助苓兮逃跑的事情，闵泽文、白初寒跟他闹得很僵，现在送帖子过来，不用想都知道他是来炫耀的。

给厉绍钧道喜这么给自己添堵的事情，时八八万万做不来，只当没收到帖子。上次她和苓兮把话说绝了，自然不用卖苓兮面子。可闵泽文就很难做了，闵家和厉家之前闹得这样厉害，如今厉绍钧主动出面缓和关系，以后两家做生意谁都避不开谁，考量到这些关系，闵泽文不想去也得去。

宋乾在电话里安慰了闵泽文一通，回头见时八八还坐在他的小沙发上生闷气，劝解道："人家闵泽文比你惨多了，你没必要为这种不相干的事情生气。"

"我冒着被厉绍钧报复的风险，为她设计路线逃离渣男，谁知好心被当成了驴肝肺。人家现在甜甜蜜蜜地在一起，指不定在背后说我八婆爱多管闲事呢！以后谁可怜我都不帮了，免得给自己添堵。"时八八心里有疙瘩，女主终究还是会跟男主在一起，可惜闵泽文成了炮灰。

"谁让你胡乱插手人家感情的事，喜欢一个人是能用理智控制的吗？之前你就乱撮合我跟余娇娇，你什么时候能撮合一下我跟你？"宋乾说话不自觉拐到自己身上，差点没让时八八噎住。

"情况不一样，后来我不也亲自出手让余娇娇对你死心了吗！当初明明就是苓兮哭着求我帮她逃离厉绍钧的，现在反过来变成我的不是了？你当初还附和着说她可怜呢！"时八八真是委屈得没地方说，宋乾到底是不是自己人，一个劲儿帮别人说话是怎么回事！

"我们之所以失败，就是因为没看清楚形势，人设影响很大的，努力过就行。何况你费心思帮她，不也有自己的利益考量吗？谁都有自己的立场，没必要生气。"

"系统的意思是让我帮助支线剧情中的男女主复合，我因为同情苓兮擅自做主拆了男女主，我是真拿她当朋友看，要是只因为任务没完成，我才不会生气呢！"

"现在说这些都没用，关键是要把问题解决了。这条支线有很大几率掉落跳关卡等大奖励，现在主线剧情乱了，我们想要出去，必须先把这个副本打通关才行。"宋乾自从觉醒后，何止是上帝视角，简直就是造物主一般的存在，时八八知道或者不知道的剧情，他都了如指掌。

"那你有什么好办法？"时八八听他这么一说就知道他有新盘算，瞬间来了兴致。

"这条支线走的是虐恋情深的路线，分开又和好，和好又分开。厉绍钧是个利益大过感情的人，直到最后将苓兮逼死了，这才悔不当初，从此心如死灰,孤独终老,结局惨得很!"

时八八咋舌:"狗血就算了,还要安排这么一个结局,作者是'后妈'啊!"

宋乾不好意思地说:"当初编故事的时候,我觉得他们编得不错,同意这么改。有对比才有伤害,看到别人这么惨,白初寒就更能体会到自己有多幸福了。"

时八八:"……"

这神奇的脑回路!现在可好,搬起石头砸自己的脚,烂摊子得自己去收拾。

"你别看他们现在这样甜蜜,很快就有小三出来搞事情,苓兮又会被厉绍钧误解。小三的出现让苓兮流产,苓兮心理和身体都受到很大的伤害。不仅如此,这小三也是个豪门世家的大小姐,利用家族生意逼迫厉绍钧娶她为妻,然后厉绍钧同意了,又舍不得苓兮离开,提议要让她当自己的情人,你说渣不渣!"

这被剧透一脸的失落感是怎么回事?编故事的人到底是看了多少本言情小说才编了这么个集大成的狗血故事!

时八八扶额,无奈道:"所以知道这些有什么用?我们能做什么?"

"既然你打定主意要让闵泽文跟苓兮在一起,自然不能半途而废。我们只要推动支线故事走到结局,任务就算完成,不用管女主跟谁在一起!当初我觉得游戏故事编得太绝对不好,没了想象的余地,所以特意留了一点弹性空间。如果真的能撮合苓兮与闵泽文在一起,说不定能掉落更大的惊喜礼包。"宋乾不急不缓地解释。

听他这么一点拨,时八八眼睛顿时就亮了:"拆散别人这事我拿手!我们只要重点盯厉绍钧,抓住他渣的证据,让苓兮提前看清他的丑陋嘴脸,再让闵泽文施以怀柔手段,苓兮移情别恋是迟早的事情。"

提前知晓剧情的发展真是太重要了。打蛇打七寸,这次必须一击即中,否则苓兮心软跑回去的剧情会再次重演。

"所以我们现在要做的是等待时机。第一,要让厉绍钧露出马脚;第二,让苓兮狠狠吃一次苦头。"

"她之前吃的苦头还不够啊?头顶一片绿!"

"这说明乱搞男女关系不是苓兮的底线。如果她孩子流产了,厉绍钧背叛她了,还让她从正室变情人,你说她还能忍吗?"宋乾一脸狡黠,眸中精光毕现。

"这招狠,实在是太狠了。"时八八伸起大拇指表示佩服,如果苓兮这样都不死心,那她活该被厉绍钧虐死。

"所以,现在你知道该怎么办了吧。"宋乾得意地说。

"了解,多谢大师点拨,回头请你吃饭。"时八八双手抱拳,脸上终于露了笑容。

"游戏里的饭就免了,等以后我们出去了,你再来感谢我。"宋乾嘴角已经忍不住上扬。

时八八佯装不知他的小心思,憨笑点头:"好,吃多少顿都没问题。"

其实自从知道他和自己同是现实世界的人,时八八最后那点心防也彻底放下,甚至有点小窃喜。

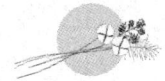

第二十六章
黑化使人变强

宴会上人来人往,个个衣着光鲜,他们三三两两地聚在一堆攀谈,举止优雅端庄,看似一团和气,实则各自都有利益考量,见不到一点真心。

苓兮挽着厉绍钧的手走了出来,身旁有无数的人向她道喜,真情也好,假意也罢,她都礼貌地一一接下。眼角的余光却不断地往周边看,始终找不到想要看到的那个人。

"别看了,她没有来。"厉绍钧小声说道。

苓兮失落地低下头:"我知道。"

机场一别后,她就知道白初寒不会再管自己了。是她对不起白初寒,如今也没有脸求得白初寒的原谅。可知道是一回事,心里却总还存留一点念想,盼着白初寒气消了就会来看她。她很清楚,白初寒是唯一真心对自己的朋友,如今却被她亲手将两人的关系毁了。

厉绍钧心里倒不在意,白初寒撺掇苓兮逃跑的仇他心里都还记着,她不来碍眼更好。只是他见不得苓兮难过,敷衍道:"她迟早会想明白的,你别急。"

苓兮委屈地点头。

闵泽文不知何时走了过来,他端着一杯酒,又递了一杯饮料给她:"听说你喜事将近,祝你幸福。"

他脸上笑着,心却像撕裂了一般,痛得无以复加。

苓兮愧疚地看了闵泽文一眼,还没来得及开口,厉绍钧就将她紧紧搂在怀里,颇为得意地说:"多谢闵少照顾我老婆,她怀孕了,生冷的东西不能吃,我替她谢过你。"说完夺过苓兮手中的杯子,自己一饮而尽。

他话里有话,苓兮和闵泽文面面相觑,都很尴尬。

闵泽文勉强挤出一丝笑:"你幸福就好,我先走了。"说罢转身离开,背影看起来格外孤单。

厉绍钧恶心了情敌,扬眉吐气,凑到苓兮耳边悄声说道:"上天注定了你是我的女人,任谁也抢不走。"

苓兮的笑容僵在脸上,她很想说点什么,但终究保持了沉默。

时八八刚躲过厉绍钧的宴会,转眼又收到了林茉送过来的订婚宴邀请函。喜事扎堆来,她是不是还要随个份子钱?

她长叹一口气,拿着邀请函翻来覆去地看,不知道该去还是不该去。

莫行慎答应与林茉订婚,这事怎么想怎么透着一股子诡异。莫行慎安静了这么久,怕不是在憋大招?

心里正为难,宋乾找了过来。

他手里同样拿着一张邀请函:"莫行慎给我的,你说去还是不去?"

时八八举起手中的邀请函忽然笑出声:"这两个人各怀鬼胎,算计到一块儿去了,就是不知道他们到底有没有通气?"

莫行慎针对宋乾,林茉针对白初寒,这两人都快结婚了,还盯着他们俩算计,以后日子到底过不过?

"我看是各自都有打算,邀请函都不是同一个人送来的。苓兮的事情,你准备好没有?"

"万事俱备只欠东风。"时八八做了个 OK 的手势,胸有成竹。

她已占尽先知优势,再不赢,天理难容。

"那订婚宴到底去不去?"宋乾一脸为难。去吧,说不定就掉到别人挖的坑里了;不去吧,又怕漏掉一个扭转局面的机会。

所谓知己知彼百战不殆,人家都打上门了,没道理还缩在里面不出去。

"系统一直说莫行慎人设有改变,我想看看他到底变成什么样了,正好有个机会让我上门摸摸他的底细,你说呢?"时八八说道。

"很有道理,我也很好奇他现在是什么情况。"这个游戏说到底是他主导创建出来的,里面的角色出了问题,他有必要去看看。

两人一拍即合,时间很快就到了莫行慎订婚的日子。

正是盛夏,天气热得很,时八八穿了一条清爽的小白裙,拉着宋乾挤公交车赴宴。下车的时候满头大汗,化好的妆都脱落不少。

她一边扇扇子,一边快速往订婚场地走去。

门口停了一排排的豪车,人来人往。别人步态优雅,前呼后拥,排场那叫一个豪华。再对比两人狼狈兮兮的模样,时八八不由得感叹:"有钱真好。"

"在这里拥有再多的钱你也带不出去,别想了。"宋乾一盆冷水泼下来。

时八八朝天翻了一个大白眼。

两人身上汗涔涔,与这里的气氛格格不入,惹来不少非议,周围的人都以为他们是不入流的莫家亲戚,想来占便宜。谁知刚走进去,莫夫人的贴身管家竟然亲自来迎,这样高的待遇,让众人看他们的眼神一下子又热切起来。

管家态度亲切,带着时八八往里面走去,语气很和善:"白小姐,莫夫人等您很久了,前段时间一直在念叨你呢。"

"劳烦她惦记了。"时八八心虚地回道。

管家走了一会儿，见她全身是汗，提议道："订婚仪式还有一段时间才开始，不如我先送您去房间收拾一下吧？您这一身的汗水，大厅里空调又开得足，很容易感冒。"

"这个不太合适吧？"时八八为难地看了一眼宋乾，示意他赶紧说话。

"我们反正就是来凑个热闹，不碍事。"宋乾婉言拒绝。

"等会儿见莫夫人，总不好这个样子去吧？"管家满面笑容地看着时八八，语气却是不容拒绝。

推托不过，时八八终究还是跟着管家离开了。

她临走时，宋乾特意指了指胸前，意思是只要有事情，立刻通过项链联系他。

得了宋乾的应允，时八八这才安心离开。

莫夫人给时八八准备的是一条裸粉色晚礼服，穿在身上好看又大气，白初寒的长相、身材本就出色，这一穿出去，时八八觉得太惹眼了。

可她眼下没有其他可换的衣服，只好无奈地穿着礼服出来。胸前宋乾送给她的项链在灯光下熠熠生辉，很是打眼。

管家笑了笑，又吩咐人送了一套首饰进来："项链不搭，不如换上这些？"

时八八差点没被这套昂贵的首饰晃瞎眼，连忙拒绝："我觉得现在这样挺好，别人订婚我穿太夸张不合适。"

管家没再坚持，转身带着时八八去了莫夫人的房间。

然而莫夫人不见踪影，等待她的却是许久未见的莫行慎。

时八八见到莫行慎转身就走，然而莫行慎早有准备，管家在外面将门反锁，她扭了半天没打开门，慌乱间，莫行慎已经从背后将她抱住。

"你……你这是干什么？放手！"时八八身体僵硬，恨不能当场一巴掌扇过去，她强自稳住心神，告诫自己不能冲动。

莫行慎将头埋在她光洁的颈肩,呼出的热气让她浑身不适。

"初寒,我很想你。"

时八八实在无法忍受他亲密的举动,一把推开他:"今天是你的订婚宴,麻烦你清醒一点!"

莫行慎轻笑:"初寒,你不会真以为我会和那个下贱的女人订婚吧?今天我会让你亲眼看看她的下场。所有想拆散我们的人,我都不会放过。"

他目光深沉,惊得时八八心里一跳。

人还是那个人,可是气场完全跟以前的莫行慎不一样了,反倒……有点像厉绍钧了。怎么回事,他不会是黑化了吧?!

时八八心里又惊又怕:"你……你不要乱来,我不喜欢你这个样子。"

"别怕,我永远是你的慎,我伤害谁都不会伤害你。"他爱怜地摸了摸她的头,强压住心里的冲动,因为他还有更重要的事情要办。

"我要出去,你叫人把门打开。"时八八喊道。

"和我待在一起,让你这样难受吗?陪陪我好不好?"他低声哄她。

时八八更加心慌了。

他这笑里藏刀的样子跟狼外婆有什么两样!

"你今天订婚,有很多事要办,跟我待在这里不合适吧?"

"你还是在意我订婚的对不对?"莫行慎眼睛一亮,期盼地看着她。

时八八心说这是什么神经病,他订婚关她什么事?可眼下又怕激怒他,自己没好果子吃,她只好顺着他的意思点点头。

莫行慎果然开心起来,上前一步靠近她,她转而溜到另一边,不让他靠近分毫。

"我知道你现在生我的气,不过没关系,等事情解决了,我会慢慢解释给你听。"莫行慎一脸期盼地看着她,她未施脂粉的脸在灯光下越发清

纯可人,叫他心神摇曳。

"以后的事情以后再说,我想出去。"时八八指着门,一副可怜兮兮的样子。

她知道莫行慎一向对她扮可怜毫无抵抗力,只要她态度软一点,他就什么事都听她的了。

"陪我坐一会儿吧,我想多看看你。"莫行慎自顾自在沙发上坐了下来,满面笑容地看着她。

时八八心里紧张起来,莫行慎竟然不吃她这一套!难道黑化会使人智商提高吗?

她心里有点慌,选了一个离莫行慎最远的位置挨着沙发角坐下来,面容紧绷,看起来很不自然。

莫行慎将这一切看在眼里,笑容一点点垮掉,不快的情绪慢慢爬上心头。白初寒与宋乾在一起时多么轻松快活,偏偏每次与他在一起便僵硬得如同木偶娃娃。都是那个该死的宋乾,自从宋乾出现后,他和白初寒之间的关系就发生了翻天覆地的变化!

"初寒,其实我从来没有碰过林茉,今天的婚礼也不过是一个毁掉她的局而已。除了你,我不会再爱上别人,所以你根本不必在意她。冰冻三尺非一日之寒,我屡次让你失望,你不再信任我,我都能理解,过了今天我会向你证明我的真心。还有,我们的婚礼,我定在了一个月之后,你觉得怎么样?"

时八八满头问号,话题到底是怎么从他和林茉订婚一下子跳到他们两人结婚的?这位大哥怎么不按套路出牌?

见她愣住,莫行慎只以为她没听懂,又重复了一遍。他认为结婚是一个男人对一个女人最重要的承诺,最能展现他的真心,殊不知刚好踩在了时八八的雷点上。

"我们已经分手,你想要如何对付林茉那是你的事。不过有一点我要提醒你,在自己的订婚宴上向另一个女人求婚,是对女人最大的侮辱。这种事希望你以后不要再提,因为真的很恶心。"时八八怒而起身,气冲冲地往门口走去。

莫行慎紧随其后,一把将她按在门板上,居高临下地看着她,眸中隐隐有怒火在燃烧。

"恶心?我向你求婚是一件很恶心的事?"白初寒说的每个字都在刺激他脆弱的神经。侮辱?恶心?分手?光是想想都令他抓狂。

"莫行慎,我告诉你,你现在的行为就是性骚扰,我可以告你的!还不给我松开!"被他这么一吼,时八八哪里还冷静得下来,她能憋到现在已是极限,说话越发无遮拦,句句扎心。

"骚扰?好,我就让你看看什么是骚扰!"莫行慎彻底被她激怒,一只手扣住她的下巴强吻过来。

"唔……你放开我……"他动作激烈,她竟一时没推得开!

时八八哪里碰见过这种事,心里又慌又乱,一抬腿便想往他下体撞去,却被他抢先一步用双腿夹住。她被他严严实实地抱在怀里,毫无反抗之力。

她脸色涨得通红,情急之下扭开胸前的项链大喊救命,同时还在拼命躲避他的吻。

她这样明显的动作,莫行慎哪里还想不明白,他一把扯掉她胸前的项链,摔到门上,月牙项链碎成两半。

"连这种东西都有,你们发展到哪一步了?"莫行慎又气又急,眼睛里布满血丝,模样看着很是吓人。

时八八一巴掌扇在他脸上:"我们发展到哪一步关你什么事?你有什么资格管我?每次说要保护我,结果每次都是你最先伤害我。刚刚不是说伤害谁都不会伤害我吗?你现在的行为又算什么?莫行慎,自私成你这个

样子,是无耻!"

莫行慎被她骂得发蒙,怔了片刻,当然也不排除时八八力气过大,扇得他脑袋嗡嗡作响。总之趁着这个空当,时八八从他怀里逃脱出来,吓得深呼吸了好几口气。

宋乾收到时八八发来的求救信号迅速赶来,却见房门口站了四个保镖。这一层都被莫行慎包了下来,除了服务生不会有外人出现,宋乾一来便成了保镖们的眼中钉。

他甚至都没开口,保镖们已经朝他出手。

宋乾虽然身手不错,但一个人对打四个训练有素、身强力壮的保镖实在吃力,过了两招后,他就连滚带爬地往楼梯口跑去。

那些人也是执着,一路追了过来,宋乾被逼无奈,在楼梯间和四个保镖玩起躲猫猫。

幸而他脑子灵活,事先对这栋楼也做过调查,没多久就成功地将四个保镖都引开,迅速冲进了那间房。

房间里,时八八被莫行慎压在沙发上正拼死反抗,她脖子上有红痕,看着颇有几分暧昧。宋乾不由分说,一把将莫行慎扯了下来,反手脱了外套盖在她身上。

时八八又惊又惧,见到宋乾的一刹那,眼泪啪嗒啪嗒地掉下来,瘫倒在沙发上小声抽泣。

女人和男人天生在体力上就有很大差异,即便她提升了两个体能点,面对莫行慎,依然被单方面碾压,这实在令人惶恐。

宋乾哪里见过她这样脆弱的模样,简直怒不可遏,冲上去与莫行慎缠斗在一起,两人打得不可开交。

两人打架动静闹得很大,那四个被引开的保镖又跑了回来。

莫行慎的人设是完美型，为人温和、有礼，身体修长有力量，还有一定的格斗技巧。若是两人单打独斗，宋乾还可以与莫行慎打成平手，如今有了四个保镖的加入，他便完全落了下风，很快便被绑得结结实实扔在时八八面前。

没有男主角的光环真是令人绝望。

时八八按住额头，无奈地看了一眼被捆成粽子的宋乾。现在她已经从恐惧中抽离出来，重新变得冷静，一双水波潋滟的眸子漠然地看着莫行慎："你想要我配合你做什么？"

"老老实实陪我参加订婚宴。"莫行慎开口，顺手抹掉嘴角的血迹，整个人散发着一种阴郁的气息。

"你先放了他，我会配合你的一切行动。"

"初寒，他的命在我手上，你没有与我讨价还价的资格。"

时八八担忧地看了宋乾一眼，她若是妥协离开，谁知道莫行慎背地里会对宋乾干什么！

她正犹豫不决，宋乾开口说道："初寒，跟他走吧，我不会有事。"

他目光坚定，眸中有熠熠星光，任凭再黑的夜，也无法将它抹灭。

时八八别无选择，只有点头。

订婚仪式马上就要开始，所有宾客都已经到齐。然而令人奇怪的是，只有女方林茉一人笑靥如花迎接宾客，男方莫行慎却不见踪影，甚至莫夫人也没有出现。莫夫人在商界颇有名望，更握有风启集团30%的股份，订婚若是没有她点头，就等于没有资格入莫家的门，所以她出现的意义至关重要。

如今这女方一个人唱独角戏，看起来难免有些尴尬。随着时间的推移，窃窃私语的声音也越来越大。就在所有人躁动不安的时候，金色的大门被

推开,在一片耀眼的光中,莫行慎身着白色西服,款款走了出来。

然而这不是重点,重点是他的身旁站了一个身着裸粉色晚礼服的女人,她容貌娇美姿态优雅,挽着他前行,风头甚至盖过了林茉。

现场一片哗然。

今晚订婚宴的女主角到底是谁?此刻被晾在一边的林茉,一下子成了笑话。

林茉万万没料到莫行慎竟然会用如此高调的方式带着白初寒出场,心里顿时后悔莫及。

"白姐姐,许久不见,你又变漂亮了。是我专门让慎哥哥去接你的,就是怕你心有芥蒂不肯过来呢,如今看到你来了我就放心了,希望你在订婚宴上玩得愉快。"林茉强打起精神,挤出笑容,抖擞精神,将女主人的范儿拿起来,犹如一只战斗的公鸡。自己选择的苦果,跪着也要咽下去,只要能嫁给莫行慎,这点屈辱算什么!

"初寒是我亲自接过来的,跟你有什么关系?她是我的人,我当然会让她在订婚宴玩得愉快,这点事就不用你来操心了。"莫行慎高声答话,在场的人听得清清楚楚。

别说林茉,就连时八八都变了脸色。

这简直是当着众人的面打林茉的脸,这世上还有谁会在订婚宴上带着其他女人高调出场?是个女人都不能忍。

但林茉显然不是一般女人,时八八看到她的脸色一下子变白,随后又端上优雅的笑意:"是我多管闲事了,订婚宴继续,大家不要在意。"

底下笑声一片,所有人都在看林茉的笑话,却谁也没有点破。

当初林茉和莫行慎的床照网上随处可见,白初寒作为被绿的前女友,大家都有所耳闻,也都能猜测出来当时发生了什么。

林茉那种不要脸的上位手段是大家最瞧不上的,所以大家本来对她就没多少尊重，如今看莫行慎都对她这个态度，自然更加不避讳对她的嘲笑了。

林茉忍了一口又一口的恶气，强行站在莫行慎和时八八中间，本想挤开时八八，自己挽上莫行慎的胳膊，谁料莫行慎一把将她推了出去。

林茉尴尬地往前踉跄了几步，就见莫行慎拉住白初寒绕过自己往宴会厅中间走去，顿时气得脸发绿，对白初寒越发恨得牙痒痒。

时八八被林茉盯得头皮发麻，这种被人当枪使的感觉实在糟透了。

"还要配合多久？你准备的好戏呢？"

"不急，很快就来了。"莫行慎低头，顺手帮她撩起一丝散落的刘海，模样温柔又亲近，看得其他人啧啧直叹"莫总真是好手段"。

莫行慎带着时八八敬了一圈酒，就在她都恍惚地以为这是她和莫行慎的订婚宴时，莫行慎忽然站定，打了个响指，全场的灯光瞬间暗了下来。

莫行慎拉着时八八走上舞台，一束光打在他的身上，更衬得丰神俊朗的他如同天神下凡。他举起话筒说道："给大家介绍一下，这是我莫行慎的未婚妻白初寒，也是莫氏家族唯一承认的儿媳妇。"

此话一出，底下顿时炸了锅。这什么情况，难道他们收到的邀请函都是假的？上面明明写着莫行慎和林茉的订婚宴啊。

林茉此刻终于按捺不住冲上了舞台，气得大吼大叫："慎哥哥，你到底在开什么玩笑？你的未婚妻是我，今天是你和我林茉的订婚宴！你为什么介绍这个贱人？她怎么比得上我？这场订婚宴我花了多少心思你不知道吗？你怎么可以这么对我？"

"你为了这场订婚宴花了多少心思我当然知道。你谋划了好大一盘棋，甚至不惜拿林家的声誉来赌博，给我下药，招来记者大肆渲染我跟你的绯闻，多次挑拨离间让我心爱的女人离开我，这些我都清清楚楚记在心上。"

"我做这些都是因为我爱你啊！"林茉声嘶力竭地喊道。

"你爱我？真是笑话，你这么卑劣下贱的人若真进了我莫家的门才是耻辱。你爱的是莫家的财富地位，跟我有什么关系？刚刚我当众羞辱你，你为了自己的利益，不还是忍了下来？爱对你来说，太廉价了吧。"莫行慎嘲讽地说道。

林茉气得浑身发抖，她的委曲求全在他眼里竟然是爱慕虚荣，她的一片真情被他踩在脚底砸个稀碎，她可以被人骂不要脸，可是她不容许有人质疑她的爱。

她爱莫行慎，这个世界上没有人比她更爱他！

"我对你是真心的啊……"她捂住脸呜呜哭了起来，模样凄惨又可怜。装柔弱的手段她用得炉火纯青，果然引来了一部分人的同情。

莫行慎早料到如此，回头做了个手势。

一块巨型屏幕在黑暗中亮起来，上面一张张污秽不堪的照片呈现在众人面前，每一张照片中林茉的脸都拍得格外清晰，而在她身上的男人却都不是莫行慎。

此刻再配合她一副受害者的模样，大家顿时觉得十分讽刺。

"哟，装得挺像的，继续装！"

"看不出来她是这种货色，啧啧啧……"

"我就说她看起来一脸心机，哼！"

……

议论声越来越大。

这边林茉哭得越凄惨，周围的人就越起哄，这让她十分吃惊——惯用的那一套怎么不起作用了？

林茉好一阵才反应过来事情不对劲，撒开捂住脸的手回头一看，顿时大声尖叫起来："不要看！那不是我！不要看……"

她疯了一般扑向屏幕，却没有人理会她。嘲笑声越来越大，黑暗之中好似每个人都成了怪物,叫嚣着朝她扑了过来,她当场昏了过去。

时八八目睹这一切,只觉心悸。莫行慎的手段实在太可怕了,这场闹剧之后,林茉恐怕再也无法抬起头了,别说林茉,整个林氏家族都颜面扫地。可是,林茉对他确实是真心的啊!

见她脸色惨白,莫行慎摸着她的脸安慰道:"别怕,我永远不会这样对你。你跟她不一样。"

他这一说,时八八更加害怕了,现在的莫行慎这么偏激,指不定以后对她做出更加疯狂的事情。

"我……我想去洗手间。"时八八没骨气地说道。

"我陪你去。"莫行慎不由分说地带着她往台下走去。

在宴会厅的灯光亮起来之前,两人离开了闹哄哄的现场。

时八八站在洗手间门口,心里很想哭:"你陪我进女士洗手间,这不合适吧?"

"我就在外面等着你,进去吧。"莫行慎坚定地站在门口,好不容易捉到她,可不能将她放跑。

时八八苦着脸进去,在心里疯狂呼叫系统:"有急事,快来帮忙。"

"你不会是想让我帮你逃出去吧?"系统沙哑着声音说道。

"看来你有办法?"时八八眼前一亮,摩拳擦掌。

"我可以暂时蒙蔽他的双眼让你跑出去,但是需要支付10积分。"

"这么贵?你不如直接去抢啊!"时八八肉痛不已,一次性技能要价这么贵,不值当。

"没办法,最近消耗大。自从莫行慎人设发生变化,好多地方都不听我指挥,剧情隐隐有崩溃的迹象,我需要积分增强能力。你就当可怜我,给我一点支援吧。"系统的声音惨兮兮的,说话有气无力。

时八八无奈地叹了一口气:"成交。"

莫行慎抱胸站在洗手间门口,隐约闻到一股淡淡的花香。他疑惑地朝四周看了一遍,并未发现异常,接着,一阵过堂风吹过,彻底吹散了那股花香。

他在洗手间门口等了许久,白初寒一直没有出来,他实在等不及便跑进去看,里面哪里还有她的影子!

莫行慎不相信一个大活人会凭空消失,洗手间根本没有出去的通道,唯一的出口就是由他亲自守着的门口。

不知怎的,他又想起那股花香味,这一切实在太怪异了。

这中间一定有他漏掉的细节!不过没关系,只要宋乾在手,不怕她不回来。

第二十七章
副本奖励

时八八第一时间跑回家找宋乾,然而屋子里空荡荡的。

难道宋乾还被莫行慎抓着,没逃出来?

不,不会的。宋乾知道剧情,而且那么聪明,肯定会想办法逃出来。

只是,他现在在哪里?

未免引人注目,她将晚礼服换下,决定出门去找他。

时八八找了一大圈,所有他能去的地方都找了个遍,却没有他的任何消息。她的心里升起一股不祥的预感,更糟糕的是,她手头没有任何可以联系他的办法。月牙项链被毁,手机打不通,平时随时想联系就能联系到的人,忽然踪迹全无,她感到前所未有的恐惧。

心里空落落的,就像失去了一个最重要的人。

她从白天找到黑夜,好似一具没有灵魂的躯体,不停走动以缓解内心的苦闷。她不敢回家,怕莫行慎派人在那里蹲守,一个人走在空荡荡的大街上,无依无靠,委屈涌上心头,鼻头开始发酸。

宋乾不在,她就像没了主心骨,做什么事都失去了意义。

不知过了多久,闵泽文的电话打过来,他带来了宋乾的消息。

时八八赶到医院的时候,宋乾刚包扎完,身上全是伤,看起来很是狼狈。

时八八立刻红了眼圈,飞扑到他怀里边哭边喊:"你个大骗子,不是说一切都会处理好吗?怎么会弄成这样?吓死我了!"

"你再打,我的伤口就要裂开了。"宋乾忍着痛说道。

时八八止住哭泣,不敢再碰他,满脸心疼:"你怎么会和闵泽文在一起?"

"白天出发之前我就跟他通了电话,若是我出事他便派人来营救。面对莫行慎,我不得不多留一个心眼,没想到真的用上了。"

"这次真是险中求胜,莫总看似温和,手段不比厉绍钧差,宋乾要不是运气好,没准真要死在他手上。"闵泽文大致将经过说了一遍,听得时八八一阵后怕。

莫行慎带着时八八离开后就命人将宋乾关进地下室。宋乾预感不妙,暗中给闵泽文发求救信号。之后因为时八八逃走的事,莫行慎迁怒宋乾,将宋乾毒打一顿,宋乾被打得半死不活,差点昏过去。莫行慎打累离开以后,闵泽文派来救援的人也开始行动,费了九牛二虎之力才将宋乾带出来。

时八八的眼泪又开始止不住:"我不该逃走得那么草率,我以为你有办法离开才逃跑的,没想到差点害了你……"

"结果是好的就行,你放心,我有分寸。"宋乾安慰道。

"这叫什么分寸,命都差点没了。"时八八哭得稀里哗啦,满脸忧愁,"接下来怎么办?霖川市我们还能待下去吗?"

"莫行慎现在派人到处在找你们,不如跟我回明海市吧,在那里我还能起点作用。"闵泽文提议。

时八八想了想,好像只剩下这个办法,正好把没完成的副本任务收个尾,说不定能收获意外惊喜。

宋乾和她的想法一样,两人一合计,跟着闵泽文去了明海市。

苓兮因为怀孕越来越嗜睡，整天昏昏沉沉。厉绍钧忙着工作，一天到晚不见人影，留下她整天形单影只。

这一天，"哐当"一声玻璃碎响，苓兮从梦中惊醒，却看到一个女人正指挥佣人搬家，趾高气扬的模样俨然是这个家的女主人。

女人看到苓兮，并未感到惊讶，她红唇轻启，淡淡开口："我是安之夏，厉绍钧名正言顺的未婚妻。"

苓兮只觉一道晴天霹雳下来……

时八八知道苓兮流产已是一周以后，彼时苓兮还在昏迷之中。

闵泽文派人去打探消息回来。

那天苓兮与安家大小姐发生了冲突，但是佣人们都不敢上二楼去劝阻，只能一边躲在楼下听两人争吵，一边把情况汇报给厉绍钧知道。两人争吵了没一会儿，苓兮便从二楼的楼梯上滚下来。苓兮当时的情况非常危险，差点一尸两命，抢救了三天三夜才捡回一条命，至于孩子，自然是没了。

这件事发生后，厉绍钧陪在床边守了苓兮一周，看似一个三好男人，然而与安家的商业联姻并没有取消，足见这个男人的薄情寡意。

时八八虽然和苓兮闹掰，也早知道会有这个结果，却还是愤愤不平："厉绍钧真不是个男人，要不是因为安家，苓兮能流产？他竟然还在继续筹备婚礼，真是不要脸！"

一是失去孩子，二是心爱的男人要跟别的女人结婚，两者对苓兮是多大的打击！

"早知道事情是这样，无论如何我都不该放她离开。"闵泽文拳头紧握，急得在房间里来回走动，恨不能立刻飞到苓兮身边守着。但是，厉绍钧不会给他这个机会。

"我们现在是不是该准备行动了？"宋乾倒是理智得很。

"要找一个厉绍钧不在的日子,我们要做的是让苓兮对厉绍钧彻彻底底死心。"

时八八太清楚苓兮这个人有多心软。虽然孩子没了,苓兮确实会对厉绍钧心生怨愤,然而这事他毕竟不是直接造成者,说不定他温言软语陪苓兮几天,苓兮又心软地原谅他。现在,时八八要做的是添油加柴,一把火烧尽苓兮对厉绍钧的爱。

"现在我们分配一下任务。闵泽文你要找到一个可以藏住苓兮的地方,还有你们以后出国的路线都要安排好。从病房带走苓兮容易,毕竟苓兮上次回到厉绍钧身边,相当于跟我们决裂了,他不会想到我们会愿意协助苓兮再逃跑一次。但是一旦苓兮失踪,厉绍钧肯定会反应过来,所以这次你要计划得更加周密。至于宋乾,我需要你帮我调查厉绍钧,还得在厉绍钧跟安之夏经常约会的地方安装一个隐蔽的摄像头。"时八八拍手,招呼着大家各忙各事。

闵泽文心里犹豫,站在原地没动:"她应该不愿意跟我走吧?"

上一次的事情如果重演,他没办法再承受后果,不仅会将厉家彻底得罪,也没法对自己家族的亲人有所交代。

"你放心,她这次一定死心。"时八八胸有成竹。

闵泽文虽然顾虑重重,但他很清楚,自己不愿意看到苓兮再待在那个人身边受苦。既然那个人没有办法保护她,那就换他来。

时八八的想法很直接也很简单,作为一个商人,厉绍钧选择这个时候与安家商业联姻,肯定是觉得有利可图,那么这个"利"是什么?顺着这条线索查下去,挖出厉绍钧的真面目,让苓兮彻底看清他。

顺藤摸瓜这种事情对于宋乾来说是小菜一碟,更何况还有闵泽文的人力与财力的支持。很快,他就查到了厉绍钧与安之夏商业联姻的真相,还在厉绍钧与安之夏约会的地方拍到了意外之喜。

厉氏集团最近遇到了不小的麻烦，厉绍钧忙得没时间陪伴苓兮，但这麻烦也是转机。厉氏接下了一个国际大单，光靠厉氏无法消化，外面还有一批人虎视眈眈，唯有与安家合作才能实现共赢，刚巧安家大小姐对厉绍钧颇有好感，于是商业联姻势在必行。这个合作牵扯的是几十亿的利益，怎么选，厉绍钧十分清楚。

只是，人总要有取舍。他选择了牺牲苓兮，却还妄想要爱情，这就是贪得无厌。

一切准备就绪，时八八和宋乾在一个风和日丽的下午，敲开了苓兮的病房门。

苓兮现在身心受到了巨创，瘦得皮包骨，病恹恹地裹在被子里，看着让人心疼又无奈。

见到时八八，苓兮黯淡的眸子里忽然有了光，她激动得竟一时间说不出一句话。

"身体还吃得消吗？"时八八也是感慨万千。她的确心中有怨，可见到苓兮如此可怜的模样，怨念瞬间被心疼代替。

"嗯，身体没问题。绍钧请了最好的医生，还有营养师，他……他挺照顾我的。"苓兮声音越来越小，不敢再去看时八八。

两人沉默了一会儿，苓兮忽然放声啜泣："对不起，我当初不该不听你的话，是我自作自受，孩子……没了……"

"我知道，都过去了，没事了。"时八八轻轻地拍着她的背，声音十分温柔。

两人说了许久心里话，宋乾在一旁待得有些不耐烦，悄悄退出了病房。直到时八八叫他，才不情愿地走进来。

时八八一脸严肃,拉着苓兮的手说道:"厉绍钧的确是个很优秀的男人,他上进,有能力,有野心,可是他的野心太大,大到容不下你。我知道你心里对他还有幻想,可是人不能总被表面的甜头迷惑住,你迟早要回到现实中来。我不想看到你被他折磨死,你懂吗?"

"孩子没了,是我不小心……"苓兮还想为他辩解。她爱得太卑微,太无力。

"你住在他家,大门不出二门不迈,还要怎么小心?如果不是他给了安之夏机会,你怎么会流产?你以为一切都只是偶然,可多个偶然加起来就是必然。"时八八不自觉拉高音调,招手示意宋乾过来。

宋乾心领神会,拿出手机打开视频,直接放到苓兮的面前,让她直面事情的真相。

视频里,安之夏正与厉绍钧调着情,两人商量着让苓兮离开的事情。谈起苓兮,厉绍钧的表情是那样不屑,若非亲眼看到,苓兮根本不敢相信,即便她怀了他的孩子,她在他眼里依旧只是一个上不得台面的女人。

多日来的煎熬,失去孩子的打击,还有这个粉碎她所有幻想的视频,逼迫苓兮抬头直面血淋淋的事实,她目光殷切地看着时八八:"求你再帮我一次,我不想待在这里了。"

时八八等的就是她这句话,说出此行重点:"闵泽文还在等你。"

听到闵泽文的名字,苓兮羞愧地低下了头:"我不值得他这样对我。"

"你值不值得,他自有判断。三天之后会有人在这层楼的消防通道接应你,如果你愿意的话,就自己走出来。苓兮,这是你最后一次摆脱厉绍钧的机会。事情到了这个地步,你就别再错误选择了。相信我,我不会害你。"

说完这些,时八八深吸一口气,拉着宋乾头也不回地离开了。

猛药已经下了,她只希望能让苓兮彻底清醒。

这三天是忐忑不安的三天,其中最为焦虑的要数闵泽文,不断地找时八八确认苓兮的心意。时八八表面胸有成竹,其实心里也是虚的,毕竟苓兮是拥有自由意志的女主角受虐人设,谁知道她会不会一个没想通又回到厉绍钧的身边?

宋乾这一次却比时八八更有把握:"别担心,她一定会出现的。"

"你收到提示了?"时八八见他如此镇定,忍不住问。

"系统应该告诉你,我身上有不可控数据吧?"宋乾压低声音说。

"你连这个都感应到了?"

"有我在就会有变数,苓兮的人设经过我们的刺激,已经在慢慢改变了,我有八成的把握她会出现。"

"厉害,还是跟着大哥混好。"时八八眉开眼笑。

"现在知道我的好了吧,还不快去倒杯水孝敬我。"宋乾得了她的奉承,心里美滋滋,说话都狂妄起来。

然而时八八没有跟他抬杠,还非常听话地递了一杯水给他,殷切地问:"需要喂你喝吗?伤口还疼不疼?"

上次因为她的鲁莽,宋乾被莫行慎伤得不轻,休养了半个多月,身上的伤至今还没好全。她一直为这件事自责,但凡宋乾有需要,她都尽量满足。

只是她的顺从让宋乾十分不适应:"你最近怎么怪怪的?"

时八八一边给他喂水,一边回道:"哪里怪了?"

"你怎么都不跟我吵架了?还端茶送水伺候我,你真的是时八八吗?"宋乾的这种不适感已经持续很长时间,他还是更喜欢那个张牙舞爪的时八八。

看他这副贱兮兮的模样,时八八终于没忍住给了他一个栗暴:"宋乾你是不是有毛病,对你好还不乐意,非得我揍你才舒服是吧?"

宋乾痛得龇牙咧嘴,确认这才是他认识的时八八。

他连连点头:"对对对,这才像你。"

时八八白眼一翻:"男人果然欠收拾。"

吃了一顿"狗粮"的闵泽文已经没眼看下去:"你们继续打情骂俏,我先出去了。"

结果引来两人同时发出怒吼——

"谁打情骂俏了!不会说话就闭嘴!"

闵泽文:"……"

三天之期一到,苓兮果然如宋乾预料一般出现在消防通道,闵泽文又惊又喜。为防再有变故,他决定当晚就带苓兮出国,在厉绍钧还没发现苓兮失踪来不及采取措施的时候,就远走高飞。走之前,闵泽文将之前准备好的安身之处告诉了时八八和宋乾,毕竟接下来他们是厉绍钧和莫行慎两方势力追查的对象,形势只会更加"惊心动魄"。

苓兮和闵泽文的飞机起飞的那一刻,系统传来了任务完成的提示。

"副本支线任务已完成,获得 200 积分奖励,掉落复活卡、男主角意志卡。游戏积分累计 1020 分,超过 1000 积分即可解锁大结局,恭喜玩家。"

时八八听到久违的任务提示声,激动得眼泪都要掉下来,手里自动出现两张银色卡片,闪着淡淡银辉。

宋乾自然认得这两张卡片,深知其中含义的他比时八八更为激动,抱着她原地转了好几圈。

"别转了,头晕,你快给我解释下,男主角意志卡是个什么东西?"时八八扶着宋乾的手臂努力让自己保持平衡,她现在头晕得很,只怕一个没站稳就要栽倒在地。

"我丢失了手牌,现在在游戏里只能算一个 NPC,想要顺利出去,最好的办法就是激活男主角意志卡,让男主角在心里默念让我出去就可以了。

我们终于有机会可以一起出去了！"宋乾原本还打算先送时八八出去，让她在现实世界中再找人解救自己，有了男主角意志卡，就不用那么麻烦了。

两个人同时出去，岂不是更完美！

"我也弄丢了手牌，是不是还需要女主角意志卡？"时八八还是没明白这是个什么东西。

"你就是女主角，你想要出去就是女主角的意志，只要顺利完成游戏剧情设定任务，离开游戏是迟早的事。"宋乾解释道。

"如此说来，激活男主角意志卡，不会是要找莫行慎吧？"时八八敏锐地发问。

宋乾一脸无奈地点头。

两人同时长叹了一口气。

这简直就是一个不可能完成的任务！

第二十八章
终章任务

芩兮的再次逃跑让厉绍钧勃然大怒,他一面向闵家施压逼他们交出闵泽文,一面派人全城寻找两人下落,恨不能掘地三尺,然而闵泽文早已抢先一步带人出国了。厉绍钧再厉害,出了明海市也难只手遮天,而与安家的联姻已提上日程,他心里就算有再多的不甘与愤怒也只能暂时压下。

厉绍钧调查得很清楚,芩兮逃走前白初寒曾经来见过她,这次的出逃,十有八九有白初寒的参与,于是他将满腔的怒火转移到白初寒和宋乾身上。他失去了最爱的女人,总要有人出来承担他的怒火。

明海市是厉绍钧的地盘,虽然闵泽文提供的藏身之地很隐蔽,但没有闵泽文的掩护,不到三天,时八八和宋乾就被厉绍钧的人找到了。

夜凉如水,天空看不到一颗星子,一群全副武装的人将别墅团团围住,时八八和宋乾躲在里面犹如瓮中之鳖。

外面人影幢幢,时八八心里又急又怕:"他们速度太快了吧,我们逃都没地方逃。"

"逃?能逃到哪里去?现在莫行慎和厉绍钧的人都在找我们,逃到哪里都是死,今晚得做个了结。"宋乾早就料到了,他不慌不忙,心中似乎已有了对策。

"你有办法?"听他这么说,时八八稍稍松了一口气,很是期待地看着他。

"算不上好,只能赌一把了。"此时,宋乾脸上才显出几分忧虑,眼看外面的人准备破门而入,他拉着时八八飞快地往楼上跑。

大门被人强行打开,黑压压的一群人随即冲了进来,他们个个人高马大,看起来十分不好惹。

宋乾第一次生出小命不保的感觉,他脚下跑得飞快,拉着时八八往最里面的房间跑。

他将这间房的门和窗户全部反锁,又拉上窗帘遮得严严实实,屋内没有一点光。时八八手足无措:"厉绍钧这次怕是真的要对我们下杀手,我不想死。"

好不容易熬到解锁大结局的时刻,游戏通关在即,死在这里就得重来一遍,她真是哭都没地方哭去。

"到柜子里来。"宋乾朝时八八伸出手。

时八八摸索着紧紧握住宋乾的手,他顺手一拉,她就跌入了他的怀抱,两人脸上皆是一红。

宋乾往后挪了一点,松开她猫着腰往前爬去。

时八八这才发现柜子里竟然有一条地道:"你怎么发现这个地方的?"

"像这种豪门宅院,特别是专门的藏身之所,哪能没有一条秘密通道?你不是一直问我为什么这几天一直在墙壁上敲敲打打吗?就是为了寻找这条通道。"

"你能猜到,厉绍钧肯定也能猜到。这条通道顶多能帮我们拖延一点时间,逃出去的可能性不大。"时八八忧心忡忡。

"只要撑到莫行慎的人来,你就安全了。我不久前联系了他。"宋乾爬到一半忽然站了起来,通道变得开阔,面前是一个两米高的防空洞,连接了四条小道。

时八八听到他的话,愣在原地,心里不知怎么有些难过:"你好不容易从莫行慎的手里逃出来,现在却主动暴露位置给他,你不想要这条命了吗?"

"厉绍钧出手,我们两个都会没命,莫行慎至少不会伤害你。"宋乾将她从地上拉起来。

两人近在咫尺,呼吸相闻。

四周安静得仿佛只能听见彼此的心跳声。

"我不想让你冒险,我们说好了的,要一起离开游戏世界。"时八八扑在宋乾的怀里,紧紧拥住他,难掩依恋之情。

她从前总是不愿意面对自己的情感,因为这样那样的原因顾虑再三,不敢轻易交出自己的心;可是好几次出生入死,好几次差点失去宋乾,她不得不承认,她无法失去他,她已经爱上了宋乾。

"时八八,我的使命就是保护你安全走出游戏。你离开,我们才有希望。如果你死在这里,游戏又要重新开始,我们好不容易走到现在这一步,你甘心在这里失败吗?"

"如果你死了,还会复活吗?"时八八很清楚,自己是玩家身份,死多少次都没有关系;可宋乾是 NPC 身份,他的身上还有不可预测的跳动数据,存在太多的不确定性,如果他死了,回不来了怎么办?她不敢拿他的命去冒险。

宋乾沉默不语。当初设计游戏的时候,"侦探宋乾"身上就出现了问题,这也是他进游戏来查看的原因。连他这个创造者都不确定"侦探宋乾"是否存在复活的可能性。角色死了可以无数次重来,可这个游戏连接着他的脑电波,进游戏时就强制清洗了他的记忆,而这次一旦伤及他的脑电波,或许他就真的出不去了。

从前也许他会优先考虑自己,可是自从时八八出现,她就成了他所有行动考虑的第一位。

宋乾的沉默已经说明了一切,时八八的心瞬间沉到谷底:"答应我,一定要保护好自己。游戏重来没关系,可我不能失去你,你懂吗?"

"为什么忽然对我这么好?"宋乾心里一片柔软,他摸着她的脑袋,动作温柔。

"宋乾,我喜欢你。"

沉默半晌,他什么话也说不出来,只是紧紧搂住她,眼底有泪花闪烁。

"宋乾,我喜欢你。"她又重复了一遍。

宋乾哑然失笑,低声说:"我听到了。"

时八八眉头微皱,有些不满:"你听到我的告白,就没有一点表示吗?"

"我很感动,却又有点害怕。"

"为什么?"

"一般电视剧里出现这样的场景,就是男女主角生死离别的时候。你的告白我以后再听,我不想我们之间是这样的结局。"

"那好,我收回我的话。宋乾你就是个大混蛋,我一点都不喜欢你。"

宋乾哈哈大笑,俯身在她额间印上一个吻:"可是我爱你。"爱到连命都不想要了。

"打住,这句话我也要等到出去以后听,谁知道你现在表白的是白初寒还是时八八。"她想起在咖啡馆初见时他的场景,心里忽然生了自卑感,如果面对现实的她,他还会这样对她吗?

"在我眼里,你一直都是时八八。"他的声音温柔而坚定。

两人正在地下你侬我侬,地上就没有那般平静了。

厉绍钧没想到那两人竟然从他眼皮子底下消失了,他暴跳如雷,大声吼叫:"掘地三尺也要把他们给我找出来!"

人多到底有好处,别墅被翻个底朝天。很快,那条秘密通道就见了光,时八八和宋乾避无可避,被厉绍钧的人押着走了出来。

黑夜里,厉绍钧冷酷的脸更加凶狠可怕,没等时八八开口,他已一脚踢在宋乾的肚子上。

宋乾闷哼一声倒在地上,时八八要去扶他,却被厉绍钧扼住了喉咙:"苓兮在哪儿?我只给你一次机会。"

话落,旁边的人用刀抵住了宋乾的喉咙,意思是她不说,宋乾就会没命。

时八八憋得脸都要红了,断断续续地说:"他们去国外了,逃跑的事是闵泽文一手安排的,真的不关我们的事。你自己去调查啊,对了,查监控,苓兮逃走的时候,我和宋乾压根没出现。"

"白初寒,你真当我是傻子吗?你见了苓兮不到三天,她就跟那个混蛋走了,这件事你敢说没有你的推波助澜?"厉绍钧气得要发疯,恨不能立刻扭断她的脖子。

"她没了孩子心情不好,我只是去安慰她,你别什么锅都甩我身上。我一个弱女子能干什么?你一个大公司老板干什么非要跟我过不去?你要是有能耐,你去找他们呀,将火发泄在我身上有什么用?"

越是紧要关头,时八八越是巧舌如簧,她说得这样理直气壮,让厉绍钧都有了几分松动。

"我迟早会找到他们,至于你和你的小情人,将不会再有机会看到这一天。"这个丫头实在太会说,他不想再跟她多废话,就当杀鸡儆猴,他要让所有人看看,得罪他厉绍钧到底是什么下场!

厉绍钧松手,毫无表情地看着时八八,面有杀意,令人胆寒。

时八八知道再装聋作哑下去一定会死,眼见厉绍钧的一个手下走过来,一副要解决她的样子,她急忙喊道:"你不想知道苓兮为什么要离开你吗?"

"等一等。"厉绍钧打了个手势,那个手下停止了动作。

厉绍钧低头看她,面无表情。

"因为你和安家小姐的关系。安家小姐让她丢掉了孩子,你看着她在鬼门关走了一趟,却依旧选择和安家联姻。那她算什么?她满怀希望守着孩子,想要与你共建家园,你却一次又一次地背弃她。你想得到更大的利益,选择牺牲掉她的幸福,这还不够,你竟然还想要剥夺她的自由与尊严,让她做见不得光的情人,你不觉得对她太过残忍吗?你口口声声说爱,你真的懂爱吗?"

她字字珠玑,犹如重锤,每一句都锤在厉绍钧的心口,振聋发聩。

厉绍钧瞪大了眼睛,半天没能说出一句话。

每次遇到苓兮的事,他的理智都会土崩瓦解。他何尝不明白这些道理,但他是商人啊,既放不下利益,也放不下苓兮。于是,在每次伤害苓兮后,他总下意识地将所有的错误都推到别人身上,似乎只有这样心里才会好受一点。

"那又如何,我想要什么,没有人可以阻挡。"厉绍钧依旧嘴硬,可眼神却开始动摇。

"你放过苓兮吧,就当是你给她的最后一点怜惜行不行?"时八八觉得每一秒都是那样漫长,人面对死亡,有本能的恐惧,即便知道这只是一场游戏,她依然无法控制身体的颤抖。

"不可能,谁也不能将她从我身边夺走!"厉绍钧的眼神忽然变得坚定,下一秒,他猛地从手下那儿夺过刀,朝时八八挥舞过去。

"唰"的一声,月色下,时八八只看到一道白光闪过,那一刻她感觉时间都凝固了。

"厉总太不给面子了吧,你明知道白初寒是我的人,还要伤她?"莫

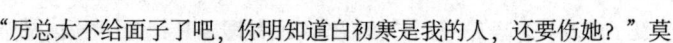

行慎带着一大群人走进门,瞬间将厉绍钧和他手下的人全部包围起来。

莫行慎迈着优雅的步伐走近,弯腰从地上捡起一把锃亮的刀,上面有淡淡的血迹。正是这把他扔出的刀,精准地划破了厉绍钧的手腕,原本对准时八八的那把刀被打偏插进了土里。

此刻,时八八吓得腿都软了——这游戏简直无法无天,怎么可以对女主角用刀!

厉绍钧面色凝重,知道自己带来的人无法与莫行慎抗衡,态度客气了几分:"白初寒与我有些恩怨纠葛,只是吓唬她罢了。"

"吓唬?可笑!厉绍钧,你动别人我不管,但是敢对她下手,就是与我为敌。"莫行慎的眼神变得凶狠起来,想到自己差点失去白初寒,滔天怒意喷涌而来。

"刚刚是我太冲动,只是我的女人被她拐跑,这件事又该怎么算?"厉绍钧现在处于劣势,面对莫行慎的咄咄逼人只能稍稍服软,却依旧不肯低头,毕竟真的打起来,结果无非是两败俱伤。

"苓兮明明就是闵泽文拐跑的,关我什么事!"

时八八插嘴,被两人同时一瞪。

莫行慎走到时八八面前,直接将她打横抱起,眼神有些幽怨:"这件事双方都有错。今天就当看在我的面子上,一笔勾销。你的女人离开你,是你自己的事,你找初寒又有什么用?现在我要带走我的女人,麻烦厉总行个方便。"

厉绍钧在明海市的势力让莫行慎很是忌惮,不到必要时刻,他不想与厉绍钧撕破脸面。

厉绍钧心有不甘,终究还是忍了这口恶气,谁叫人家人多势众!

"好,这件事我可以既往不咎,不过白小姐以后来明海市可要小心些,毕竟不是每次都这么好运。"厉绍钧恨恨地瞪了时八八一眼后,带着自己的人离开了。

时八八暗自松了一口气。

莫行慎哭笑不得:"现在知道害怕了?胆子这么大,竟然敢动厉绍钧的女人,我看你是不想活了。"

"谢谢你愿意来救我。"时八八心虚不已,之前她逃得那么干脆,现在却在这种情况之下被他救了,脸面真是丢大了!

"厉绍钧有现在的结果也是他咎由自取,你放心,我不会像他对他女人那样对你的。初寒,跟我结婚吧。我们以后好好过日子,不要再管那些琐事了,好不好?"他神情温柔,低声哄着她。

"你先放我下来吧,我考虑一下。"她这次不敢再跟他对着来,顺着他的话语回了一句。

莫行慎心里一沉,终究还是不舍地放了手。白初寒性子倔,逼得太紧反而不会有好结果,上一次他的冲动举动已经将她推得更远,他不想与她闹得太僵。

时八八心里记挂着宋乾。

宋乾还躺在地上蜷缩着身子,厉绍钧那一脚就踢得他吐了血。

她小心翼翼试探着问:"宋乾受伤了,可以先送他去医院吗?"

莫行慎的眸中瞬间有了狠意:"他,我自会处理,你不必在意。"

"你跟他走吧,我会好好照顾自己。白初寒,莫总是个值得托付的人,我祝你们有个幸福的结局。"宋乾挣扎着从地上爬起来,沾了血的唇在夜色下格外鲜艳。

他眼眸晶亮,郑重其事地看着她,示意她听话。

时八八表现得越在意他,莫行慎对他就会越差,顺着莫行慎的意思,他才有活路。更何况最后一个结局任务是他亲手设置的,那就是女主角与男主角举行婚礼,整本小说才算画上圆满的句号,游戏大门自会打开。

结局?时八八听到这个词,心中正疑惑,系统的声音已经在脑海里响起:

"叮咚,新任务到达,游戏终章开启。与男主角莫行慎举办婚礼,从此男女主角过上幸福的生活。《恋爱初体验》的秘密就藏在那里,游戏组预祝您在这里有一个圆满的结局。"

时八八嘴角抽搐,这不合时宜的祝福语是怎么回事?算了,系统都是没有感情的程序,她除了接下任务还能怎么办?

"好,我会和他有个好结局的。"她应了一句,随后朝莫行慎露出了一个久违的灿烂笑容。

第二十九章
拥有自己的人生

白初寒的顺从抚慰了莫行慎长久以来躁动不安的心,筹办婚礼的过程更让他感受到了近在咫尺的幸福,心情一好,人也变得温和起来,他好似又变回了那个温和的莫行慎。

他是彬彬有礼的绅士,她是娴静体贴的灰姑娘,他们相互爱慕对方,冲破重重阻挠,终于迎来了期盼已久的婚礼。

大家各司其职,照着系统原本设定的剧情走着,可心里都清楚一切已回不到当初。白初寒对莫行慎没有了爱,而莫行慎心里还在芥蒂她和宋乾的事,只是谁都没有戳破真相,只是各怀心思,等待着结局的到来。

莫行慎想要给白初寒一个最盛大的婚礼,他将公司的事放在一边,全心全意地准备这场婚礼。他想让所有人都看到他的幸福,也想让白初寒知道,再没有别的退路可走,除了嫁给他,她别无办法。

时八八一下子过上了富太太的生活,每天不是陪着莫夫人逛街购物,就是去试婚纱和做美容,总之,日子过得很惬意。她全程懵懵懂懂,被人安排着走,反正莫行慎怎么说,她就怎么做,十分配合。

时八八很清楚,只有自己顺从地配合莫行慎,宋乾的日子才能好过。一周不见,也不知道他到底怎么样了。

游戏终章任务是举行婚礼,那么是不是婚礼结束后,她就能直接走出

游戏？系统总不能安排她洞完房之后再走吧？

这种十八禁的内容，游戏设计者应该不至于丧心病狂加进来，会被举报的！

时八八一边想一边从商场里走出来，忽然迎面撞上一个人，撞得她肩膀生疼。然而奇怪的是那个人戴着帽子低着头，压根没有要停下来的意思，她甚至都来不及开口，那人就已经走远了。

"有没有点礼貌！"她嘟囔了一句。

此时，司机已经将车停在了她的面前。

"不用你开门，我自己进来。"时八八现在还不习惯有人伺候自己，抢先一步上了车。

司机笑了笑，启动车子离开。

时八八坐在车后座上发呆，心里还想着那个奇怪的人。那人身上有一种熟悉的淡淡的香味……电光石火间，她记起林茉用的就是这款香水！

时八八瞥了司机一眼，然后快速地将手伸向购物袋，果然那里面多了一个小盒子！

时八八尽量让自己保持冷静，不让司机发现自己的异样。她装作漫不经心的样子拿出那个小盒子，里面只有一张字条：

想见宋乾，就拨打这个电话，138××××××××。

时八八心焦起来，宋乾明明在莫行慎的手上，林茉给她送来这张字条是怎么回事？

刚回到莫宅，时八八就意外听到宋乾逃跑的消息。

客厅里，莫行慎的脸色不太好，见到她走进来，立刻又换上了笑容，仿佛什么事情都没有发生。他身边的秘书朝时八八打了个招呼，随后匆匆离开。

时八八假装自己没有听到,走到他的身边说道:"今天怎么回来这么早,我都没机会去门口迎接你。"

莫行慎伸手摸了摸她的脸,语气温和:"没有太多事情要处理,有空就回来陪你。"

"那我叫原嫂准备晚饭。"时八八转身要走,却被莫行慎从身后抱住。他下巴抵着她的肩膀,热气呼在她的脖颈上,两人的姿势很亲密。

"这种事你不必操心,你唯一要做的事就是陪我。"

时八八始终不习惯莫行慎的亲密态度,从他怀里挣脱出来:"人是独立个体,都有自己的事情要办,我怎么可能一天到晚什么都不干,就陪在你身边啊。我有工作,你也有工作。"

"工作你要是不想做,也可以不做。"

"我不是这个意思……"他这个重点抓的,时八八表示十分无奈。

"这些都是琐事,不重要。重要的是,你即将成为我的妻子。"他一只手按在她的肩膀上,犹豫了片刻,才说了一句,"宋乾逃走我没为难他。"

他忽然跳到这个话题,让时八八有些惊讶。她辩解道:"我……我没有在意他的事情。"

"我不想要拿他作为筹码,要挟你成为我的妻子。初寒,你心里是有我的,对吗?"莫行慎模样有些可怜,目光期盼地看着她。

时八八心生愧疚。

"白初寒的心里,一直都只有你一个人。"她很认真地回答,没有半点敷衍。

这个答案让莫行慎松了一口气,他的眼角甚至闪着泪光,哽咽道:"谢谢你。"

时八八惭愧地低下了头。

白初寒本来就是属于莫行慎的,她的心里也只在乎他一个人;而时

八八,作为一个意外闯进来的人,她只是在替女主角回答。终章落幕,她终究要离开,希望真正的白初寒能如愿和莫行慎永远地幸福下去。

宋乾好不容易逃出来,直奔自己的住所,却发现里面好似被洗劫过一般,东西被翻得满地都是。平常被码得整整齐齐的文件全数被翻乱,电脑被毁,相框丢失,连桌上的摆件都碎成两半掉在地上。

宋乾叹了一口气,坐在满是纸屑的沙发上,忽然很想笑。根据现场作案手法,起码来过两拨人。可以肯定的是,一拨是莫行慎派过来的人,只为泄愤,所以家具有被砸的痕迹;另一拨人则有可能是他追查过的人,文件被翻得一团乱,估计是为了找证据,不过很可惜他们一无所获。

宋乾早猜到会有人来翻,重要的资料根本没放在这里。

这里已经不安全,他简单收拾了几件衣服,决定去投奔连熊,现在只有连熊能给他提供最有力的庇护。

收拾到一半,忽然听到门外有脚步声,宋乾立刻躲到门后。随后有人探了一个脑袋进来,宋乾伸手一扭,直接将那人拖进来一顿狠揍。

后面的人赶忙进来支援,正面迎上宋乾的拳头,当场被打得流鼻血。宋乾转身立刻往外逃,那两个人跌跌撞撞追了出来,一边跑一边喊:"等等,我们没有恶意,我们是来帮你的。"

宋乾一愣,回头看他们,见是两个西装革履的人,脚步不由得停了下来。他问:"谁派你们来的?"

恰在这时,手机铃声响起,那人举着手机:"我们大小姐的电话,她会亲自跟你说。"

宋乾满脸警惕地接过电话。

林茉的声音传了过来:"宋先生,许久不见。"

"你不会还没放弃莫行慎吧?"宋乾简直要被林茉气笑了,她上次被整成那样,居然还敢妄想莫行慎,真是个不要命的主儿。

"我绝对不容许别的女人和慎哥哥结婚。"林茉哼了一声后开始劝说宋乾,"我想要慎哥哥,你想要白初寒,我知道你看不惯我,但我们的目标是一致的。你应该也不想看到他们在一起吧?跟我合作,我会成全你和白初寒。"

"你现在可是霖川市所有人眼中的笑话,林氏集团现在也不太好过吧。你没有资格与莫行慎抗衡,而我从不跟没有实力的人合作。"

"爱都是自私的,你忍心看着心爱的女人同别的男人结婚?我是没有正面与莫行慎抗衡的能力,但瘦死的骆驼比马大,帮助你们远走高飞我还是能办到的。"林茉情绪激动。

林茉的一颗心都提到嗓子眼上,生怕宋乾拒绝。没有他出面,白初寒根本骗不出来。

"你有这么好心?"宋乾轻笑。这个蠢女人一点心思都藏不住,她那么恨白初寒,怎么可能会成全她的爱情,她要的是毁掉白初寒,毁掉这场婚礼。

"我们是一样的人,帮助你们也是帮助我自己。"林茉紧张得手心出汗,喋喋不休地努力想让宋乾认可她的想法。

电话那头的人良久没有回话。

就在林茉快要绝望的时候,对方忽然说了一声:"好。"

林茉差点以为自己听错了,又重复问了一遍。

宋乾字正腔圆地道:"我同意。"

林茉的眼眸盛放出狠毒的光芒——白初寒,你的死期到了。

时八八按照林茉的指示来到约定地点。

这是一间废弃的仓库,杂草丛生,人烟罕至,很有绑匪片里绑架人质

的氛围。

宋乾就站在废弃仓库的中间,阳光从生锈的屋顶斜射进来,他身着白衬衫,身材高挑修长,十分耀眼。

见时八八进来,他嘴角含笑,朝她招手:"最近过得好吗?"

时八八一步一步朝他走近,脸上带笑:"我很好。"

两人即便不说话,都有甜蜜的气息在流淌。林茉带着一群打手站在暗处,内心十分不爽——这个水性杨花的女人见一个勾搭一个,偏偏慎哥哥就是认准了她,简直是瞎了眼!

"白初寒,你竟然真的有脸来!要是让慎哥哥知道你在这里私会情人,你说他会怎么想?!"林茉一脸愤恨,从暗处走了出来。

"明明是你约我来的,怎么叫私会?对了,我听说你上次在订婚宴上受了刺激,回去后病了好多天,现在精神好些了吗?"时八八语气讽刺,尖牙利嘴地回击。

林茉怒不可遏:"哼,看来你是想念情人心切,竟然真的敢一个人跑来应约。你以为我会成全你们?白初寒,做你的白日大梦吧!"

她一挥手,身后五个彪形大汉拿着大铁棍走了出来,将两人团团围住。

"林小姐,说好的合作,现在是你毁约了,可别怪我不客气。"宋乾将时八八护在身后,扭动了两下拳头,毫无紧张之色。

"怪就怪你们太蠢!"林茉已经迫不及待地想要看到白初寒血溅当场,脸上露出疯狂的笑容——谁也别想抢她的男人!

然而,很快她的笑容戛然而止。

一大群警察不知从什么地方冒出来,让原本空旷的仓库一下子变得拥挤起来,那五个大汉连铁棒都没来得及甩出去,就被连熊带来的一伙人按倒在地,形势一下子逆转。

林茉傻眼,根本不敢相信眼前的一切:"怎么会这样?你们竟然敢报警！好，那就别怪我不客气！"

林茉忽然疯了一般往后退，一脚踩下早已安装好的爆炸装置的控制器。事情走到这一步，那就大家一起死吧！

"咔哒！"

清脆的一声响后，定时装置快速倒计时，嘀嘀的声音让空气都变得凝固起来。

然而所有人根本不在意她似的，只是抱胸站在原地看她，仿佛在瞧一个傻子。

林茉笑得癫狂："你们都不怕死？好，那我们就一起死！"

"嘀嘀"的倒计时声此刻在林茉耳边变成了美妙的音乐，她闭眼享受，等待灰飞烟灭的那一刻。

"啪！"空瘪的响声在仓库里回荡了一下，然后彻底没了声音。

林茉愣住，不可置信地看着宋乾："怎么会没用？你们……你们都在骗我！"

"本来是有用的，被我修改了一下，就变得没用了。活着多好，没事干吗寻死。警察同志，麻烦你们好好给她做下思想工作，人啊，太偏激不好。"宋乾笑嘻嘻地跟连熊搭话，完全忽视了林茉。

自己精心策划的一场局，竟然变成了别人眼中的笑话，林茉一下子瘫坐在地上，满眼绝望："你们够狠。"

时八八走到她面前，神情冷漠："狠的是谁，你自己心里没数吗？你恨我就算了，还想拉这么多人给你陪葬。林茉，你家世样貌都不错，何必为了一个男人走上绝路，没有他你就不能活吗？"

"对，他就是我的全部，没有他我就活不了！"林茉现在破罐子破摔，什么都不怕了。

"这个世界上爱情不是全部，失去一个莫行慎你就不想活，你对得起

你的父母吗？他们那么爱你，宠着你长大，你想要什么给什么，比起很多人你得到的已经够多了。有优越的家庭，宠爱你的父母，可这些全部被你抛诸脑后，生活的重心只追着一个男人跑，你就不感到羞愧吗？"

时八八越说越激动："女人不该依附男人而活，你如果连自己都不爱自己，又怎么指望别人来爱惜你？为自己而活，有想吃的就去吃，有想去的地方就去看，有遗憾就去弥补，有梦想就去追……你的人生不该变得如此狭隘，多为自己活，多为爱你的人想一想。男人算什么东西？凭什么要让他来主宰你的人生？"

林茉被时八八这通激情洋溢的话说蒙了，一脸诧异。有什么东西在脑子里发芽生长，忽然一飞冲天，豁然开朗："我自己的人生？"

那是林茉从来都没有思考过的事情。

"对，你自己可以掌握的人生。"

难以言喻的情绪涌上心头，林茉心里有着说不出的激动，就像一堵墙猛然间坍塌，她看到了墙后面的景色，那么生机勃勃。一瞬间，许多被她忽略的往事涌上心头。父母的关心，她丢掉的梦想，她曾经失去的友谊，她的尊严，她的修养……为了得到一个莫行慎，她失去了很多东西。她到底是怎么了？是从什么时候开始，她的人生就只剩下一个莫行慎？甚至她还要为了他放弃自己的生命！

"太迟了，一切都太迟了，我回不去了。"一滴清泪从眼角滑下，林茉感觉无比心累。这一刻，她竟然被白初寒点醒了，可真荒诞。

"你还年轻，只要你想，一切都可以重来。"时八八拍了拍林茉的肩膀，见她眼里有了动摇，心知事情已成。

时八八在林茉心里撒下了一颗种子，也许现在的力量还很微小，但迟早有一天会长成参天大树，引导林茉走向新的方向。

谁天生注定就是坏人？林茉原本也是被人宠着的小公主，小说给定的人设让她逐渐偏离轨道,哪怕这只是一个游戏世界,对于林茱本人来说,也是她最真实的人生,时八八真心希望她能活出自己不一样的精彩。

送走林茱,是时候该与宋乾告别,她还要去找莫行慎,完成终章任务。

两人相顾无言,享受着这难得的独处时光。

"莫行慎有没有为难你?"时八八终于开口说话。

"只要白初寒好好待在他身边,他就不会太在意我。我能顺利地逃跑,其实也有他暗中授意,这一切我都清楚。婚礼完成后,不出意外,你应该就能出去了。到时候记得去风启集团找人来救我。"他已经放弃让莫行慎激活男主角意志卡,毕竟这是完全不可能的事情。

"嗯,还有其他要说的吗?"时八八期盼地看着他,目光殷切——看着自己与其他人结婚,他心里是怎么想的?会难过吗?

宋乾欲言又止,嘴唇翕动,终究还是摇了摇头。

她眼眸微垂,挥手道别,没走几步,宋乾喊道:"出去之后一定要来找我,我还有很多话要对你说。"

时八八笑了:"好,你等着我。"

回到莫家已是深夜,因为担心莫行慎会多想,时八八是找借口溜出去的,此刻回来有些胆战心惊。

眼见宅子外面一片漆黑,料想莫行慎和莫夫人都已入睡,她心里稍稍放松了一点,蹑手蹑脚地进门直奔自己的卧室。刚进卧室一开灯,就见一个人坐在床上,整个人散发出幽怨的气息,吓得她差点打人。

莫行慎冷着一张脸,抬头望她,一双犀利的眼睛看得她后背发毛。

"回来得这样晚,看来今天玩得很开心。"莫行慎努力控制自己的情绪不对她发火,殊不知整个人散发出的寒意已足够将她冻僵。

时八八脑子飞速运转,纠结是否要说实话。莫行慎很明显在暴怒边缘,

如果说实话,主动提起宋乾,只怕他会立刻暴走;不说实话,他动动手指查出来,反而会引起他更大的怒火。

强烈的求生欲上来,时八八心一横,主动扑进他的怀里,撒娇道:"一天不见,我好想你。"

这娇滴滴的声音,仿佛不是她自己发出的,时八八已经不忍直视自己现在的样子。

莫行慎一愣,也没料到她会突然黏过来,上次两人这样亲近仿佛已经是很久以前。他心头一软,下意识地将她抱在怀里:"你有没有什么想对我说的?"

他的语气和缓了许多,时八八心道有救,将头埋在他肩膀上低声道:"我今天见到林茉了。"

"然后呢?"

"她不同意我们在一起,还想要跟我同归于尽,是宋乾救了我。"时八八有意将重点放在林茉身上,顺带提了一下宋乾,或许这样的讲述方式更能让他接受。

莫行慎叹了一口气,事情的经过他早已知晓,只不过是希望白初寒能主动对自己坦白。她很聪明,说的是实话,却刻意避开他最在意的部分。

"如果不是因为宋乾,你也不会跑出去见林茉,我说得对不对?"

他话说到这分上,时八八哪里还不明白他的用意。她从他怀里退出来,索性敞开了说:"我去赴约,不单单是为了宋乾,也为了林茉。她夹在你我之间一直不肯放手,我们马上就要结婚了,三人之间的关系总该有个了断,我确实是为了去见她。至于宋乾,你不必多心,我既然选择跟你结婚,就不会做出让你甚至让整个莫家蒙羞的事情。"

"上次的订婚宴,我跟林茉之间就已经了断。"莫行慎说起林茉,满脸厌烦。

"单方面的了断不算结束。今天我和林茉已经把话都说开了,她不会再纠缠你,也不会为了你而针对我,所以我们三人的关系是否尘埃落定,最终的决定权在你的手上。"

"我不懂你的意思。"

"林家已经受到了应有的教训,你不要再为难他们。念在往日的旧情上,你放过林家吧。"

"所以你绕了一圈,是在为林茉说情?"如果不是林茉,他和白初寒的关系何至于走到这一步?更因为林茉的设计,让宋乾钻了空子待在白初寒身边这么久,莫行慎恨不得让林茉以死谢罪。

"不是说情,我只是想要有个了断。林茉已经不想再与我们有关联,你若一直不放过她,将人逼到绝境,说不定会走上同归于尽的结局,我不希望留下隐患。"

要不是宋乾早有防备,林茉是真打算与她同归于尽,这样的事情时八八不想再经历一次。虽然林茉已经被警察控制,短时间内不可能出现,但这是游戏世界,什么事情都有可能发生。

莫行慎懂白初寒的顾虑,既然连她都不在意林茉的事情,自己也没必要对一个女人赶尽杀绝,林茉毕竟是与他从小一起长大的人,多少有点感情在。

"好,一切都依你。"

时八八暗自松了一口气,总算顺利过关,然而很快又听到莫行慎说道:"我们的婚礼不到一周就要举行了,在这之前,我不希望你再因为宋乾的事私自跑出去。初寒,这是最后一次,你听懂了吗?"

他心里终究还是介意宋乾的存在。

时八八郑重地点头:"我明白。"

宋乾在连熊家的书房安顿下来，打算等他家里重新装修好再离开，然而竟意外发现连熊的书桌上摆放着一份"无脸杀手"的文件。

"侦探宋乾"的宿敌"无脸杀手"。

身为侦探线的最大反派，无脸杀手的能力设定与宋乾不相上下，甚至更胜一筹。作为游戏里最大的Boss，要么侦探赢，游戏通关，要么侦探死，游戏失败。宋乾作为设计者很清楚，侦探死的概率占七成，这才是最让他担忧的事情。

按照游戏进度，侦探线的大反派不应该现在出现，起码还要再经历三个案子，那么唯一的解释是有人在外面操作系统，调快了游戏进度条，如此说来……

宋乾心里忽然猛烈跳动，抬头往上看，指着空气喊道："你站在屏幕前观看游戏对不对？将Boss提前放出来，你的意图是什么？你想要看到什么？"

四周很安静，良久没有任何动静，就在宋乾自我怀疑时，半空中忽然亮起蓝色的光点，最终汇聚成四个字——游戏价值。

宋乾心里一动，新的希望涌现出来，或许现在观看游戏的就是投资商，他们想要看到游戏的价值！

这一猜测让宋乾兴奋不已，看来前面不管是刀山还是火海，他都要去闯一闯了！

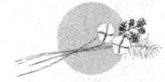

第三十章
我需要你的承诺

无脸杀手很快给宋乾传递了新的信息。

连熊接到一起电话绑架案,对方绑架了余娇娇,但要的不是钱,而是宋乾。

"我们终将在地狱相见。"对方说完,就挂了电话。

所有人一头雾水。

这个要求太奇怪,对方使用了变声器,连熊无从猜测对方的身份,网络小组监测到打电话的地方就在市中心最高的摩天大厦。摩天大厦有60层,每天都有无数的上班族往来,人群密集且流动性大,GPS定位也不准确,对方可以藏在这60层的任何一个角落,由此可见对方有反侦察意识。

连熊紧张地说:"此人十有八九与你有仇,故意设下圈套引你进来,你千万不要冲动独自前往,不然我们谁都救不了你。"

"你放心,我知道轻重。只是有一点我很奇怪,他为什么会选择余娇娇?"宋乾思考着。他知道这个绑匪就是"侦探宋乾"的宿敌无脸杀手,只是他早跟余娇娇没联系了,对方选择绑架余娇娇的理由是什么?

"你记不记得余娇娇有一次在网上公开向你求婚?我怀疑绑匪是误会你和她之间的关系了。"连熊分析道。

"这都多久之前的事情,他的信息未免太落后了吧!"宋乾满头黑线,

同时心里庆幸被绑架的不是时八八。

说到这里，他猛然想起自己被翻得乱七八糟的房间，上面放着一个装有余娇娇照片的相框意外丢失。那是当初时八八为了撮合他们俩，死乞白赖放在桌子上的，刚开始他是懒得与时八八争没有丢掉，后面是舍不得那个相框，便一直留在书桌上。

无脸杀手去过他家里，并且拿走了相框！只是无脸杀手猜错了，他在乎的不是相框照片里的余娇娇，而是送相框的人。

两个巧合凑在一起，余娇娇成了倒霉的替罪羊。

"我昨天在你的书桌上看到一份文件，是一桩连环杀人案，每个死者都是罪犯，而凶手是一个戴着空白面具的男人，你标记为'无脸杀手'。"

"难道这次的绑架案是无脸杀手做的？可是这不符合他一贯的行事作风。"连熊十分吃惊，完全没料到这两件事会有联系。

根据按他搜查到的信息，无脸杀手的目标都是犯下重大案件的罪犯，余娇娇显然不是罪犯，她是一个良民啊。

"他是一个自尊心很强的人，自诩审判者凌驾于整个人类之上，以自己的准则审判有罪的人，所以他不允许有任何人挑战他的权威。之前我解决的案子中，或许有他盯上的人，但没等他出手就被我们先一步抓获，所以他此举应当是在向我们挑衅，表达不满。不过好处是暂时不用担心余娇娇的安全，他不会随意对无罪的人下手。"

"你怎么会对他这么了解？"连熊有点意外，毕竟这个案子他从没跟宋乾透露过半分，而宋乾却表现得比他更了解无脸杀手的样子，这让他很挫败。

"有些人生来就注定是宿敌，我和他就是这样的存在。"宋乾笑了笑，没再多言。

连熊或许不知道，无脸杀手早已在电话里告诉了宋乾见面的地点。

地狱，很明显，就是地下停车场。

摩天大厦的地下停车场。

晚上，摩天大厦里静悄悄的。

宋乾一个人走在地下停车场里，里面没有灯，漆黑一片，只能听到自己的脚步声。

他找了一圈，不见无脸杀手的踪影，心里躁动起来。幽暗的环境让他十分不适，这好似是一场心理战，要熬到他心理崩溃。

慢慢地，他逐渐适应了幽暗的环境。

大约过了半个小时，隐隐约约的哭泣声从黑暗深处传来，气氛显得越发诡异。

他高声喊道："余娇娇，是不是你？"

声音在停车场里回荡着，很快便淹没在黑暗之中，宋乾紧张地咽了下水，不再吭声。

哭声断断续续，从四面八方传过来，感觉好像有一群女人围着他哭，个个哭得幽怨惊惧。

宋乾心烦意乱，强迫自己冷静下来。他闭上眼，仔细感受周围的每一处动静。

微弱的风从出口的方向吹过来，中间没有阻碍物，直直吹向另一边。黑暗中宋乾的感官变得格外灵敏，风的触感告诉他，这两个方向没有人，那么另外两个方向呢？

他小心翼翼地往后方挪去，是一面结结实实的墙。那么，只剩下一个方向了。

于是，宋乾直直地往前走。

走了大约一百米，女人的哭声越来越明显，他拿出一枚硬币往前扔，

圆圆的硬币往前快速滚动，触碰到一个塑料盒子停了下来。

宋乾走近一看，竟然是一个播放器在反复播放哭声。

他不由得哭笑不得，这无脸杀手还挺会搞气氛。

"啪嗒！"

身后传来一声脆响，他立刻紧张地直起身来，警惕地望着那个突然出现的黑影。

"谁？是你吗？"宋乾喊道。

黑影没有任何回应。

对峙了良久，宋乾终于忍不住，他从怀中掏出一把刀准确地朝黑影投掷过去，刀尖划破了黑影的衣服，发出布料断裂的声响，但奇怪的是，黑影没躲，只是微微晃动身形，仿佛游魂一般。

宋乾发觉不对劲，两步并作一步跑了过去，抡起一拳过去，却扑了个空——黑影飘然落地，竟然是用线控制的衣架，外面挂着一件布袍，在黑暗中看起来仿佛真人一般。

"既然约我见面，何必弄这些虚的东西吓唬人，不如面对面将话说个清楚？"宋乾心里憋了一肚子火，被人戏耍了一次又一次，他竟然连对方的人影都没见到。

"咳咳……"被踢倒的播放器此刻发出了声音。

对方依然使用了变声器。

"你的心理承受能力不错，这点我很满意。我翻看了你之前追查过的案子，行事大胆却不鲁莽，总能从细微之处抓住关键点。宋乾，我很欣赏你。"沙哑的声音回荡在停车场之中，带着隐隐的笑意。

"所以，你的目的是什么？"

"你跟我是一类人，嫉恶如仇，痛恨世界的不公。曾经我们都是满怀梦想的青年，想要为这个世界贡献自己的力量，守护所有人的安宁，可惜这个世界早已乌烟瘴气，那些高高在上的人只为争权夺利，世界会堕落成什么样他们根本不在乎。我想要改变这个腐烂的世界，我想要让所有的罪恶都有它应有的结局。加入我吧，跟我一起改造这个世界，让它重归完美。"

对方的声音极为蛊惑，且很有煽动性，宋乾竟然有一刹那的心动。若非他已经觉醒，或许真的会考虑合作的可能性。

宋乾尽量让自己冷静下来，捡起那个播放器。这款播放器是用蓝牙连接控制的，换言之，无脸杀手一定在这附近。

"你想要找我合作，却绑架我身边的人，是不是太不够诚意了？"宋乾说道。

"别紧张，余娇娇我已经送回去了，你知道的，我从不滥杀无辜。"

"空口无凭，我要先确认她的安全。"宋乾说着举起手机。

当然不是打给余娇娇，而是给一直在外潜伏的连熊释放信号。

"别演戏了，你真正的心上人是白初寒，那个女人此刻正待在莫宅准备婚礼，我说得对不对？"无脸杀手发出了难听的笑声，"我正是因为诚心想与你合作才绑架了一个无关紧要的人，你若是执意要与我作对，我也是有能力对白初寒动手的。"

宋乾心头一紧，声音变得颤抖："你想怎么对付她？"

"真是情种，人家抛弃你奔向别的男人怀抱，你还这么紧张她。你放心，我还没打算对她动手，只是想跟你谈谈条件，聊聊合作而已。"

"你不是说你从不滥杀无辜吗？"

"成大业不拘小节，有时候必要的牺牲是无法避免的。"

宋乾一听这句话，怒火腾地上蹿，拳头不自觉握紧，不停告诫自己别冲动。

"你连面都不露就说想要跟我合作，我觉得很没诚意。你的提议我可

以考虑,但我要先见到你。"

骨碌碌,一枚硬币滚到他的脚边。

宋乾听到有脚步声在朝他靠近,一个黑影站在一百米开外:"现在你看清了吗?"

宋乾一颗心提到了嗓子眼,他快速朝黑影跑过去,用手机的手电筒照过去。

对方穿着一条洗得发白的牛仔裤,上身是皱巴巴的白色T恤,脸上戴着没有五官的白色面具,整个人如同幽灵一般。

瞧见宋乾突然靠近,他没有动,而是第一时间扔出一个圆球,将宋乾亮灯的手机打飞出去。

这时,连熊带着人冲了过来。

与此同时,镜片碎裂的声音响起——是宋乾一拳砸碎了足有两米宽的大镜子,哪里还有无脸杀手的踪影。

"打开灯,找人!"连熊一看这情况全明白了。警车的灯将地下停车场照得通明透亮,找了许久,就是找不到无脸杀手的半分踪迹。

"这只是他对我的一次试探,我没有通过他的考验,一定还会有下一次。"宋乾从打碎镜子那刻开始就知道自己失败了,无脸杀手那样狡猾的人肯定早已给自己找好了退路,他发现得太晚了。

"白初寒,快去找白初寒。我这次激怒了无脸杀手,为了逼我就范,他一定会去找她。"宋乾很快反应过来,拉着连熊直奔莫宅。

时八八马上就要走完剧情,这时候不能有半点闪失。

宋乾越想越怕,时八八肩负着他所有的希望,更重要的是,他不想看到她受伤害,即便这只是一场游戏。

宋乾拉着一大帮警察半夜堵在莫宅大门口,让时八八十分吃惊。

她第一时间跑出来,满脸惊诧:"发生什么事,来这么多人?"

话音未落,莫行慎带人从别墅里走了出来,见是宋乾,瞬间变了脸色,语气充满愤怒:"宋乾,你什么意思?"

"有人想对白初寒不利,我怕她出事。"宋乾此刻才想起自己身份的不便。人家结婚前夕,他大半夜跑到人家家里来说要保护准新娘,这种不合理的要求,准新郎会答应才怪。

"她自有我保护,你有什么资格说这种话?"莫行慎瞟了一眼他身后的警察,心中冷笑,这家伙莫不是带着警队的人来抢人?也太嚣张了吧!

一看局面僵持不下,连熊站了出来:"莫先生别生气,我们真是为了白初寒好。刚刚由于我们的失误,放跑了一个嫌疑犯,那人之前亲口对宋乾说过,白小姐就是他的下一个目标,事态紧急,我们也是为了白小姐好。"

时八八也跟着打圆场:"连队长一向说一不二,连他都跟着跑到这里来,说明情况确实不乐观。不如我们先进去再详谈吧,这么多人站在门口也不合适。"

"让他们进来吧。"莫夫人也被惊动,披着外套站在门口淡淡开口。

现下莫家可是媒体的重点关注对象,大半夜一群警察站在莫家门口,若是传出去,不知要惹来什么非议。

有了莫夫人开口,莫行慎这才不情愿地点头。

一大帮人走进别墅,原本宽敞的客厅也变得拥挤起来。

宋乾有所保留地将事情经过说了一遍,将重点落在白初寒有危险上,至于她为什么有危险则说得含糊不清。

莫行慎奇怪无脸杀手冒出来的时间点,特意让人打电话找余娇娇核对,没想到竟然是真的,还有一天就是婚礼了,这让他如何心安?

"婚礼那天最适合趁机作乱,我们的主要任务就是保证白初寒的安全。那一天还请莫先生加强守卫,我们会派两个人时刻跟着白小姐,这也是为

·263·

了安全考虑,白小姐您应该不会介意吧?"连熊安排着。

时八八瞟了莫行慎一眼,没说话。

见她先征求自己的意见而不是擅自做主,莫行慎心里得到了满足,答应了连熊的要求,不过加了一点,两个时刻跟着白初寒的警察必须是女警。

几人说妥,连熊也不便久留,拉着宋乾就要离开。

离开时,宋乾回头看了时八八一眼,满心忧虑。

时八八朝他点点头,示意他不用担心。

其实她更担心的是宋乾,毕竟无脸杀手是冲着他来的。

婚礼如期举行。

这次婚礼办得格外盛大,轰动了整个霖川市,参加婚礼的人自然是多不胜数,出动的安保人员也比寻常多了三倍。

毕竟关系着白初寒的安危,莫行慎不敢掉以轻心。

酒店里三层外三层围满了人,每个进来的人都要进行身份核对,确保不会有闲杂人等混进来。

时八八被安排在化妆室待着,门口还守着两个女警。

宋乾猜不出无脸杀手会用什么手段对付她,心里很慌乱。只要事情涉及时八八,他就没办法保持冷静,只默默守在离化妆室五十米的地方,时刻观察动静。

一切有序进行。

婚礼台布置得如梦如幻,时八八在众人的簇拥下被人扶着一步步走上台。莫行慎身着白色西装,身材挺拔修长,他本就生得好看,拾掇一下更是闪闪发亮,随时都能听见台下女人们的惊呼声。

试问霖川市哪个女人没有梦想过嫁给莫行慎?如今亲眼看到他结婚,女人们心中皆是百味杂陈,而男人们则是庆幸少了一位劲敌。

时八八穿着手工定制的白色婚纱,越发显得美丽、高洁,她看起来仿佛浑身都在发光,牵引着所有人的心。她深吸一口气,慢慢朝莫行慎走去,明知道这只是在走任务,她依然紧张得要窒息。她无措地往下面看去,目光最终停留在那张熟悉的脸上,宋乾朝她微笑,默默给予她力量。

宋乾忽然很后悔设计这个环节,明明是皆大欢喜的结尾,为什么他的心里会如此酸涩?亲自送喜欢的姑娘和别的男人结婚,这感觉真是糟透了。什么叫搬起石头砸自己的脚,这就是血淋淋的现实。

宋乾努力平复自己的心情扭头看向人群,每个人都在观赏这场盛大的婚礼,表情却各有不同。有的羡慕、有的嫉妒、有的不屑,真是各怀心思,众生百态。他快速扫过这些人,忽然,视线停留在人群的后面,那里有一个戴着白色面具的人,一双眼冷冷地盯着台上的新娘。

宋乾一颗心提到了嗓子眼,挤过人群快速朝那人靠近,其他警察接到他的信号,也一起往人群里钻。

场面开始变得混乱。

"白初寒,你是否愿意与你面前的这位男士结为合法夫妻,不管生老病死,贫穷富贵,你都愿意与他一生一世永不分离吗?"

主持人悠扬的声音在大厅内回荡,时八八紧张得口干舌燥,始终觉得背后有一道阴狠的视线在盯着自己。

莫行慎一脸期待地看着她,她强压住心里的不适,开口回答:"我……"

"站住,别跑!"宋乾高喝一声爬上婚礼台。

时八八猛然一回头,就看见宋乾扑了过来。

所有人都来不及反应,就看到一个戴着白色面具的男人在离白初寒一米远的地方被宋乾扑倒,两人同时摔在地上,婚礼突然被打断。

一切来得太突然,有人受到惊吓发出尖叫声,有胆小的已经开始往外跑,场面顿时变得混乱不堪。

宋乾一把揭掉男人的面具,厉声喝道:"你到底是谁?"

然而令人意外的是,面具下是一个十六七岁的男孩。男孩一脸惊恐,懵懂地看着宋乾:"我……有人告诉我,如果……觉得姐姐漂亮,就给她献花,我……我只是想祝福新娘子。"

男孩被宋乾吓到,竟委屈地哭了起来。

不是无脸杀手!宋乾心中直呼不妙,他再一次错过了最佳时机,该死,他为什么就不能再细心一点!

他一拳捶在地上,满心愤恨。忽然,一道锐利的视线穿过人群落在他的身上,仿佛感知到什么,他猛地抬头,正对上那双眼的主人。

对方生了一张雌雄莫辨的脸,个子不高,身材纤细,女服务员打扮,普通得让人过目就忘,只见他张开嘴无声地说了一句:"Game over!"

宋乾心中警铃大作,眼睁睁地看着他瞄准自己,扣动扳机。

这一刻,宋乾什么都明白了。

原来无脸杀手大张旗鼓地说要对白初寒下手,实际上真正的目标是他!无脸杀手很清楚白初寒对他有多重要,于是放出烟雾弹让他乱了阵脚,然后找准机会一举击毙他。

"小心!"

无脸杀手扳机扣动的瞬间,一个白影挡在了宋乾的面前。

枪声让尖叫声此起彼伏,原本就混乱的场面变得如同煮沸的水,即便警队人员全部出动,一时都无法控制局面,而无脸杀手也趁此机会混在人群里不见了踪影。

新娘大庭广众下被杀,恐慌的情绪在蔓延。

此刻,时八八脸色苍白地躺在地上,胸前开了一朵血色的花。殷红的血染红了白色的婚纱,她的身体因为疼痛而微微抽搐,她侧头看着宋乾,

宋先生,请冷静

挤出一丝笑。

宋乾跪在地上,将她抱在怀里,惊惧得一句话都说不出来。他努力按着她的伤口,似乎这样就能阻止血液的流出。

"怎么会这样?怎么会这样……"他仿佛失了心智,不断地重复着这句话,泪控制不住地一滴一滴落下来。

"你放开她!"所有的事都在一瞬间发生,莫行慎上一秒还满怀期待迎娶心爱的女人,下一秒她已经躺在血泊中奄奄一息,他瞬间崩溃了。

莫行慎一把推开宋乾,转身将时八八紧紧抱在自己怀中,脸上全是惊惧之色,不断喊道:"叫救护车,快叫救护车!"

莫行慎颤抖着擦拭她额头的汗珠,勉强挤出一丝笑:"没事,我这就带你去医院,你很快就会好的。"

"对不起……"没能履行约定,后半句话她还没说出口,血就从嘴角流了出来,她痛得说不出话了。

莫行慎吻着她的脸,眼里全是痛楚:"我不需要对不起,只要你好好待在我身边,你要什么我都答应你。"

时八八挣扎着抬头望向他:"真的吗?你什么都愿意答应我?哪怕是跟宋乾有关的?"

莫行慎眸中有愤恨之色,这个时候她心里想着的竟然还是宋乾!

莫行慎沉默片刻,见她奄奄一息的模样,终究不忍见她伤心:"只要你活着,我什么都答应你。"

时八八放心地笑了,有他这句话,她就有机会带宋乾一起出去。

"痛不痛?"宋乾蹲在一旁,心碎欲裂。

宋乾从来没有这么强烈的挫败感,所有的信心都在时八八为他挡枪的瞬间坍塌,无脸杀手比他想象中的还要狡猾。

当初角色形象设计时,无脸杀手就一直戴着面具,他要忙的事情太多,根本没见过无脸杀手面具下的模样,所以从没想过无脸杀手竟会以女服务员的形象出现,这实在是个重大失误。

"这么大一个伤口,你说痛不痛。"时八八调笑了一句,见宋乾信心全无的样子,攒着劲儿努力说,"如果再给你一次机会,你有没有信心制伏他?"

宋乾怔了片刻,脸上忽然有了喜色,他好像一直忽略了一件事!

时八八朝他点了点头,手指一动,闪着淡淡蓝色荧光的卡片瞬间出现,正是做副本任务时掉落的复活卡。

莫行慎完全不明白他们在说什么,看到她原本空空的手中忽然出现一张奇怪的卡片,他更是震惊不已:"这是什么?"

"你的承诺会一直有效吗?"时八八抓紧莫行慎的手,殷切地问。

莫行慎点了点头,她又痛又开心:"谢谢你。"

随后她闭上眼睛,脑中蓝光一闪,复活卡启动。

系统发出提示声:"复活卡已被激活,时间将回到五分钟之前,请玩家做好准备。"

"嘟!嘟!嘟!"

时八八眼睛一睁,发现自己正站在莫行慎面前,听主持人宣读誓言。

莫行慎还保持着先前悲伤的表情望着她,他的记忆里,明明她正躺着他怀里一点点失去生机,怎么现在又回到了几分钟之前,难道是他出现幻觉了吗?

时八八主动拉住他的手,凑到他耳边悄悄说:"别怕,我会完成我们之间的约定。"

莫行慎瞪大了眼睛看着她,满脸不可置信。

这一切到底是怎么了?

莫行慎还在茫然之中,宋乾早已做好了重来的准备。

他先一步朝无脸杀手的位置靠近,同时呼叫连熊带人缩小包围圈,时八八用一条命换来的机会,他必须成功。

此刻人群里出现异动,戴着白色面具的人爬上婚礼台向新娘走去,无脸杀手的目光也随之跟了过去,他摸了摸手中的枪,只等待宋乾出现。

忽然,一个人从后面将他紧紧箍住。

无脸杀手奋力反抗,刚要拿出枪,手被人用力一扭,发出咔嚓声响,他右手骨折,枪也飞了出去。

紧接着,一群便衣警察蜂拥而上,将他按在地上捆得结结实实。

无脸杀手发出愤怒的吼叫声,将周围的人吓了一跳。

"警察办案,大家继续,不要在意我们。"连熊出示证件,挥手下令将人带出去。

全过程不过一分钟,虽然引起了小小的骚乱,但很快平息下来。

时八八和莫行慎在台上目睹了一切。看到宋乾成功抓获无脸杀手,两人同时放下心来。莫行慎到底是见过大场面的,仅仅迷茫了一分钟,很快恢复正常,继续婚礼,然而心中的疑惑变得越来越大。

"现在新郎可以亲吻新娘。"

众人开始起哄,莫行慎凑到时八八的耳边:"我需要一个解释。"

"等一切完成,我会原原本本将所有的事情说给你听。"时八八笑容狡黠,"只要你遵守承诺。"

白初寒的样子熟悉又陌生,莫行慎隐隐感觉到,一个未知的世界在向他靠近。

第三十一章
尾 声

喧嚣过后,房间里只剩下两人,他们面面相觑。

莫行慎压抑了那么久,已经要被好奇心逼疯,拉着时八八迫不及待地想要知道真相。

"你还拥有我被枪打中的记忆,对吗?"时八八不急不缓地问。

莫行慎用力点头,他的表现还不够说明问题吗!

"应当是使用复活卡时我们靠在一起,所以对你也产生了影响。其实,时间重来这种事,已经不是第一次发生,只是之前的事情你都不记得了。"

"时间重来?"莫行慎一头雾水,这实在超出了他的理解范围。

"除了我们现在所处的世界,外面还有一个世界,那个世界的人可以控制这个世界的人物以及剧情走向,而我,就是来自那个世界的人。你……应该感觉得出,我和你记忆中认识的白初寒有所不同。"鉴于上一次跟宋乾坦白让他精神崩溃的教训,时八八决定采取温和一点的解释方法,不至于让莫行慎也跟着崩溃一次。

"外面还有一个世界?那你是谁?"白初寒的解释荒诞,却莫名让他心惊。

他清楚地记得,那一次他守在洗手间门口,她却在里面凭空消失,那不是一般人可以办到的。那件事一直让他耿耿于怀,毕竟太过匪夷所思。

"我姓时,叫八八。"说起这个名字,时八八莫名心虚,不禁又一次吐槽自己不靠谱的老爹。

莫行慎微微皱眉,没有就她的名字进行深刻探讨,只问:"如果你是时八八,那白初寒去了哪里?"

"只要我离开,她就会回来。你不要担心,我一定会把她给你送回来的。你看,婚都结了,以后你们可以开开心心幸福地在一起了。"时八八连忙解释,生怕他因为白初寒的问题跟自己翻脸。

然而他只是露出失望的表情:"你每次跟我待在一起都会很紧张,我让你这么有负担感吗?"

时八八很诧异,他竟然没有追问白初寒的事情,语气反而带了一丝怨妇气息,这是怎么回事?

"你那么完美,让人有负担感是很正常的事情。"时八八吹起"彩虹屁",莫行慎表情和缓了一点。

"宋乾呢?他知道你的事情吗?"

时八八端坐在沙发上,语气带了一点心虚:"我们来自同一个世界。"

"难怪你对他那么上心。你们世界的人挺厉害的,不仅能让人凭空消失,还能让人原地复活。我知宇宙无垠,有时也常常想会不会有另一个世界的人存在,不承想竟然就发生在我身边。时八八,你觉得我怎么样?"

时八八愣了片刻,眼见会谈气氛一片大好,莫行慎竟然意外接受了她的说辞,果然是干大事的人。她连忙回道:"你特别好,有见识有本事,长得好看还有钱,对女朋友一心一意,简直挑不出一点毛病。"顶多也就是过分听从母亲的话。

"那你愿意待在我的身边吗?"莫行慎抬眸,眼中盛满星光。

时八八心里惊诧,不知他的意图,弱声回道:"你不是已经有白初寒了吗?"

她果然还是避开了这个话题,莫行慎心里有点失落:"其实你也不错。"

莫行慎不记得自己是因为什么开始喜欢白初寒,好像生来他就应该对白初寒一见钟情,毫无道理可讲。可是这段时间与时八八的接触,让莫行慎某些被封闭的感情逐渐复苏,他喜欢时八八的灵动、调皮、勇敢,甚至她生气愤怒的样子,他都觉得格外生动。

从前白初寒是莫行慎的理想妻子,可是现在不受控制的时八八,反而更让他心动。

莫行慎不明白,怎么一切忽然就变了。

"我脾气不好,长得也没白初寒好看,她跟你是最般配的。"时八八激动地喊了起来,瞧他这意思,不会是看上自己了吧?

莫行慎无奈地笑了,她终归和自己不是一个世界的人。按部就班的人生过惯了,他不想要再起波澜,何况他一直追求的不就是和白初寒回到当初吗?留不住的人,不如一开始就不抱希望。

莫行慎问:"你什么时候离开?"

时八八吞咽口水,紧张地看了他一眼。婚礼结束后,系统已经提示她可以离开,之所以她会坐在这儿跟他详谈,当然是为了宋乾。说好一起离开,那就必须一起走。

"你还记得之前对我的承诺吗?"她小心翼翼地问。

"有关宋乾?"他的脸一下子沉了下来,看起来很不高兴。

"他需要你的帮助,才能离开这个世界。"

"如果我拒绝呢?"莫行慎漠然地看着她,即便无法拥有,他也不想看到她与别人双宿双飞。

"你不是一直讨厌他吗,如果他离开,就没有人碍你的眼了。"时八八着急起来,他不会说话不算数吧?

"可是我更愿意看到你们不在同一个世界。"莫行慎说完,有种报复的快感。

"如果他无法离开,那么白初寒也不会回来。"

"你威胁我?"莫行慎眼睛一瞪。

时八八腿一软,跪在他面前,哀戚地说:"不是威胁,我就是想求你。之前你明明答应我,无论什么要求都会为我办到,你不能说话不算数。"

她说着说着就变成了撒娇,看得莫行慎哭笑不得。

"既然我答应你了,自然会办到,不过我还有一个小要求。"他一向吃软不吃硬,本来也没打算真的为难她,语气便松了下来。

"你说,只要我能办到,一定答应。"她眼睛立刻亮了,激动地看着他。

莫行慎一脸严肃地将脸凑过去:"亲我一下。"

这、这是在调戏她吧?

时八八因太过震惊,愣在原地没动。莫行慎明明知道她不是白初寒,怎么还做出这番举动?大哥,你的深情人设呢?

对方呆呆傻傻的样子看起来可爱极了,莫行慎嘴角控制不住地上扬,眉眼里全是笑意。他主动靠近,轻轻吻了一下她的额头:"你说吧,需要我怎么做?"

时八八慌乱之余不忘办正事,她飞快取出男主角意志卡递到莫行慎手中。

"你只要心里默念让宋乾离开就行。"

"这能管用?"他拿着小卡片,摸起来很光滑,金属质感,带着淡淡的蓝色荧光,他依然不敢相信一张小卡片有如此大的力量。

"别管这么多,你先按我说的做。"时八八就怕他反悔,连忙催促。

莫行慎闭眼,试探着念了一句。突然,一道蓝光闪过,然后一切又恢复了寻常。

虽然说不出是什么滋味，但他就是能觉察出这世界上少了一个人的气息，这种感觉实在太微妙了。

时八八仰头看着他，着急地问道："他出去了吗？"

莫行慎犹犹豫豫地说："好像……离开了。"

"这么快！"时八八激动地在原地走来走去，慌慌张张地拨通了连熊的电话。

那边的回复是，宋乾忽然晕倒失去意识，现在已经被送往医院。

一切来得太快，她自己都反应不及，只能在心里疯狂呼叫系统："宋乾离开了没有？"

系统说话慢悠悠，语调幽怨："应该是离开了，我看侦探区的系统灯都暗了，你也赶紧走吧。我好像中病毒了，出去之后你记得叫人赶紧把我修复好，我现在有点难过。"

时八八得到答复，开心得跳了起来。她主动扑进莫行慎的怀里，眼角有泪花在闪烁，哽咽道："谢谢你，真的谢谢你。"

莫行慎爱怜地拍了拍她的头："我答应你的事情就一定会做到。"

"我……也要离开了，祝你和白初寒幸福。"时八八眼底蓄满泪水，轻轻靠在他的肩膀上，然后慢慢闭上了眼。

再见了，这个奇妙的世界。

"很高兴遇见你，时八八。"他在她耳边呓语。

一滴泪从她眼角滴落在他的肩膀上，他低头蹭了蹭她的头发，察觉到怀中的人慢慢失去了意识。

她面容安详，呼吸均匀，如同睡美人一般，可是他很清楚，时八八不会再回来了。

不知过了多久，怀中的人忽然有了动静，她眼珠子动了动，在他怀中缩了一下，莫行慎低头轻轻吻在她的眼睛上："白初寒，欢迎回来。"

宋乾离开的时候,还在跟连熊聊案件细节,忽然一股电流猛烈冲击他的脑子,他眼前一黑便失去了意识。等再度睁眼,他正躺在会议室里,外面已是天光大亮。

宋乾只觉头痛欲裂,按着太阳穴从椅子上站了起来。

外面的人听到动静赶忙推门跑进来,见他醒了,露出笑脸:"谢天谢地,老大你终于出来了!"

宋乾还没从上一个情景抽离出来,懵懵懂懂地问了一句:"怎么回事?"

"本来风启集团的投资商想要废除侦探线,你不是先一步进到游戏里试玩吗,他们看你玩得不错,觉得侦探线有点意思,就撤回了原先的决定。"

"我还有更多惊喜要跟他们讲,快把资料拿过来,准备开会。"宋乾心里狂喜。

一觉醒来,他还是那个最出色的游戏项目策划人。

时八八终于在自己熟悉的房间睁开了眼,那本书还在枕边静静躺着,在游戏里经历了那么多事,她一时还没适应真实的世界。

下意识地拿起手机一看,她心里有点震惊:"竟然才过了一天!"

游戏里的时间过得真慢,她以为过了好几年。

"原来回来是这种感觉。"她起身在自己小小的出租房转了一圈,脑子还在发蒙。那些人真真切切在她生命里出现过,如今一觉醒来,竟然如同黄粱一梦,一切都显得那么不真实。

不知道宋乾怎么样了,他安全地回到现实了吗?他……还会记得她吗?

时八八心里变得不自信。镜子前是一个面容苍白、身材娇小的女孩,因为常年不见阳光所以皮肤有些病态白,五官还算清秀,但如果和白初寒

那样的大美人站在一起,立刻变成路人甲。想到这里,她暴躁地揪住了头发。

现实中哪里来的主角光环,宋乾会喜欢这么平凡的她吗?

她很想立即跑出去找宋乾,又有些胆怯。如果她变得更优秀,是不是就能光明正大地出现在他面前了?

时八八开始了新的生活方式,每天跑步健身让自己变得阳光活力,克服心理障碍出去找工作,想早日摆脱无业游民的身份。

她一定要以最好的姿态出现在宋乾的面前!

半个月后。

风启集团新的游戏发布会全网直播,瞬间引爆一股新的游戏狂潮。

英俊的宋乾出现在电视新闻里,很快俘虏了无数迷妹的心。电视里的他,身着黑色西装,头发梳得光亮,看起来神采奕奕,气质体态都非常好,与"侦探宋乾"判若两人。脸还是那张脸,可整个人的气质不一样了,时间过去这么久,时八八更加没自信去找他。

令她意外的是,新游戏名称叫《侦探笔记》,竟然是把侦探线作为游戏主打,原先开发的言情区反而成了彩蛋和副本区。难道中间又出了什么变故?

《侦探笔记》上线后,以其生成独家记忆的不可复刻性占据了游戏领域的半壁江山,侦探线案件设置别出心裁,兼具推理与娱乐性,获得一批推理爱好者的推崇,而做副本的言情区以其精美的画风和浪漫的言情氛围吸引了大批女性玩家的加入,一时间人人都在讨论《侦探笔记》。

游戏的火爆,让风启集团又扩大了规模。时八八试着投了一份自己的简历过去,没想到第二天就收到了面试邀约,这让她既紧张又激动。

害怕见到宋乾,又想见到宋乾。

时八八就怀着这样忐忑的心情走进了风启集团。她东张西望一番,并没有看到宋乾的踪影,心里有点失望,只能自我安慰他现在是总经理,不是随随便便就能见到的人,安心准备面试才是正理。

谁知刚一推开面试间的门,时八八就愣了,宋乾就坐在面试官的正中间,一脸笑意地看着她。

她脑子里"轰隆"一下就炸了,犹犹豫豫地走过去,要说的话全给忘了,只是傻傻地看着他。

宋乾嘴角上扬,拿着她的简历,憋着笑问:"你叫时八八?"

他一句话就将她的思绪拉了回来。

时八八忽然想起宋乾没见过自己真正的模样,瞬间腰杆又挺直了几分,只要装作不认识他就可以了。她不说,他肯定猜不出来。

"对,时间的时,一二三四五六七八的八。"

"名字有点特别。"宋乾笑着。

其余几个面试官听到这个名字都在憋笑,但专业素养让他们忍住,脸一抽一抽的,看起来格外滑稽。

宋乾没有当面戳穿她,按照正常流程走完面试,还郑重其事地留下了她的作品。

时八八面试的是原画师的岗位,她的画风与《侦探笔记》十分契合,都是走暗黑系路线,画面有风声鹤唳的观感,其实他一早就看中她了。

面试完之后,时八八飞速逃离,脑子里一片糨糊,都怪宋乾出现得太突然,她什么都没准备好,太丢人了!

刚出风启集团的大门,一个陌生电话就打了过来。

"时八八,干吗装作不认识我?你还欠我一顿饭呢,该不是想赖账吧?"宋乾轻快的声音从那边传来,时八八一个激灵,差点没跳起来。

"你……你认出我了?"

"时八八,你这么傻,以后我可怎么办?"宋乾站在后面,看到她受惊吓的模样,脸上笑成了一朵花。她和游戏里一模一样,别说时八八这个冲击性的名字,就是改名换姓他都能一眼瞧出来,这个傻姑娘。

时八八听出不对劲,一转身,他已经近在咫尺。

"时八八,我一直在等你,你为什么不来找我?"他低声问道。

"你……你不也没来找我嘛。"时八八瓮声瓮气,脸颊通红。

"一直在忙新游戏的事,何况找到你也不是一件容易的事。我甚至都不知道你长什么样。"宋乾十分自然地拉着她的手,"这些事都不谈了,你欠我一顿饭,我饿了。"

他长得高,长腿一迈,时八八只得小碎步跟上去:"你不面试了?"

"你都面试完了,我还待在那儿干什么?"宋乾回答得理所当然,他可没有义务要去帮忙面试,还不是为了早点见到她。

"那个游戏不是叫《恋爱初体验》吗?怎么换了?"时八八满肚子疑问,不停追着他问。

"因为男主角觉醒而不受控制,言情区已经自成一个小世界,所以没办法做恋爱游戏了。"

"莫行慎觉醒了?他怎么觉醒的?"

"还不是因为你告诉他世界外面还有一个世界,他那么聪明,一旦自己想通,系统就无法控制他的行动和感情。他一意孤行带着白初寒去过隐居生活,白初寒本身性格又软弱,所有事都以他为先,导致系统连男女主角都召唤不回来,言情区自然没法玩了。"

时八八满脸惊讶:"我以为游戏重置后他就不记得这些了,看来侦探身上的 bug 确实很强大。对了,bug 你们解决了吗?"

"不仅解决了,还保留了它的特性变成游戏主打特色,因为它,游戏才拥有了不可复制性。"

"那……"

时八八还想问,被宋乾打断:"你问题怎么那么多,我们第一次约会能不能浪漫点?"

她话语一顿,脸红得跟火烧一样:"我……我就是想问问,今晚吃什么?"

宋乾笑得一脸灿烂:"什么都可以,但有一样不能缺席。"

"什么?"

"你。"

-
全文完
-

大鱼文化 & 小花阅读
面向全国招聘兼职签约作者
长期有效哦！

公司介绍：

　　大鱼文化是中国一线青春文学图书策划公司，多年来与数十家国内出版社深度合作，每年向市场推出三百余个品种的青春类畅销图书，每年签约推出新人作者近百名。

　　其中公司子品牌"小花阅读"立足传统纸质出版，引导青年休闲阅读风向，主力打造和发掘新人创作者，采用编辑指导创作模式，创作出适合市场的优质阅读产品。

　　现面向全国各高校招聘兼职新作者。

我们的工作说明：

　　还未毕业？有其他正式工作？看清楚了，我们这次招的就是兼职！
　　从未有过发表史？国内一线青春编辑亲自教你点滴成文！
　　想要出版一本属于自己的图书？国内一线出版公司专业签约护航！
　　想要一份收入稳定岁月静好的兼职工作？做做白日梦写写小说最适合不过。

兼职的要求及待遇：

　　年龄不限，学历不限；爱看小说，想要创作。
　　每天只要2~3个小时，日过稿只要三千字，宅在室内，风雨不惊，月兼职收入不低于三千元！

我们需求的题材： 清新恋爱，青春校园，都市言情，甜宠萌文，古风言情，悬疑推理，奇幻武侠，科幻冒险……

应聘的流程：

　　1. 上网下载一份标准简历模板，按自己的真实情况填写。
　　2. 自行构思一个自己最想创作的长篇故事内容，撰写三百字内容简介，将故事分为12~20个章节，每个章节用100字以内说明本节讲述的主要情节（内容简介和章节内容加起来不超过2000字）。
　　3. 将上述内容用WORD文档整理好，格式清楚，一起发送到以下邮箱：dayuxiaohua@sina.com（两周内百分之百回复，如两周内未收到回复则可视为发送途中邮件丢失，可再次投递）。
　　4. 简历和创作大纲如有合作可能，公司将于两周内派出专业编辑一对一联系，进行下一步沟通、指导创作、签约等流程。如暂时不符合合作条件，则可再次努力。
　　5. 一经签约，作品将按国家出版规定签订标准出版合同，成为正式出版物，所有程序遵守国家法律法规要求。

其他说明：

　　了解大鱼文化图书产品风格类型，有助于提高签约成功率。

了解途径：

　　公司产品广布于全国各大新华书店青春文学专架、全国各大网络书城、淘宝大鱼文化图书专营店及各大天猫书店。
　　微信公众号"大鱼文学"和"大鱼小花阅读"均有签约作者作品试读。
　　关注新浪微博官方号"大鱼文学"，有每月产品即时消息发布。